Los Diarios Secretos de Miranda

books4pocket

Julia Quinn

Los Diarios Secretos de Miranda

Traducción de Mireia Terés Loriente

EDICIONES URANO
Argentina - Chile - Colombia - España
Estados Unidos - México - Perú - Uruguay - Venezuela

Título original: *The Secret Diaries of Miss Miranda Cheever*
Editor original: Avon Books, An Imprint of HarperCollinsPublishers.,
New York
Traducción: Mireia Terés Loriente

1ª edición en **books4pocket** noviembre 2015

Impreso por Novoprint, S.A.
Energía 53
Sant Andreu de la Barca (Barcelona)

Fotocomposición: Ediciones Urano, S.A.U.

ISBN: 978-84-15870-74-6
E-ISBN: 978-84-9944-031-6
Depósito legal: B-19.539-2015

Código Bic: FRH
Código Bisac: FIC027050

Impreso en España – *Printed in Spain*

Para todas aquellas personas que me dieron buenas propinas en Friendly's y me permitieron ahorrar para mi primer ordenador, un Mac SE (sin unidad de disco duro. ¡Gracias papá!).

Y para Paul, aunque no haya cumplido su promesa de convertir dicho ordenador en una pecera.

Prólogo

A los diez años, Miranda Cheever no era poseedora de la Gran Belleza. Lamentablemente, tenía el pelo castaño, igual que los ojos; además, sus piernas, que eran muy largas, se negaban a aprender nada que pudiera llamarse elegante. Su madre solía decir que trotaba por la casa.

Para mayor desgracia, la sociedad en la que había nacido valoraba mucho la apariencia femenina. Y, aunque sólo tenía diez años, sabía que, en ese aspecto, la consideraban inferior a la mayoría de las demás niñas que vivían cerca. Las niñas solían descubrir estas cosas, normalmente de boca de otras niñas.

En la fiesta de cumpleaños de lady Olivia y el honorable Winston Bevelstoke, hijos gemelos de los condes de Rudland, sucedió un incidente de lo más desagradable. La casa de Miranda estaba cerca de Haverbreaks, la casa ancestral de los Rudland cerca de Ambleside, en el distrito lago de Cumberland, y siempre había compartido clases con Olivia y Winston cuando estaban en casa. Se habían convertido en un trío inseparable y apenas se molestaban en jugar con otros niños de la zona, porque la mayoría vivían a casi una hora de trayecto.

No obstante, varias veces al año, especialmente para los cumpleaños, todos los hijos de la nobleza y de la alta burguesía local se reunían. Y fue precisamente ése el motivo por el cual lady Rudland emitió un gruñido muy poco femenino; dieciocho niños le estaban llenando de barro el salón después de que la fiesta en el jardín se viera interrumpida por la lluvia.

—Tienes barro en la cara, Livvy —dijo Miranda, mientras alargaba la mano para limpiárselo.

Olivia suspiró con dramatismo.

—Será mejor que vaya al servicio. No quiero que mamá lo vea. Aborrece la suciedad y yo aborrezco escucharla mientras me explica lo mucho que la aborrece.

—No entiendo por qué iba a enfadarse por una pequeña mancha en la mejilla cuando tiene el salón lleno de barro. —Miranda vio cómo William Evans soltaba un grito de guerra y se lanzaba contra el sofá. Apretó los labios porque, si no, se hubiera reído—. Y los muebles.

—Da igual, será mejor que vaya a ponerle remedio.

Salió del salón y Miranda se quedó cerca de la puerta. Observó el alboroto durante un minuto, aproximadamente, contenta por mantener su situación habitual de observadora hasta que, por el rabillo del ojo, vio que alguien se le acercaba.

—¿Qué le has regalado a Olivia por su cumpleaños, Miranda?

Miranda se volvió y vio a Fiona Bennet de pie a su lado, con un precioso vestido blanco con un fajín rosa.

—Un libro —respondió—. A Olivia le gusta leer. ¿Y tú?

Fiona le enseñó una caja pintada con colores preciosos y atada con un cordón plateado.

—Una colección de cintas. De seda, satén, incluso de terciopelo. ¿Quieres verla?

—No quisiera estropear el envoltorio.

Fiona se encogió de hombros.

—Sólo tienes que desatar el cordón con cuidado. Yo lo hago todas las Navidades. —Desató el nudo y levantó la tapa.

Miranda contuvo la respiración. Sobre el fondo de terciopelo negro de la caja había, al menos, dos docenas de cintas, todas atadas en un precioso lazo.

—Son preciosas, Fiona. ¿Puedo ver una?

Fiona entrecerró los ojos.

—No tengo barro en las manos. Mira. —Miranda levantó las manos para que se las inspeccionara.

—De acuerdo.

Miranda alargó la mano y cogió una cinta violeta. El satén era tan suave y delicado en sus manos que parecía mentira. Coqueta, se colocó el lazo en la cabeza.

—¿Qué te parece?

Fiona puso los ojos en blanco.

—El violeta no, Miranda. Todo el mundo sabe que es para el pelo rubio. El color prácticamente desaparece entre el marrón. Tú no puedes llevarla.

Miranda le devolvió la cinta.

—¿Y qué color le va al pelo castaño? ¿El verde? Mi madre tiene el pelo castaño y la he visto con cintas verdes.

—Supongo que el verde sería aceptable. Pero queda mejor con el pelo rubio. Todo queda mejor con el pelo rubio.

Mirando notó una chispa de indignación en su interior.

—Entonces, no sé qué vas a hacer, Fiona, porque tienes el pelo tan castaño como yo.

Fiona retrocedió de golpe.

—¡No es verdad!

—¡Sí que lo es!

—¡No!

Miranda se inclinó hacia delante y entrecerró los ojos, amenazadora.

—Pues será mejor que te mires en el espejo cuando te vayas a casa, Fiona, porque tu pelo no es rubio.

Fiona guardó la cinta violeta en la caja y cerró la tapa con rabia.

—Bueno, antes lo era, mientras que el tuyo nunca lo fue. Además, mi pelo es castaño claro, y todo el mundo sabe que es mejor que castaño oscuro, como el tuyo.

—¡El pelo castaño oscuro no tiene nada de malo! —protestó Miranda. Sin embargo, era consciente de que la mayor parte de Inglaterra no estaría de acuerdo con ella.

—Además —añadió Fiona, con aire victorioso—, ¡tienes los labios gordos!

Miranda se llevó la mano a la boca. Sabía que no era guapa; sabía que ni siquiera la consideraban bonita. Pero nunca hasta ahora había notado nada extraño en sus labios. Miró a la otra niña, que estaba sonriendo.

—¡Tú tienes pecas! —le espetó.

Fiona retrocedió, como si le hubieran dado una bofetada.

—Las pecas desaparecen. Las mías habrán desaparecido antes de los dieciocho años. Mi madre me las moja con zumo de limón cada noche —se sorbió la nariz con desdén—. Pero tú no tienes remedio, Miranda. Eres fea.

—¡No lo es!

Las dos se volvieron y vieron a Olivia, que había vuelto del servicio.

—Ah, Olivia —dijo Fiona—. Sé que eres amiga de Miranda porque vive cerca y compartís las clases, pero tienes que admitir que no es demasiado guapa. Mi madre dice que nunca encontrará marido.

Los ojos azules de Olivia brillaron peligrosamente. La única hija del conde de Rudland siempre había sido leal, y Miranda era su mejor amiga.

—¡Miranda conseguirá mejor marido que tú, Fiona Bennet! Su padre es baronet mientras que el tuyo sólo es un señor.

—Ser la hija de un baronet importa muy poco si no tienes belleza o dinero —recitó Fiona, repitiendo las palabras que obviamente había oído en su casa—. Y Miranda no tiene ninguna de las dos cosas.

—¡Cállate, vaca estúpida! —exclamó Olivia, golpeando el suelo con el pie—. Es mi fiesta de cumpleaños y, si no vas a ser amable, ¡puedes marcharte!

Fiona tragó saliva. Era demasiado lista para enfurecer a Olivia, cuyos padres ostentaban el mayor rango nobiliario de la zona.

—Lo siento, Olivia —farfulló.

—No te disculpes conmigo. Discúlpate con Miranda.

—Lo siento, Miranda.

Miranda se quedó callada hasta que Olivia le dio una patada.

—Acepto tus disculpas —masculló.

Fiona asintió y salió corriendo.

—No puedo creerme que la hayas llamado vaca estúpida —dijo Miranda.

—Tienes que aprender a defenderte, Miranda.

—Me estaba defendiendo muy bien antes de que llegaras, Livvy. La diferencia es que no lo hacía a gritos.

Olivia suspiró.

—Mamá dice que no tengo ni pizca de control ni sentido común.

—Y no lo tienes —asintió Miranda.

—¡Miranda!

—Es verdad. Pero te quiero igualmente.

—Yo también te quiero, Miranda. Y no te preocupes por la tonta de Fiona. Cuando seamos mayores, te puedes casar con Winston y así seremos hermanas de verdad.

Miranda miró hacia el otro lado del salón y observó a Winston con recelo. Estaba tirando del pelo a una niña.

—No sé —dijo, dubitativa—. No estoy segura de que quiera casarme con Winston.

—Bobadas. Sería perfecto. Además, mira, acaba de manchar el vestido de Fiona de ponche.

Miranda se rió.

—Ven —dijo, tomándola de la mano—. Quiero abrir los regalos. Prometo que gritaré con más fuerza cuando llegue al tuyo.

Las dos volvieron al salón y Olivia y Winston abrieron sus regalos. Por suerte (en la opinión de lady Rudland), terminaron a las cuatro en punto, la hora en que se suponía que los niños tenían que volver a casa. A ninguno fue a recogerlo un criado; una invitación a Haverbreaks se consideraba un honor y ningún padre quiso perderse la oportunidad de codearse con los condes. Ninguno, excepto los de Miranda, claro. A las cinco todavía estaba en el salón, repasando el botín del cumpleaños con Olivia.

—No me imagino qué les ha podido pasar a tus padres, Miranda —dijo lady Rudland.

—Yo sí —respondió Miranda, alegre—. Mamá ha ido a Escocia a visitar a su madre y estoy segura de que papá se ha olvidado de mí. Suele hacerlo cuando está trabajando en un manuscrito. Traduce del griego.

—Lo sé. —Lady Rudland sonrió.

—Del griego antiguo.

—Lo sé —suspiró lady Rudland. No era la primera vez que sir Rupert Cheever perdía a su hija—. Bueno, pues tendrás que ir a casa de alguna manera.

—Yo iré con ella —sugirió Olivia.

—Winston y tú tenéis que guardar los regalos y escribir notas de agradecimiento. Si no lo hacéis esta noche, no recordaréis quién os ha regalado qué.

—Pero no puedes enviar a casa a Miranda con un criado. No tendrá con quien hablar.

—Puedo hablar con el criado —dijo Miranda—. Siempre hablo con los de casa.

—Con los nuestros no —susurró Olivia—. Son muy ceremoniosos y callados, y siempre me miran con desaprobación.

—La mayoría de las veces mereces que te miren con desaprobación —intervino lady Rudland, acariciando la cabeza de su hija—. Tengo una sorpresa para ti, Miranda. ¿Por qué no le pedimos a Nigel que te acompañe a casa?

—¡Nigel! —exclamó Olivia—. Miranda, qué suerte.

Miranda arqueó las cejas. Nunca había conocido al hermano mayor de Olivia.

—De acuerdo —respondió, despacio—. Será un placer conocerlo por fin. Olivia, hablas de él a menudo.

Lady Rudland envió a una doncella a buscarlo.

—¿No lo conoces, Miranda? Qué extraño. Bueno, él sólo acostumbra a venir a casa por Navidad y tú siempre te vas a Escocia en esas fechas. Tuve que amenazarlo con cortarlo a trocitos si no venía a la fiesta de los gemelos. De hecho, no quería asistir a la fiesta por miedo a que alguna de las madres intentara comprometerlo con una niña de diez años.

—Nigel tiene diecinueve años y es un soltero muy codiciado —le explicó Olivia, con voz muy casual—. Es vizconde. Y es muy guapo. Se parece a mí.

—¡Olivia! —la reprobó lady Rudland.

—Bueno, es verdad, mamá. Si fuera niño, sería muy guapo.

—Eres bastante guapa siendo niña, Livvy —dijo Miranda, con lealtad, mientras observaba el pelo rubio de su amiga con un poco de envidia.

—Tú también. Toma, escoge una de las cintas de Fiona, la vaca. No las necesito todas.

Miranda sonrió ante aquella mentira. Olivia era muy buena amiga. Miró las cintas y, con maldad, escogió la de satén violeta.

—Gracias, Livvy. Me la pondré para la clase del lunes.

—¿Me has llamado, madre?

Cuando oyó el sonido de aquella voz grave, Miranda se volvió hacia la puerta y casi se queda sin aliento. Frente a ella estaba la criatura más espléndida que había visto jamás. Olivia había dicho que tenía diecinueve años, pero Miranda lo reconoció como el hombre que ya era. Tenía una espalda maravillosamente ancha y el resto del cuerpo era esbelto y firme. Tenía el pelo más oscuro que Olivia, pero con los mismos destellos dorados, prueba de las horas que se había pasado al sol. Sin embargo, Miranda enseguida decidió que la mejor parte de él eran sus ojos: de un azul claro y brillante, como los de Olivia. Y tenían el mismo brillo pícaro.

Miranda sonrió. Su madre siempre decía que se conoce a una persona por los ojos y el hermano de Olivia tenía unos ojos muy bonitos.

—Nigel, ¿serías tan amable de acompañar a Miranda a casa? —preguntó lady Rudland—. Parece que su padre se ha demorado.

Miranda se preguntó por qué Nigel frunció el ceño cuando su madre pronunció su nombre.

—Por supuesto, madre. Olivia, ¿te lo has pasado bien en la fiesta?

—Muchísimo.

—¿Dónde está Winston?

Olivia se encogió de hombros.

—Fuera, jugando con el sable que le ha regalado Billy Evans.

—De juguete, espero.

—Que Dios nos ayude si es de verdad —añadió lady Rudland—. De acuerdo, Miranda, vamos a llevarte a casa. Creo que tu capa está en la otra habitación. —Desapareció por la puerta y, unos segundos después, apareció con el práctico abrigo marrón de Miranda.

—¿Nos vamos, Miranda? —Aquella criatura celestial le ofreció la mano.

Miranda se encogió de hombros y le dio la mano. ¡Era el paraíso!

—¡Hasta el lunes! —exclamó Olivia—. Y no te preocupes por lo que ha dicho Fiona. Sólo es una vaca estúpida.

—¡Olivia!

—Bueno, mamá, lo es. No quiero que vuelva a casa.

Miranda sonrió mientras permitía que el hermano de Olivia la acompañara por el pasillo y las voces de Olivia y lady Rudland se iban alejando.

—Muchas gracias por acompañarme a casa, Nigel —dijo.

Él volvió a fruncir el ceño.

—Eh… Lo siento —añadió ella enseguida—. Debería llamarlo milord, ¿verdad? Es que como Olivia y Winston siempre se refieren a usted por su nombre, yo… —Desvió la mirada hacia el suelo. Apenas había pasado dos minutos en su espléndida compañía y ya había metido la pata.

Él se detuvo y se agachó para poder mirarla a la cara.

—No te preocupes por el milord, Miranda. Voy a explicarte un secreto.

Miranda abrió los ojos y se olvidó de respirar.

—Detesto mi nombre.

—Eso no es ningún secreto, Ni…, quiero decir milord, bueno como quieras que te llame. Frunces el ceño cada vez que tu madre lo pronuncia.

Él le sonrió. El corazón le había dado una especie de vuelco cuando había visto a esa niña de expresión seria jugando con su indomable hermana. Era una pequeña criatura muy graciosa, pero había algo precioso en sus enormes y conmovedores ojos marrones.

—¿Y cómo quieres que te llame? —le preguntó Miranda.

Nigel sonrió ante la pregunta directa.

—Turner.

Por un momento, creyó que no le iba a contestar. Ella se quedó inmóvil, excepto por algún parpadeo ocasional. Y entonces, como si hubiera alcanzado una conclusión, dijo:

—Es un nombre bonito. Un poco extraño, pero me gusta.

—Mucho mejor que Nigel, ¿no crees?

Miranda asintió.

—¿Lo elegiste tú? A menudo he pensado que todos deberíamos poder escoger nuestros nombres. Y creo que la gran mayoría elegiría uno distinto al suyo.

—¿Cuál elegirías tú?

—No estoy segura, pero Miranda no. Algo más sencillo, creo. La gente espera algo diferente de una Miranda y casi siempre quedan decepcionados cuando me conocen.

—Bobadas —dijo Turner, enseguida—. Eres una Miranda perfecta.

Ella sonrió.

—Gracias, Turner. ¿Puedo llamarte así?

—Por supuesto. Y no lo escogí yo. Sólo es un título de cortesía. Vizconde Turner. Lo he utilizado en lugar de Nigel desde que iba a Eton.

—Pues creo que te sienta bien.

—Gracias —respondió él, de corazón, absolutamente fascinado por aquella niña tan madura—. Y ahora dame la mano y te llevaré a casa.

Le ofreció la mano izquierda. Miranda se pasó la cinta de la derecha a la izquierda.

—¿Qué es eso?

—¿Esto? Una cinta. Fiona Bennet le ha regalado dos docenas a Olivia y tu hermana me ha dicho que me quedara una.

Turner entrecerró los ojos cuando recordó las palabras que su hermana le había dicho a su amiga al despedirse. «No te preocupes por lo que ha dicho Fiona.» Le quitó la cinta de las manos.

—Creo que las cintas van en el pelo.

—Pero no hace juego con el vestido —protestó ligeramente Miranda. Él ya se la había atado en lo alto de la cabeza—. ¿Cómo me queda? —susurró.

—Perfecta.

—¿De verdad? —Abrió los ojos con incredulidad.

—De verdad. Siempre he pensado que las cintas violeta quedan especialmente bien en el pelo castaño.

Miranda se enamoró allí mismo. El sentimiento fue tan intenso que se olvidó de darle las gracias por el cumplido.

—¿Nos vamos? —preguntó él.

Ella asintió, porque no confiaba en su voz.

Salieron de la casa y se dirigieron hacia los establos.

—He pensado que podíamos ir a caballo —dijo Turner—. Hace un día demasiado bonito para meternos dentro del carruaje.

Miranda volvió a asentir. Hacía un día excepcionalmente caluroso para ser marzo.

—Puedes montar el poni de Olivia. Seguro que no le importará.

—Livvy no tiene un poni —respondió Miranda cuando, por fin, encontró su voz—. Ahora tiene una yegua. Y yo tengo otra en casa. Ya no somos niñas pequeñas.

Turner contuvo una sonrisa.

—No, ya lo veo. Qué estúpido. No lo he pensado.

Al cabo de unos minutos, los caballos estaban ensillados e iniciaron el trayecto de quince minutos hasta casa de los Cheever. Miranda permaneció callada un minuto, porque era demasiado feliz para estropear el momento con palabras.

—¿Te lo has pasado bien en la fiesta? —preguntó Turner, al final.

—Sí. Casi todo ha sido precioso.

—¿Casi todo?

Turner vio que fruncía el ceño. Obviamente, no había querido revelar tanta información.

—Bueno —dijo, despacio, mordiéndose el labio y soltándolo antes de continuar—, es que una de las niñas me ha dicho cosas muy desagradables.

—Ah. —Turner sabía que era mejor no ser demasiado inquisitivo.

Y, obviamente, tenía razón porque, cuando Miranda habló, le recordó a su hermana. Lo miró con los ojos sinceros y las palabras salieron firmemente de su boca.

—Ha sido Fiona Bennet —dijo, con desdén—, y Olivia la ha llamado vaca estúpida, y debo admitir que no lamento que lo haya hecho.

Turner mantuvo la expresión seria.

—Si Fiona te ha dicho cosas desagradables, yo tampoco lamento que lo hiciera.

—Ya sé que no soy guapa —añadió Miranda—. Pero es de muy mala educación decirlo. Y es de mala persona.

Turner la miró durante un buen rato, porque no estaba seguro de cómo consolarla. No era guapa, era cierto, y si intentaba decirle que lo era, no le creería. Pero no era fea. Era... distinta.

Sin embargo, se ahorró tener que decir algo gracias al siguiente comentario de Miranda.

—Creo que es por el pelo castaño.

Él arqueó las cejas.

—Es común —explicó Miranda—. Igual que los ojos marrones. Y tengo la mitad del cuerpo muy delgada, la cara muy larga y soy muy pálida.

—Bueno, todo eso es cierto —dijo Turner.

Miranda se volvió hacia él con los ojos grandes y tristes.

—Tienes el pelo castaño y los ojos marrones. Nadie puede negarlo. —Ladeó la cabeza y fingió inspeccionarla de arriba abajo—. Eres delgada y sí, tienes la cara alargada. Y eres pálida.

A Miranda le temblaron los labios y Turner no pudo seguir tomándole el pelo.

—Pero —añadió él con una sonrisa—, resulta que yo prefiero a las mujeres con el pelo castaño y los ojos marrones.

—¡No es cierto!

—Sí que lo es. Siempre las he preferido así. Y también me gustan delgadas y pálidas.

Miranda lo miró con suspicacia.

—¿Y qué me dices de las caras alargadas?

—Bueno, debo admitir que nunca me había parado a pensar en eso, pero una cara alargada no me desagrada.

—Fiona Bennet dijo que tengo los labios gordos —añadió, en un tono casi desafiante.

Turner contuvo una sonrisa.

Ella soltó un gran suspiro.

—Nunca me había fijado en que tenía los labios gordos.

—No son tan gordos.

Ella le lanzó una mirada cautelosa.

—Lo dices para que me sienta mejor.

—Quiero que te sientas mejor, pero no lo digo por eso. Y la próxima vez que Fiona Bennet te diga que tienes los labios gordos, dile que se equivoca. Tienes los labios carnosos.

—¿Qué diferencia hay? —Lo miró pacientemente, con los ojos oscuros muy serios.

Turner respiró hondo.

—Bueno —farfulló—. Los labios gordos no son atractivos. Y los labios carnosos sí.

—Ah. —Aquella explicación pareció satisfacerla—. Fiona tiene los labios delgados.

—Los labios carnosos son mucho mejor que los labios finos —dijo Turner, enfatizando las palabras. Aquella niña tan graciosa le caía bien y quería que se sintiera mejor.

—¿Por qué?

Turner lanzó una disculpa silenciosa a los dioses de la etiqueta y el decoro antes de responder.

—Los labios carnosos son mejores para besar.

—Ah. —Miranda se sonrojó y luego sonrió—. Qué bien.

Turner se sintió absurdamente feliz consigo mismo.

—¿Sabes qué pienso, señorita Miranda Cheever?

—¿Qué?

—Pienso que sólo tienes que crecer y convertirte en una mujer. —En cuanto lo dijo, lo lamentó. Seguro que ella le preguntaría qué quería decir, y no tendría ni idea de cómo responderle.

Sin embargo, la preciosa niña ladeó la cabeza como si estuviera analizando aquellas palabras.

—Espero que tengas razón —dijo, al final—. Pero mira mis piernas.

Un repentino ataque de tos camufló la risa que ascendió por la garganta de Turner.

—¿Qué quieres decir?

—Bueno, es que son demasiado largas. Mamá siempre dice que me nacen de los hombros.

—Pues a mí me parece que te nacen de las caderas, como toca.

Miranda se rió.

—Lo decía metafóricamente.

Turner parpadeó. Aquella niña de diez años tenía un vocabulario muy amplio.

—Quiero decir —continuó—, que son demasiado largas en comparación con el resto del cuerpo. Creo que por eso me cuesta tanto aprender a bailar. Siempre tropiezo con los pies de Olivia.

—¿Con los pies de Olivia?

—Practicamos juntas —le explicó Miranda—. Creo que si estuviera más proporcionada, no sería tan torpe. Así que supongo que tienes razón. Todavía tengo que crecer.

—Fantástico —dijo Turner, contento y satisfecho por haber conseguido, sin saber cómo, decir lo correcto—. Parece que ya hemos llegado.

Miranda miró la casa de piedra gris donde vivía. Estaba situada junto a uno de los muchos riachuelos que conectaban los lagos del distrito y tenías que atravesar un puente adoquinado para llegar a la puerta principal.

—Muchas gracias por acompañarme a casa, Turner. Te prometo que nunca más te llamaré Nigel.

—¿Y me prometes que pellizcarás a Olivia si me llama Nigel?

Miranda se rió y se tapó la boca con la mano. Asintió.

Turner desmontó, se volvió hacia la niña y la ayudó a desmontar.

—¿Sabes qué creo que deberías hacer, Miranda? —dijo, de repente.

—¿Qué?

—Creo que deberías escribir un diario.

Ella parpadeó, sorprendida.

—¿Por qué? ¿Quién iba a querer leerlo?

—Nadie, tonta. Será para ti. Y quizás algún día, cuando mueras, tus nietos lo leerán y sabrán cómo eras de joven.

Ella ladeó la cabeza.

—¿Y si no tengo nietos?

Turner alargó la mano impulsivamente y le revolvió el pelo.

—Haces muchas preguntas, pequeña.

—Pero ¿y si no tengo nietos?

Jesús, era persistente.

—Quizá seas famosa —suspiró—. Y los chicos que estudien tu vida en la escuela querrán saber cómo eras.

Ella lo miró con incredulidad.

—Está bien, ¿quieres saber, de verdad, por qué creo que deberías escribir un diario?

Ella asintió.

—Porque algún día crecerás y tu belleza igualará la inteligencia que ya posees. Y entonces podrás leer el diario y ver lo estúpidas que son las niñas como Fiona Bennet. Y te reirás cuando recuerdes que tu madre decía que las piernas te nacían de los hombros. Y quizá me reserves una pequeña sonrisa cuando recuerdes la agradable conversación que hemos tenido hoy.

Miranda lo miró y se dijo que debía de ser uno de esos dioses griegos sobre los que su padre se pasaba el día leyendo.

—¿Sabes qué pienso? —susurró—. Que Olivia tiene mucha suerte de que seas su hermano.

—Y yo creo que tiene mucha suerte de que seas su amiga.

A Miranda le temblaron los labios.

—Te reservaré una gran sonrisa, Turner —susurró.

Éste se inclinó y le dio un beso tan delicado como el que dedicaría a la dama más bonita de Londres.

—Eso espero, minina —sonrió y asintió antes de montar su caballo y coger las riendas de la yegua de Olivia.

Miranda lo miró hasta que desapareció por el horizonte, y luego siguió mirando diez minutos más.

Aquella noche, Miranda entró en el estudio de su padre. Él estaba concentrado en un texto, ajeno a que la cera de la vela le estaba manchando la mesa.

—Papá, ¿cuántas veces tengo que decirte que tienes que tener cuidado con las velas? —suspiró y colocó la vela en una palmatoria.

—¿Qué? Vaya, no lo había visto.

—Y necesitas más de una vela. Está demasiado oscuro para leer.

—¿Sí? No me había dado cuenta. —Parpadeó y luego entrecerró los ojos—. ¿No es la hora de acostarte?

—La niñera ha dicho que hoy puedo quedarme despierta media hora más.

—¿Ah, sí? Bueno, entonces, lo que ella diga. —Volvió a concentrarse en el manuscrito, ignorándola por completo.

—¿Papá?

Él suspiró.

—¿Qué quieres, Miranda?

—¿Te sobra alguna libreta? Como las que utilizas cuando traduces, pero antes de copiar la versión definitiva.

—Supongo que sí. —Abrió el último cajón y rebuscó entre las cosas—. Aquí está. Pero ¿para qué la quieres? Es una libreta de calidad. Y no es barata.

—Voy a escribir un diario.

—¿En serio? Bueno, es un propósito encomiable, supongo. —Le entregó la libreta.

Miranda sonrió ante las palabras de su padre.

—Gracias. Ya te avisaré cuando me quede sin espacio y necesite otra.

—De acuerdo. Buenas noches, cariño. —Se volvió hacia sus papeles.

Miranda abrazó la libreta contra el pecho y subió corriendo las escaleras hasta su habitación. Cogió una pluma y un tintero y abrió la libreta por la primera página. Escribió la fecha y después, tras mucho pensárselo, una única frase. Era lo que le parecía necesario.

2 de marzo de 1810

Hoy me he enamorado

Capítulo 1

Nigel Bevelstoke, más conocido como Turner por aquellos que querían llevarse bien con él, sabía muchas cosas.

Sabía leer griego y latín y sabía cómo seducir a una mujer en francés e italiano.

Sabía cómo disparar a un objetivo en movimiento desde un caballo al trote y sabía exactamente cuánto podía beber antes de perder la dignidad.

Sabía pelearse a puñetazos y practicar esgrima con un maestro, y sabía hacer ambas cosas mientras recitaba a Shakespeare o a Donne.

En resumen, sabía todo lo que un caballero debía saber y, por supuesto, destacaba en cada área.

La gente lo miraba.

La gente lo admiraba.

Pero nada, ni un segundo de su vida prominente y privilegiada, lo había preparado para ese momento. Y nunca había sentido el peso de las miradas ajenas como ahora, cuando dio un paso adelante y lanzó un puñado de tierra encima del ataúd de su mujer.

La gente no dejaba de decirle: «Lo siento» o «Lo sentimos».

Y, mientras tanto, Turner no podía evitar preguntarse si Dios se estaría burlando de él, porque lo único que podía pensar era: «Yo no».

Ah, Leticia. Tenía tanto que agradecerle.

A ver, ¿por dónde empezar? Estaba la pérdida de su reputación, claro. Sólo el diablo sabía las personas que estaban al corriente de que su mujer le había sido infiel.

En repetidas ocasiones.

También estaba la pérdida de su inocencia. Ahora le costaba recordarlo, pero un día había concedido el beneficio de la duda a la humanidad. Había creído que la gente era buena y que, si trataba a los demás con honor y respeto, le devolverían el mismo trato.

Y, por último, estaba la pérdida de su alma.

Porque, mientras retrocedía y entrelazaba las manos a la espalda con rigidez y escuchaba cómo el sacerdote unía el cuerpo de Leticia a la tierra, no podía ignorar el hecho de que había deseado esto. Deseaba deshacerse de ella.

Y no iba a… No la había llorado.

—Una lástima —susurró alguien a sus espaldas.

Turner apretó la mandíbula. No era una lástima. Era una farsa. Y ahora tendría que pasarse los próximos doce meses de luto por una mujer que había acudido a él embarazada de otro hombre. Lo había embrujado, lo había provocado hasta que sólo podía pensar en poseerla. Le había dicho que lo quería y había sonreído con inocencia y satisfacción cuando él le había declarado su devoción y le había prometido su alma.

Había sido su sueño.

Y después se había convertido en su pesadilla.

Había perdido el bebé, el que había acelerado su matrimonio. El padre era un conde italiano o, al menos, es lo que ella dijo. Estaba casado, o era poco adecuado, o quizás ambas cosas. Turner estaba dispuesto a perdonarla porque todos cometemos errores. Además, ¿no había intentado él también seducirla antes de la noche de bodas?

Sin embargo, Leticia no quería su amor. Turner no sabía qué demonios quería; quizá poder o la intensa sensación de satisfacción al saber que otro hombre había caído bajo su embrujo.

Entonces se preguntó si su mujer pensó eso cuando él aceptó. O quizá sólo sintió alivio. Cuando se casaron, estaba de tres meses. No podía perder el tiempo.

Y ahora aquí estaba. O ahí estaba. Turner no sabía con certeza qué adverbio de lugar era más adecuado para un cuerpo sin vida en el suelo.

Daba igual. Sólo lamentaba que Leticia pasaría la eternidad en sus tierras, descansando entre los Bevelstoke que habían muerto a lo largo de la historia. En la lápida aparecería su apellido y, dentro de cien años, alguien se fijaría en las inscripciones del granito y pensaría que era una gran dama y que había sido una lástima que Dios se la hubiera llevado tan joven.

Turner miró al sacerdote. Era un hombre joven, nuevo en la parroquia y, por supuesto, todavía convencido de que podía convertir el mundo en un lugar mejor.

—Cenizas a las cenizas —dijo el sacerdote, y miró al hombre que debía ser el afligido viudo.

«Ah, sí —se dijo Turner, mordaz—, está hablando de mí.»

—Polvo al polvo.

Tras él, alguien sollozó.

Y el sacerdote, con los ojos azules y resplandecientes con un brillo de compasión absolutamente inadecuado, continuó:

—Con la certeza de la Resurrección…

Por el amor de Dios.

—A la vida eterna.

El sacerdote le miró y frunció el ceño. Y Turner se preguntó qué había visto, exactamente, en su cara. Seguro que nada bueno.

Se oyeron varios amén y allí terminó el oficio. Todos miraron al sacerdote, y luego lo miraron a él, y entonces observaron cómo el sacerdote le tomaba la mano y le decía:

—La echaremos de menos.

—Yo no —respondió el joven.

No puedo creerme que dijera eso.

Miranda miró las palabras que acababa de escribir. Iba por la página cuarenta y dos de su decimotercer diario, pero era la primera vez, la primera vez desde aquel fatídico día hacía nueve años, que no tenía ni idea de qué escribir. Incluso en los días más aburridos, y eran frecuentes, conseguía completar una entrada decente.

En mayo de su decimocuarto año escribió:

Me he despertado.

Me he vestido.

He desayunado: tostadas, huevos y beicon.

He leído Sentido y sensibilidad, cuya autora es una dama
desconocida.

He escondido Sentido y sensibilidad de mi padre.

He comido: pollo, pan, queso.

He conjugado los verbos en francés.

He escrito una carta a la abuela.

He cenado: ternera, sopa y pudín.

He leído un poco más de Sentido y sensibilidad. La autora
*   sigue siendo desconocida.*

Me he acostado.

He dormido.

He soñado con él.

Aunque no debía confundirse con la entrada del doce de noviembre de ese mismo año:

Me he despertado.

He desayunado: tostadas, huevos y jamón.

He intentado leer una tragedia griega.

Sin éxito

Me he pasado casi todo el tiempo mirando por la ventana.

He comido: pescado, pan, guisantes.

He conjugado los verbos en latín.

He escrito una carta a la abuela.

He cenado: asado, patatas y pudín.

He bajado la tragedia a la mesa (el libro, no ninguna des-
*   gracia).*

Papá no se ha dado cuenta.

Me he acostado.

He dormido.

He soñado con él.

Y ahora, ahora que había sucedido algo importante y trascendental (cosa que nunca sucedía), lo único que podía escribir era:

No puedo creerme que dijera eso.

—Bueno, Miranda —murmuró mientras observaba cómo la tinta se secaba en la punta de la pluma—, no alcanzarás la fama como escritora de diarios.

—¿Qué has dicho?

Miranda cerró el diario. No se había dado cuenta de que Olivia había entrado en la habitación.

—Nada —respondió, enseguida.

Olivia cruzó la alfombra y se dejó caer en su cama.

—Qué día más terrible.

Miranda asintió y se volvió en la silla para estar de frente a su amiga.

—Me alegro de que estuvieras aquí —dijo Olivia, con un suspiro—. Gracias por quedarte a pasar la noche.

—Por supuesto —respondió Miranda. No lo había dudado, y menos cuando le había dicho que la necesitaba.

—¿Qué estás escribiendo?

Miranda miró el diario y justo entonces se dio cuenta de que estaba aferrada a las tapas.

—Nada —respondió.

Olivia estaba mirando al techo, pero en ese momento giró la cabeza hacia Miranda.

—Eso es imposible.

—Por desgracia, lo es.

—¿Por qué dices por desgracia?

Miranda parpadeó. Olivia siempre hacía las preguntas más obvias y las que tenían una respuesta menos obvia.

—Bueno —respondió Miranda, aunque como una táctica para ganar tiempo, porque en realidad estaba intentando entender lo que le pasaba. Apartó las manos y miró el diario, como si la respuesta fuera a aparecer inscrita por arte de magia en la portada—. Esto es todo lo que tengo. Es lo que soy.

Olivia la miró con recelo.

—Es un libro.

—Es mi vida.

—¿Y por qué siempre dicen que la dramática soy yo? —se preguntó Olivia.

—No digo que sea mi vida —respondió Miranda con cierta impaciencia—, sólo que aquí está mi vida. Toda. Lo he escrito todo desde que tenía diez años.

—¿Todo?

Miranda recordó los días en que había escrito lo que había comido y poco más.

—Todo.

—Yo no podría escribir un diario.

—No.

Olivia se colocó de lado, levantó la cabeza y la apoyó en la mano.

—No tenías que darme la razón tan deprisa.

Miranda sonrió.

Olivia volvió a dejarse caer en la cama.

—Supongo que vas a escribir que me es imposible concentrarme en algo.

—Ya lo he hecho.

Un silencio y, luego:

—¿De verdad?

—Creo que escribí que te aburres con facilidad.

—Bueno —respondió su amiga, tras un segundo de reflexión—, eso es cierto.

Miranda se volvió hacia el escritorio. La vela dibujaba sombras extrañas en la hoja de papel secante y, de repente, se notó cansada. Cansada pero, por desgracia, no dormida.

Agotada, quizás. Inquieta.

—Estoy exhausta —dijo Olivia, mientras se levantaba. La doncella le había dejado el camisón encima de la colcha y, respetuosamente, Miranda le dio la espalda mientras se lo ponía.

—¿Cuánto tiempo crees que se quedará Turner aquí en el campo? —preguntó Miranda, intentando no morderse la lengua. Odiaba estar tan desesperada por verlo, pero había sido así durante años. Incluso cuando se había casado y ella lo había mirado desde los bancos de la iglesia, y mirarlo significaba ver cómo miraba a su mujer con todo el amor y la devoción que ardían en su propio corazón…

Aún así, lo había mirado. Lo seguía queriendo. Lo querría siempre. Era el hombre que le había hecho creer en sí misma. Turner no tenía ni idea de lo que le había hecho, de lo que había hecho por ella, y seguramente nunca lo sabría. Sin embargo, ella seguía deseándolo. Y seguramente siempre lo desearía.

Olivia se metió en la cama.

—¿Estarás despierta mucho rato? —preguntó, con la voz grave ante los primeros signos de sueño.

—No mucho —le aseguró Miranda.

Olivia no podía dormirse con una vela encendida tan cerca. Miranda no lo entendía, puesto que el fuego de la chimenea parecía que no la molestaba, pero había visto con sus propios ojos cómo Olivia daba vueltas y vueltas en la cama, y cuando se dio cuenta de que su mente seguía funcionando y que ese «No mucho» había sido una pequeña mentira, se inclinó hacia delante y apagó la vela.

—Me iré a otro sitio —dijo, con el diario bajo el brazo.

—Gracias —murmuró Olivia y para cuando Miranda se puso una bata y llegó a la puerta, ya estaba dormida.

Miranda se colocó el diario bajo la barbilla y lo apretó contra el pecho mientras se ataba el cinturón de la bata. Solía quedarse a dormir con frecuencia en Haverbreaks, pero, aún así, no sería correcto pasearse por los pasillos de una casa ajena en camisón.

La noche era oscura, y lo único que iluminaba sus pasos era la luz de la luna, pero Miranda habría podido ir de la habitación de Olivia a la biblioteca con los ojos cerrados. Olivia siempre se dormía antes que ella (Olivia decía que era porque tenía demasiadas cosas en la cabeza), así que solía irse a escribir sus pensamientos en el diario a otra habitación. Suponía que podía haber pedido dormir en una habitación ella sola, pero la madre de Olivia no creía en las extravagancias innecesarias y no veía ningún motivo para calentar dos habitaciones cuando bastaba con una.

A Miranda no le importaba. De hecho, agradecía la compañía. Su casa estaba muy tranquila esos días. Su querida madre había fallecido hacía casi un año y ella se había quedado sola con su padre. En su dolor, éste se había encerrado con sus adorados manuscritos y abandonado a su hija a su suerte. Entonces, ella había acudido a los Bevelstoke en busca de cariño y amistad, y ellos la habían recibido con los brazos abiertos. Olivia incluso vistió de negro durante tres semanas en honor a lady Cheever.

«—Si uno de mis primos muriera, me obligarían a hacer lo mismo —le había dicho en el funeral—. Y quería más a tu madre que a mis primos.

—¡Olivia! —Miranda se emocionó pero, no obstante, pensó que tenía que extrañarle.

Olivia puso los ojos en blanco.

—¿Conoces a mis primos?

Y se rió. Se rió en el funeral de su madre. Más tarde se dio cuenta de que era el mejor regalo que su amiga había podido hacerle.

—Te quiero, Livvy —le dijo.

Olivia la tomó de la mano.

—Ya lo sé —respondió, con delicadeza—. Y yo a ti. —Y luego irguió la espalda y asumió su gesto habitual—. Sería incorregible sin ti, ¿lo sabes? Mi madre suele decir que eres el único motivo por el que no he cometido alguna ofensa irremediable.»

Y seguramente era por eso, reflexionó Miranda, que lady Rudland se había ofrecido a pagarle una temporada en Londres. En cuanto recibió la invitación, su padre suspiró aliviado y le entregó el dinero que necesitaba. El señor Rupert Cheever no era un hombre excepcionalmente rico, pero tenía lo suficiente para pagarle una temporada en Londres a su única hija. Lo que no tenía era la paciencia necesaria o, para ser sinceros, el interés para acompañarla él mismo.

Su debut se retrasó un año. Miranda no podía ir mientras guardaba luto por su madre y lady Rudland había decidido que Olivia también esperara. Dijo que los veinte eran tan buena edad como los diecinueve. Y era cierto; nadie estaba preocupado por si Olivia no encontraba un buen marido. Con su gran belleza, su alegre personalidad y, como ella misma admitía, su considerable dote, seguro que sería todo un éxito.

Sin embargo, la muerte de Leticia, aparte de ser un acontecimiento trágico, había sido muy inoportuno; ahora tenían que respetar otro periodo de luto. Aunque Olivia podía reducirlo a seis semanas, puesto que no era una hermana de sangre.

Sólo llegarían un poco tarde a la temporada. No podían evitarlo.

Por dentro, Miranda se alegraba. La idea de un baile en Londres la aterraba. No es que fuera tímida precisamente, porque no creía que lo fuera. Pero no le gustaban las aglomeraciones, y la idea de que hubiera tanta gente mirándola y juzgándola era horrible.

«No puedo evitarlo», pensó mientras bajaba las escaleras. Y, en cualquier caso, sería mucho peor estar encerrada en Ambleside sin la compañía de Olivia.

Miranda se detuvo a los pies de la escalera mientras decidía adónde ir. La mejor mesa estaba en el salón del oeste, pero la librería solía ser más cálida, y hacía un poco de frío. Además...

Hmmm, ¿qué era eso?

Inclinó el cuerpo hacia un lado y se asomó al pasillo. Alguien había encendido un fuego en el despacho de lord Rudland. Miranda nunca habría dicho que todavía quedara alguien despierto, porque los Bevelstoke se acostaban temprano.

Avanzó en silencio por la alfombra alargada hasta que llegó a la puerta abierta.

—¡Oh!

Turner levantó la cabeza desde el sillón de su padre.

—Señorita Miranda —dijo, arrastrando las palabras y sin mover ni un músculo de su cuerpo lacio—. *Quelle* sorpresa.

Turner no estaba seguro de por qué no le sorprendía ver a la señorita Miranda Cheever en la puerta del despacho de su padre. Cuando había oído pasos en el pasillo, se había dicho que tenía que ser ella. Bien es cierto que los miembros de su familia solían dormir como troncos y que era inconcebible que alguno de ellos estuviera despierto y se paseara por casa para bajar a comer algo o a buscar algo de lectura.

Sin embargo, hubo algo más, aparte del proceso de eliminación, lo que lo llevó a la conclusión de que Miranda era la opción obvia. Era una observadora, siempre estaba ahí, observando la escena con aquellos enormes ojos marrones. No recordaba la primera vez que la conoció; seguramente, antes de que empezara a caminar. Era una figura fija, inamovible, incluso en momentos como ésos, que deberían estar reservados sólo a la familia.

—Me voy —dijo ella.

—No —respondió él, porque... ¿por qué?

¿Porque le apetecía ser malo?

¿Porque había bebido demasiado?

¿Porque no quería estar solo?

—Quédate —dijo él, invitándola a entrar con un movimiento con el brazo. Seguro que podía sentarse en otro sitio—. Tómate algo.

Ella abrió los ojos.

—No creía que pudieran ser más grandes —murmuró él.

—No puedo beber —dijo ella.

—¿No puedes?

—No debería —se corrigió ella, y a Turner le pareció ver que fruncía el ceño. Perfecto, la había irritado. Le gustaba comprobar que todavía podía provocar a una mujer, incluso a una tan inexperta como ésta.

—Estás aquí —respondió él, encogiéndose de hombros—. Puedes tomarte una copita de brandy.

Por un segundo, se quedó inmóvil y Turner habría jurado que podía oír cómo su cerebro daba vueltas. Al final, Miranda dejó el libro en una mesa cerca de la puerta y dio un paso adelante.

—Sólo una —dijo.

Él sonrió.

—¿Porque sabes cuál es tu límite?

Ella lo miró a los ojos.

—Porque no lo sé.

—Cuánta sensatez en alguien tan joven —murmuró él.

—Tengo diecinueve años —respondió ella, sin altivez, sino como una realidad.

Él arqueó una ceja.

—Como he dicho…

—Cuando tenías diecinueve años…

Él sonrió, mordaz, cuando se dio cuenta de que no había terminado la frase.

—Cuando tenía diecinueve años —repitió por ella mientras le ofrecía una buena cantidad de brandy—, era un estúpido. —Miró el vaso que se había servido, igual que el de Miranda. Se lo bebió de un trago.

Lo dejó en la mesa con un golpe y se reclinó en la silla, apoyando la cabeza en las manos, porque había doblado los brazos a la altura de las orejas

—Como todos a los diecinueve años, debería añadir —terminó.

La miró. No había probado la bebida. Ni siquiera se había sentado.

—Exceptuando seguramente a la compañía presente —se corrigió.

—Pensaba que el brandy se servía en copa —dijo ella.

Turner la observó mientras se sentaba. No se colocó a su lado, aunque tampoco delante de él. No apartó los ojos de él ni un segundo y él no pudo evitar preguntarse qué creía que iba a hacer. ¿Abalanzarse sobre ella?

—El brandy —anunció, como si estuviera hablando para un público de más de una persona—, se sirve mejor en lo que tengas más a mano. En este caso… —Cogió el vaso, lo levantó y vio cómo las llamas de la chimenea se reflejaban en el cristal. No se molestó en terminar la frase. No parecía necesario y, además, estaba ocupado sirviéndose otro vaso—. Salud —y se lo bebió de golpe.

La miró. Estaba sentada, observándolo. No sabía si desaprobaba su actitud, porque su expresión era demasiado inescrutable para eso. Pero deseó que dijera algo. Cualquier cosa, incluso más bobadas acerca de los vasos más adecuados para cada licor bastarían para apartar su mente del hecho de que eran las once y media y de que todavía quedaban treinta minutos antes de que aquel desgraciado día terminara.

—Y dime, señorita Miranda, ¿te ha gustado el servicio? —le preguntó, desafiándola con la mirada a que dijera algo más que los tópicos habituales.

Su rostro reflejó sorpresa; la primera emoción de la noche que Turner pudo distinguir perfectamente.

—¿Te refieres al funeral?

—El único servicio del día —respondió él, con desenvoltura.

—Ha sido… eh… interesante.

—Vamos, señorita Cheever, tu vocabulario es mucho más amplio.

Ella se mordió el labio inferior. Turner recordó que Leticia solía hacerlo. Cuando todavía fingía ser inocente. Había dejado de hacerlo cuando él le colocó el anillo en el dedo.

Se sirvió otra copa.

—¿No te parece que…?

—No —la interrumpió él. No había suficiente brandy en el mundo para una noche como ésa.

Y entonces ella alargó el brazo, cogió el vaso y bebió un sorbo.

—Me ha parecido que has estado espléndido.

Maldita sea. Turner tosió y escupió todo el brandy, como si el inocente y el que tomaba su primer sorbo fuera él.

—¿Cómo dices?

Ella sonrió con tranquilidad.

—Quizá te ayudaría beber sorbos más pequeños.

Él la miró.

—Es poco habitual que alguien hable con honestidad de los muertos —dijo ella—. No estoy segura de que fuera el lugar más adecuado, pero… bueno… no era una persona muy agradable, ¿verdad?

Parecía tan serena y tan inocente, pero sus ojos… eran muy severos.

—¿Por qué será, señorita Cheever —murmuró él—, que creo que hablas con un poco de sentimiento de venganza?

Ella se encogió de hombros y bebió otro sorbo de brandy. Pequeño, observó Turner.

—En absoluto —respondió ella, aunque él estaba bastante seguro de que no la creía—, pero soy una buena observadora.

Él chasqueó la lengua.

—Cierto.

Ella se tensó.

—¿Perdón?

La había alterado. Turner no sabía por qué le gustaba tanto todo aquello, pero no podía evitar sentirse complacido. Y hacía mucho tiempo que no se sentía complacido con nada. Se inclinó hacia delante, sólo para comprobar si podía avergonzarla.

—Te he estado observando.

La chica palideció. Turner se dio cuenta incluso bajo la luz de las llamas.

—¿Y sabes qué he visto? —murmuró.

Ella abrió la boca y meneó la cabeza.

—Que me has estado observando.

Miranda se levantó, con un movimiento tan rápido que estuvo a punto de tirar la silla al suelo.

—Debería irme —dijo—. Esto es inadecuado, es tarde y...

—Oh, venga, señorita Cheever —dijo él mientras se levantaba—. No te asustes. Observas a todo el mundo. ¿Creías que no me había dado cuenta?

Alargó la mano y la tomó del brazo. Ella se quedó inmóvil, pero no se volvió.

Él apretó un poco los dedos. Sólo un poco. Lo suficiente para evitar que se fuera, porque no quería que se fuera. No quería estar solo. Todavía quedaban veinte minutos y quería que Miranda se enfadara, igual que él estaba enfadado y lo había estado durante años.

—Dime, señorita Cheever —susurró, acariciándole la parte inferior de la barbilla con dos dedos—. ¿Te han besado alguna vez?

Capítulo 2

No habría sido una exageración decir que Miranda llevaba años soñando con ese momento. Y, en sus sueños, siempre sabía qué decir. Sin embargo, parecía que en la realidad era mucho menos elocuente y sólo podía mirarlo, sin respirar. Pensó que, literalmente, no podía llenar los pulmones.

Era gracioso, porque siempre había pensado que era una metáfora. Sin aliento. Sin aliento.

—Me imaginaba que no —dijo él, pero ella apenas podía oírlo por encima del revuelo en su cabeza. Debería huir, pero estaba paralizada, y no debería hacer esto, pero quería o, al menos, creía que quería. Lo había querido desde que tenía diez años, aunque no sabía demasiado bien qué quería y…

Y sus labios la rozaron.

—Delicioso —murmuró él, depositándole delicados y seductores besos en la mejilla hasta que alcanzó la mandíbula.

Era el paraíso. Era distinto a todo lo que Miranda había conocido. Notó que algo en su interior se aceleraba, una extraña tensión que se encogía y se estiraba, y no estaba segura de lo que se suponía que tenía que hacer, de modo que se quedó de pie, aceptando sus besos mientras se deslizaba por su cara, por su mejilla y regresaba a la boca.

—Abre la boca —le ordenó él, y ella obedeció, porque era Turner y ella quería eso. ¿Acaso no lo había querido siempre?

Él introdujo la lengua en su boca y ella notó cómo la pegaba más contra él. Los dedos de Turner exigían, y luego también su boca, y entonces se dio cuenta de que aquello estaba mal. No era el momento con el que había estado soñando durante años. Él no la quería. No sabía por qué la estaba besando, pero no la quería. Y, sobre todo, no la amaba. Aquel beso no era amable.

—Devuélveme el beso, maldita sea —gruñó Turner, mientras pegaba su boca a ella con una insistencia renovada. Era brusco, y se mostraba furioso y, por primera vez aquella noche, Miranda empezó a tener miedo.

«No», intentó decir, pero su voz se perdió en su boca.

La mano de Turner localizó sus nalgas y las apretó, pegándola al lugar más íntimo de su cuerpo. Y Miranda no entendía cómo podía querer aquello y no quererlo, cómo podía seducirla y asustarla, cómo podía odiarlo y quererlo al mismo tiempo, a partes iguales.

—No —repitió, colocando sus manos entre ellos y empujando contra su pecho—. ¡No!

Y él retrocedió, de golpe, sin ni siquiera el más mínimo rastro de deseo.

—Miranda Cheever —murmuró, aunque más bien arrastró las palabras—. ¿Quién lo habría dicho?

Ella le dio una bofetada.

Él entrecerró los ojos pero no dijo nada.

—¿Por qué lo has hecho? —le preguntó, con la voz firme mientras el resto de su cuerpo se sacudía.

—¿Besarte? —Se encogió de hombros—. ¿Por qué no?

—No —le respondió ella, horrorizada por la nota de dolor que reconoció en su voz. Quería estar furiosa. Estaba furiosa, pero quería demostrarlo. Quería que él lo supiera—. No vas a tomar la salida fácil. Has perdido ese privilegio.

Turner chasqueó la lengua, maldito sea, y dijo:

—Resultas bastante entretenida como dominatrix.

—¡Basta! —exclamó ella. Él seguía hablando de cosas que ella no entendía y lo odiaba por eso—. ¿Por qué me has besado? No me quieres.

Se clavó las uñas en las palmas de las manos. «Estúpida, estúpida.» ¿Por qué había dicho eso?

Pero él sólo sonrió.

—Olvidaba que sólo tienes diecinueve años y que, por lo tanto, todavía no has descubierto que el amor nunca es un prerrequisito para un beso.

—Ni siquiera creo que te guste.

—Bobadas. Claro que me gustas. —Parpadeó mientras intentaba recordar exactamente lo bien que la conocía—. Bueno, al menos no me disgustas.

—No soy Leticia —susurró ella.

En una décima de segundo, la agarró con fuerza por la parte superior del brazo y apretó hasta el punto de hacerle daño.

—No vuelvas a mencionar su nombre, ¿me has oído?

Miranda observó sorprendida la rabia que se reflejaba en sus ojos.

—Lo siento —dijo, enseguida—. Por favor, suéltame.

Pero él no lo hizo. Aflojó la mano, pero sólo un poco, y era como si pudiera ver a través de ella. Como si estuviera viendo un fantasma. El fantasma de Leticia.

—Turner, por favor —susurró Miranda—. Me estás haciendo daño.

Algo cambió en su expresión y retrocedió.

—Lo siento —dijo. Miró a un lado… ¿A la ventana? ¿Al reloj?—. Te pido disculpas —dijo, con educación—. Por agredirte. Por todo.

Miranda tragó saliva. Debería marcharse. Debería darle otra bofetada y después marcharse, pero estaba descolocada, y no pudo evitar decir:

—Siento mucho que te hiciera tan infeliz.

Él la miró.

—Las habladurías viajan hasta la escuela, ¿verdad?

—¡No! —exclamó ella enseguida—. Es que… me di cuenta.

—¿Ah, sí?

Miranda se mordió el labio mientras pensaba qué iba a decir. Las habladurías habían llegado a la escuela. Pero, antes que eso, ella lo había visto con sus propios ojos. El día de su boda se le veía muy enamorado. El amor se reflejaba en sus ojos y, cuando miraba a Leticia, Miranda sentía que su mundo se desmoronaba. Era como si estuvieran en su propio mundo, sólo los dos, y ella los estuviera mirando desde fuera.

Y, cuando volvió a verlo, estaba distinto.

—Miranda —dijo él.

Ella levantó la mirada y, con tranquilidad, dijo:

—Cualquiera que te conociera antes de tu matrimonio se habría dado cuenta de que eras infeliz.

—¿Por qué? —La miró, y ella vio algo tan urgente en sus ojos que sólo pudo decirle la verdad.

—Solías reír —dijo, en voz baja—. Solías reír y tus ojos brillaban.

—¿Y ahora?

—Ahora eres un hombre frío y rudo.

Turner cerró los ojos y, por un momento, Miranda creyó que sentía dolor. Pero, al final, la miró fijamente y levantó la comisura de los labios en una risa burlona.

—Pues sí. —Se cruzó de brazos y se reclinó con insolencia sobre una librería—. Y dime, por favor, señorita Cheever, ¿desde cuándo eres tan perspicaz?

Miranda tragó saliva para contener la decepción que le estaba subiendo por la garganta. Los demonios de Turner habían vuelto a ganar. Por un momento, cuando había cerrado los ojos, casi pareció que la escuchaba. Y no las palabras, sino su significado.

—Siempre lo he sido —respondió—. Solías decirlo cuando era pequeña.

—Esos enormes ojos marrones —dijo él, con un insensible chasquido de lengua—. Siguiéndome a todas partes. ¿Crees que no sé que te gustaba?

Los ojos de Miranda se llenaron de lágrimas. ¿Cómo podía ser tan cruel para decir eso?

—Eras muy amable conmigo cuando era pequeña —dijo, casi susurrando.

—Sí que lo era. Pero eso fue hace mucho tiempo.

—Nadie lo sabe mejor que yo.

Él no dijo nada, y ella tampoco. Y entonces, al final…

—Vete.

Su voz sonó ronca, desgarrada y llena de dolor.

Ella se fue.

Y, esa noche, no escribió nada en el diario.

Al día siguiente, Miranda se levantó con un objetivo claro: quería irse a casa. Le daba igual si no desayunaba y le daba igual si el cielo se abría y tenía que caminar bajo la intensa lluvia. No quería estar aquí, con él, en el mismo edificio, en la misma propiedad.

Todo era demasiado triste. Se había ido. El Turner que había conocido, el Turner que había adorado, había desaparecido. Lo había presentido, claro. Lo había presentido en sus visitas a casa. La primera vez, fueron los ojos. La siguiente, la boca y las líneas blancas de rabia que se le marcaban en la comisura de los labios.

Lo había presentido, pero, hasta ahora, no se había permitido saberlo.

—Estás despierta.

Era Olivia, vestida y con un aspecto encantador, a pesar de llevar el vestido de luto.

—Por desgracia —farfulló Miranda.

—¿Qué has dicho?

Miranda abrió la boca, pero entonces recordó que Olivia no esperaría una respuesta, así que, ¿para qué gastar energías?

—Venga, date prisa —dijo Olivia—. Vístete y haré que mi doncella te dé los retoques finales. Hace magia con el pelo.

Miranda se preguntó cuándo Olivia se daría cuenta de que no había movido ni un músculo.

—Levántate, Miranda.

Miranda saltó de un brinco de la cama.

—Por todos los cielos, Olivia. ¿Es que nadie te ha dicho que es de mala educación gritar en el oído de otro ser humano?

Olivia pegó la cara a la suya, quizás incluso demasiado cerca.

—Para ser sincera, no pareces demasiado humana esta mañana.

Miranda se dio la vuelta.

—No me siento humana.

—Te sentirás mejor después de desayunar.

—No tengo hambre.

—Pero no puedes perderte el desayuno.

Miranda apretó los dientes. Aquella alegría debería ser ilegal antes de mediodía.

—Miranda.

Miranda se tapó la cabeza con una almohada.

—Si vuelves a repetir mi nombre, voy a tener que matarte.

—Pero tenemos trabajo que hacer.

Miranda hizo una pausa. ¿De qué diantres estaba hablando?

—¿Trabajo? —repitió.

—Sí, trabajo. —Olivia apartó la almohada y la tiró al suelo—. He tenido una idea extraordinaria. Se me ha ocurrido en sueños.

—Es broma.

—De acuerdo, es broma, pero se me ha ocurrido esta mañana cuando estaba en la cama.

Olivia sonrió, una especie de sonrisa felina, y eso significaba que había tenido un momento de brillantez o que iba a destruir el mundo tal y como lo conocían. Y entonces esperó, aunque seguramente fuera la única vez en su vida que había esperado, y Miranda la recompensó con un:

—Está bien. ¿De qué se trata?

—De ti.

—De mí.

—Y de Winston.

Por un segundo, Miranda se quedó sin habla. Y luego dijo:

—Estás loca.

Olivia se encogió de hombros e irguió la espalda.

—O soy muy, muy inteligente. Piénsalo, Miranda. Es perfecto.

Miranda no podía pensar en nada que implicara a un caballero, y mucho menos a uno con el apellido Bevelstoke, aunque no fuera Turner.

—Lo conoces bien y ya tienes una edad —dijo Olivia, enumerando sus argumentos con los dedos.

Miranda meneó la cabeza y salió por el otro lado de la cama.

Sin embargo, Olivia se movió con agilidad y enseguida se colocó a su lado.

—No te apetece vivir la temporada en Londres —continuó—. Lo has dicho en numerosas ocasiones. Y odias establecer una conversación con personas que no conoces.

Miranda intentó evitarla entrando en el vestidor.

—Pero, al conocer a Winston, como ya te he dicho, eso elimina la necesidad de establecer conversación con extraños y, además —Olivia asomó su cara sonriente—, eso significa que seremos hermanas.

Miranda se quedó inmóvil y apretó entre los dedos el vestido que había elegido.

—Sería precioso, Olivia —dijo, porque, ¿qué otra cosa podía decir?

—Ah, ¡me encanta que estés de acuerdo! —exclamó Olivia, y la abrazó—. Será maravilloso. Espléndido. Más que espléndido. Será perfecto.

Miranda no se movió mientras se preguntaba cómo se había metido en aquel embrollo.

Olivia se separó, todavía sonriente.

—Winston no tendrá ni idea de cómo ha pasado.

—¿El propósito de esto es unir a dos personas o darle una lección a tu hermano?

—Bueno, ambas cosas, claro —admitió abiertamente Olivia. Soltó a Miranda y se dejó caer en una silla cercana—. ¿Importa?

Miranda abrió la boca, pero Olivia fue más rápida.

—Por supuesto que no —dijo—. Lo único que importa es que se trata de un objetivo compartido, Miranda. En serio, no sé por qué no se nos había ocurrido antes.

Mientras estaba de espaldas a Olivia, Miranda hizo una mueca. Claro que no se le había ocurrido. Había estado demasiado ocupada soñando con Turner.

—Y vi cómo te miraba Winston anoche.

—Olivia, sólo había cinco personas en la sala. Era imposible que no me mirara.

—Pero la diferencia está en el cómo —insistió Olivia—. Era como si no te hubiera visto nunca.

Miranda empezó a arreglarse la ropa.

—Estoy segura de que te equivocas.

—No me equivoco. Ven, date la vuelta. Te abrocharé los botones. Nunca me equivoco con cosas como ésta.

Miranda esperó pacientemente mientras Olivia le abotonaba el vestido. Y entonces se le ocurrió...

—¿Cuándo has tenido la ocasión de no equivocarte? Vivimos aislados en el campo. No hemos visto a nadie enamorándose.

—Claro que sí. Billy Evans y...

—Tuvieron que casarse, Olivia. Ya lo sabes.

Olivia le abrochó el último botón, la agarró por los hombros y le dio la vuelta, para tenerla frente a frente. Tenía una expresión pícara, incluso para ella.

—Sí, pero ¿por qué tuvieron que casarse? Porque estaban enamorados.

—No recuerdo que predijeras esa unión.

—Bobadas. Claro que lo hice. Estabas en Escocia. Y no podía explicártelo por carta; me parecía muy sórdido ponerlo por escrito.

Miranda no entendía por qué, puesto que un embarazo no planeado era un embarazo no planeado. Escribirlo no iba a cambiar nada. No obstante, Olivia tenía razón. Ella se iba seis semanas a Escocia cada año a visitar a sus abuelos maternos, y Billy Evans se casó mientras estaba fuera. Era propio de Olivia esgrimir el único argumento que ella no podía rebatir.

—¿Bajamos a desayunar? —preguntó Miranda, algo cansada. No iba a poder evitarlo y, además, Turner había bebido mucho la noche anterior. Si existía la justicia divina, estaría en la cama con dolor de cabeza toda la mañana.

—No hasta que María te peine —dijo Olivia—. No debemos dejar nada al azar. Tu trabajo es estar guapa. Venga, no me mires así. Eres mucho más guapa de lo que crees.

—Olivia.

—No, no, lo he dicho mal. No eres guapa. Yo soy guapa. Guapa y aburrida. Tú tienes algo más.

—Una cara alargada.

—No. Al menos, no tanto como cuando eras pequeña. —Olivia ladeó la cabeza y no dijo nada.

Nada. Olivia.

—¿Qué? —preguntó Miranda, con recelo.

—Creo que has crecido.

Era lo que Turner le había dicho hacía tantos años. «Algún día crecerás y tu belleza igualará la inteligencia que ya posees.» Miranda odiaba recordarlo. Y odiaba que la hiciera querer llorar.

Olivia, cuando la vio tan emocionada, también se emocionó.

—Oh, Miranda —dijo, mientras la abrazaba con fuerza—. Yo también te quiero. Seremos las mejores hermanas del mundo. Estoy impaciente.

Cuando Miranda bajó a desayunar (media hora tarde; juró que nunca había tardado tanto en arreglarse y juró que nunca volvería a hacerlo), el estómago le rugía.

—Buenos días, familia —dijo Olivia, con alegría, mientras cogía un plato de la mesa auxiliar—. ¿Dónde está Turner?

Miranda lanzó una plegaria de agradecimiento al cielo por su ausencia.

—Imagino que en la cama, todavía —respondió lady Rudland—. El pobre. Ha sido una semana horrible.

Nadie dijo nada. A ninguno le gustaba Leticia.

Olivia entendió el silencio.

—Muy bien —dijo—. Bueno, sólo espero que no pase mucha hambre. Anoche tampoco cenó con nosotros.

—Olivia, su mujer acaba de morir —intervino Winston—. Y nada menos que de un accidente en que se rompió el cuello. Te ruego que seas un poco más indulgente con él.

—Me preocupo por él porque lo quiero —respondió Olivia, con el mal genio que reservaba únicamente para su hermano gemelo—. No está comiendo nada.

—He hecho que le suban una bandeja a la habitación —dijo su madre, zanjando la discusión—. Buenos días, Miranda.

Miranda se sobresaltó. Había estado ocupada observando a Olivia y a Winston.

—Buenos días, lady Rudland —respondió, enseguida—. Espero que haya dormido bien.

—Todo lo bien que se puede esperar. —La condesa suspiró y bebió un sorbo de té—. Son tiempos difíciles. Aunque debo darte las gracias otra vez por haberte quedado a pasar la noche. Sé que ha sido un consuelo para Olivia.

—Por supuesto —murmuró Miranda—. Ha sido un placer ser de ayuda. —Siguió a Olivia hasta la mesa auxiliar y se sirvió el desayuno. Cuando volvió a la mesa, descubrió que ésta le había dejado un asiento libre al lado de Winston.

Se sentó y miró a los Bevelstoke. Todos le estaban sonriendo. Lord y lady Rudland con benevolencia, Olivia con un toque de perspicacia y Winston...

—Buenos días, Miranda —dijo, con calidez. Y sus ojos... la miraban con...

¿Interés?

Madre de Dios, ¿era posible que Olivia tuviera razón? Había algo distinto en cómo la miraba.

—Muy bien, gracias —respondió ella, absolutamente incómoda. Winston prácticamente era su hermano, ¿no? Era imposible que pensara en ella así... Y ella tampoco podía. Aunque, si él podía, ¿ella también? Y...

—¿Te quedarás en Haverbreaks esta mañana? —le preguntó—. Había pensado que podríamos ir a dar un paseo a caballo. ¿Quizá después de desayunar?

Dios mío. Olivia tenía razón.

Miranda notó cómo separaba los labios, sorprendida.

—Yo... eh... no lo había decidido.

Olivia le dio una patada por debajo de la mesa.

—¡Au!

—¿La caballa está mala? —preguntó lady Rudland.

Miranda meneó la caballa.

—Lo siento —dijo, mientras se aclaraba la garganta—. No, creo que ha sido una espina.

—Por eso nunca como pescado en el desayuno —comentó Olivia.

—¿Qué dices, Miranda? —insistió Winston. Sonrió; una sonrisa perezosa y juvenil que seguro que había roto cientos de corazones—. ¿Vamos a dar un paseo?

Miranda alejó las piernas de Olivia y dijo:

—Me temo que no me he traído la ropa adecuada. —Era verdad, y una lástima, porque empezaba a creer que una salida con Winston era justamente lo que necesitaba para quitarse a Turner de la cabeza.

—Puedes coger la mía —dijo Olivia, sonriendo por encima de la tostada—. Te irá un poco grande.

—Entonces, arreglado —dijo Winston—. Será magnífico ponernos al día. Hace años que no lo hacemos.

Miranda sonrió. Era muy fácil estar con Winston, incluso ahora, cuando ella estaba aturdida por sus intenciones.

—Varios años, creo. Siempre estoy en Escocia cuando vienes a casa durante las vacaciones de la escuela.

—Pero hoy no —respondió él, satisfecho. Levantó la taza de té, le sonrió y a Miranda la sorprendió lo mucho que se parecía a Turner de joven. Winston tenía veinte años, uno más de los que tenía Turner cuando ella se había enamorado de él.

Cuando lo conoció, se corrigió. No se había enamorado de él. Sólo lo había creído. Ahora sabía distinguir las dos cosas.

11 de abril de 1819

Un paseo a caballo espléndido con Winston. Se parece mucho a su hermano, si su hermano fuera amable, considerado y todavía conservara el sentido del humor.

Turner no había dormido demasiado bien, aunque no le sorprendía; ya casi nunca dormía. Además, esa mañana todavía estaba enfadado e irritable… básicamente consigo mismo.

¿En qué demonios estaba pensando? Besar a Miranda Cheever. Esa chica era prácticamente como su hermana pequeña. Estaba furioso, y quizás un poco ebrio, pero no era excusa para su triste comportamiento. Leticia había matado muchas cosas en él, pero, por Dios, todavía era un caballero. Si no, ¿qué le quedaba?

Ni siquiera la había deseado. No. Conocía el deseo, conocía aquella necesidad inmediata de poseer y reclamar, y lo que había sentido por Miranda…

Bueno, no sabía qué era, pero no había sido eso.

Eran aquellos enormes ojos marrones. Lo veían todo. Lo ponían nervioso. Siempre lo habían hecho. Incluso de pequeña, ya parecía ser increíblemente savia. Y él estaba en el despacho de su padre y se sintió expuesto y transparente. Sólo era una cría; acababa de terminar la escuela y, sin embargo, sabía reconocer sus sentimientos. Aquella intrusión lo había enfurecido y respondió de la única forma que le pareció adecuada en ese momento.

Sin embargo, nada podría haber sido menos adecuado.

Y ahora tendría que disculparse. Dios mío, la sola idea era intolerable. Sería mucho más fácil fingir que no había pasado e ignorarla el resto de su vida, pero estaba claro que no iba a ser posible; no si quería seguir manteniendo una relación con su hermana. Y, además, esperaba que todavía le quedara algún resto de decencia y caballerosidad.

Leticia había matado casi todas sus cualidades buenas e inocentes, pero seguro que le quedaba algo. Y cuando un caballero ofendía a una dama, su deber era disculparse.

Cuando bajó a desayunar, su familia ya no estaba, y le pareció perfecto. Comió deprisa y se bebió el café de un trago. Lo pidió solo como penitencia y ni siquiera hizo una mueca cuando le resbaló, ardiendo y amargo, por la garganta.

—¿Querrá algo más?

Turner miró al lacayo, que estaba a su lado.

—No —respondió—. De momento, no.

El lacayo retrocedió, pero no abandonó el comedor, y en ese momento Turner decidió que era hora de dejar Haverbreaks. Había demasiada gente en aquella casa. Demonios, su madre seguramente había dado instrucciones al servicio para que lo vigilaran de cerca.

Con una mueca, echó la silla hacia atrás y salió al pasillo. Informaría a su ayuda de cámara de que se iban inmediatamente. Podían estar de camino en una hora. Sólo tenía que encontrar a Miranda, solucionar el malentendido y así poder regresar a su casa a no hacer nada y...

Risas.

Levantó la cabeza. Winston y Miranda acaban de entrar en la casa, sonrosados y prácticamente rebosando aire fresco y luz del sol.

Turner arqueó una ceja y se detuvo, esperando para comprobar cuánto tardaban en darse cuenta de su presencia.

—Y entonces… —estaba diciendo Miranda, claramente llegando al final de una historia—, fue cuando supe que, cuando se trataba de chocolate, no podía confiar en Olivia.

Winston sonrió y la miró con calidez.

—Has cambiado, Miranda.

Ella se sonrojó.

—No demasiado. Básicamente, he crecido.

—Eso es cierto.

Turner creyó que iba a vomitar.

—¿Creías que podías irte a la universidad y que, cuando volvieras, estaría igual?

Winston sonrió.

—Sí, algo así. Pero debo admitir que el cambio me complace enormemente. —Le acarició el pelo, que llevaba recogido en un delicado moño—. Seguro que ya no te tiraré más del pelo.

Ella volvió a sonrojarse y, cierto, aquello no se podía tolerar.

—Buenos días —dijo Turner, en voz alta, sin molestarse en moverse del rincón desde donde los estaba observando.

—Creo que ya estamos en la tarde —respondió Winston.

—Para los principiantes, quizá —respondió Turner con una medio sonrisa burlona.

—¿La mañana dura hasta las dos en Londres? —preguntó Miranda con frialdad.

—Sólo si la noche anterior no dio los frutos esperados.

—Turner —le reprochó Winston.

Turner se encogió de hombros.

—Tengo que hablar con la señorita Cheever —dijo, sin ni siquiera mirar a su hermano. Miranda separó los labios, con sorpresa, y quizá con un poco de rabia también.

—Creo que eso depende de Miranda —dijo Winston.

Turner no apartó la mirada de la chica.

—Avísame cuando estés lista para volver a casa. Te acompañaré.

Winston abrió la boca, ofendido.

—Un momento —dijo, muy tenso—. Es una dama y, al menos, tendrías que ofrecerle la cortesía de pedirle permiso.

Turner se volvió hacia su hermano e hizo una pausa, hasta que el joven no supo dónde meterse. Miró a Miranda y dijo:

—Te acompañaré a casa.

—Es que…

Él la interrumpió con una mirada profunda y ella aceptó asintiendo con la cabeza.

—Por supuesto, milord —dijo, con las comisuras de los labios extrañamente tensas. Se volvió hacia Winston—. Quería comentar un manuscrito iluminado con mi padre. Lo había olvidado.

Muy lista, Miranda. Turner estuvo a punto de sonreír.

—¿Turner? —dijo Winston, con incredulidad—. ¿Un manuscrito iluminado?

—Es mi nueva pasión —dijo éste, con un tono insulso.

Winston lo miró, y después a Miranda, y luego otra vez a su hermano, hasta que asintió.

—Muy bien —dijo—. Ha sido un placer, Miranda.

—Igualmente —respondió ella y, a juzgar por su tono, Turner sabía que no mentía.

Aun así no cedió su posición entre los dos jóvenes amantes, y Winston le lanzó una mirada irritada antes de mirar a Miranda y decir:

—¿Volveré a verte antes de regresar a Oxford?

—Eso espero. No tengo planes para los próximos días y…

Turner bostezó.

Miranda se aclaró la garganta.

—Seguro que podemos arreglar algo. Quizás Olivia y tú podríais venir a tomar el té a casa.

—Estaría encantado.

Turner consiguió extender su aburrimiento hasta las uñas, que inspeccionó con una absoluta falta de interés.

—O si Olivia no puede venir —continuó Miranda, con una voz impresionantemente firme—, quizá podrías venir tú solo.

Winston abrió los ojos con interés.

—Sería un placer —farfulló mientras se inclinaba sobre su mano.

—¿Estás lista? —le espetó Turner.

Miranda no movió ni un músculo mientras respondía:

—No.

—Pues date prisa, que no tengo todo el día.

Winston lo miró con incredulidad.

—¿Qué te pasa?

Era una buena pregunta. Hacía quince minutos, su único objetivo era huir de casa de sus padres a toda prisa, y ahora prácticamente había insistido en acompañar a Miranda a casa.

De acuerdo, había insistido, pero tenía sus motivos.

—Estoy bastante bien —respondió Turner—. Mejor que en muchos años. Para ser exactos, desde 1816.

Winston cambió el peso a la otra pierna, incómodo, y Miranda apartó la mirada. Todos sabían que 1816 era el año de su boda.

—Junio —añadió, para ser perverso.

—¿Cómo dices? —preguntó Winston, muy tenso.

—Desde junio. Junio de 1816 —y luego les sonrió; una sonrisa falsa y de satisfacción. Se volvió hacia Miranda—. Te esperaré en el vestíbulo. No llegues tarde.

Capítulo 3

No llegues tarde?»

«¡¿No llegues tarde?!»

«¿Adónde?», se preguntó Miranda por decimosexta vez mientras se arreglaba la ropa. No habían quedado a ninguna hora. Ni siquiera le había pedido permiso para acompañarla a casa. Se lo había ordenado y después, cuando le dijo que lo avisara en cuanto estuviera lista, no se había molestado en esperar una respuesta.

¿Tantas ganas tenía de que se fuera?

Miranda no sabía si reír o llorar.

—¿Ya te marchas? —Era Olivia, que había entrado desde el pasillo.

—Tengo que volver a casa —dijo Miranda, que escogió ese mismo instante para ponerse el vestido por la cabeza. No quería que Olivia le viera la cara—. El traje de montar está encima de la cama —añadió, con la voz ahogada por la muselina.

—¿Por qué? Tu padre no extrañará tu presencia.

Muy amable por recordárselo, pensó Miranda con tristeza, a pesar de que ella misma se lo había dicho a Olivia en incontables ocasiones.

—Miranda —insistió Olivia.

Miranda le dio la espalda para que le abrochara los botones.

—No quisiera hacerme pesada.

—¿Qué? No seas tonta. Mamá te pediría que te quedaras a vivir con nosotros, si fuera posible. De hecho, en Londres vivirás con nosotros.

—No estamos en Londres.

—¿Y qué tiene que ver eso ahora?

Nada. Miranda apretó los dientes.

—¿Te has peleado con Winston?

—Por supuesto que no. —Porque, ¿quién podía pelearse con Winston, aparte de Olivia?

—Entonces, ¿qué te pasa?

—Nada. —Miranda se obligó a calmarse y recogió los guantes—. Tu hermano quiere comentar un manuscrito iluminado con mi padre.

—¿Winston? —preguntó Olivia, incrédula.

—Turner.

—¿Turner?

Madre mía, ¿alguna vez se le acababan las preguntas?

—Sí —respondió Miranda—, y quiere marcharse pronto, así que tiene que acompañarme a casa ahora.

Aquel último trozo era totalmente inventado, aunque, dadas las circunstancias, a Miranda le pareció bastante inspirado. Además, quizás ahora que Turner regresaría a su casa de Northumberland, el mundo volvería a su posición habitual, girando sobre su eje y dando vueltas alrededor del Sol.

Olivia se apoyó en el marco de la puerta, de modo que Miranda no podía ignorarla.

—¿Y por qué estás de tan mal humor? Turner siempre te ha gustado, ¿no?

Miranda casi se rió.

Y luego casi lloró.

¿Cómo se atrevía a darle órdenes como si fuera una mujer-zuela recalcitrante?

¿Cómo se atrevía a tratarla tan mal aquí, en Haverbreaks, que había sido más un hogar para ella que para él durante los últimos años?

Se volvió. No podía permitir que Olivia le viera la cara.

¿Cómo se atrevía a besarla para pasar el rato?

—¿Miranda? —preguntó Olivia, en voz baja—. ¿Te encuentras bien?

—Estoy perfectamente —respondió ella, que pasó por su lado como un vendaval camino de la puerta.

—No pareces...

—Estoy triste por Leticia —le espetó Miranda. Y lo estaba. Cualquiera que hubiera hecho tan infeliz a Turner merecía que lo lloraran.

Pero Olivia, que era Olivia, no cedía fácilmente y, mientras Miranda bajaba las escaleras corriendo, la siguió.

—¡Leticia! —exclamó—. No lo dices en serio, ¿verdad?

Miranda llegó al rellano y se agarró a la barandilla para no salir disparada.

—Leticia era una vieja bruja —continuó Olivia—. Hizo terriblemente infeliz a Turner.

«Precisamente.»

—¡Miranda! ¡Miranda! Ah, Turner. Buenos días.

—Olivia —respondió su hermano, con educación, asintiendo.

—Miranda dice que está triste por Leticia. ¿No es insoportable?

—¡Olivia! —exclamó Miranda. Puede que Turner detestara a su esposa muerta, incluso hasta el punto de expresarlo en el funeral, pero algunas cosas sobrepasaban los límites de la decencia.

Turner la miró, con una ceja arqueada y expresión burlona.

—Bobadas. La odiaba y lo sabíamos todos.

—Inocente como siempre, hermanita —murmuró Turner.

—Siempre has dicho que detestas la hipocresía —respondió ella.

—Cierto. —Miró a Miranda—. ¿Nos vamos?

—¿La llevas a casa? —preguntó Olivia, a pesar de que Miranda acababa de decírselo.

—Tengo que hablar con su padre.

—¿Y no puede llevarla Winston?

—¡Olivia! —Miranda no sabía qué le daba más vergüenza, que Olivia intentara emparejarla con Winston o que lo hiciera delante de Turner.

—Winston no tiene que hablar con su padre —respondió tranquilamente Turner.

—Bueno, pero ¿no puede acompañarnos?

—En mi carruaje, no.

Olivia abrió los ojos con anhelo.

—¿Vas a ir en el carruaje? —Era nuevo, alto, rápido y ágil, y Olivia hacía días que quería coger las riendas.

Turner sonrió y, por un momento, pareció aquel hombre que Miranda había conocido y amado hacía tanto tiempo.

—Quizás incluso la deje conducirlo —dijo, con el único objetivo de torturar a su hermana.

Y funcionó. Olivia hizo un sonido extraño con la garganta, como si se estuviera ahogando en su propia envidia.

—¡Hasta luego, hermanita! —dijo Turner, con una sonrisa. Agarró a Miranda del brazo y se la llevó hacia la puerta—. Después te veo... o quizá me veas tú. Cuando pase por delante de la puerta.

Miranda reprimió una sonrisa mientras bajaban las escaleras hacia el vehículo.

—Eres terrible —dijo.

Él se encogió de hombros.

—Se lo merece.

—No —dijo Miranda, porque creía que tenía la obligación de defender a su mejor amiga, incluso a pesar de haber disfrutado mucho con la escena.

—¿No?

—De acuerdo, sí, pero sigues siendo terrible.

—Absolutamente —admitió y, mientras Miranda permitía que la ayudara a subir al carruaje, se preguntó cómo había pasado todo, cómo era que estaba sentada a su lado, sonriendo y pensando que quizá no lo odiaba, que quizá Turner podía redimirse.

Condujeron en silencio unos minutos. El carruaje era muy elegante y Miranda no pudo evitar sentirse rodeada de lujo mientras aceleraban y avanzaban por el camino.

—Esta tarde has hecho una conquista —dijo Turner, al final.

Miranda se tensó.

—Winston parece prendado de ti.

Ella no dijo nada. No podía decir nada, nada que la dejara con la dignidad intacta. Podía negarlo y parecer coqueta, o admitirlo y sonar jactanciosa. O provocadora. O, por Dios, parecer como si quisiera darle celos a Turner.

—Supongo que debería darte mi bendición.

Miranda se volvió hacia él, sorprendida, pero Turner no apartó la mirada de la carretera mientras añadía:

—Sería una unión ventajosa para ti y, sin duda, mi hermano no podría haber escogido mejor. Quizá no tengas el dinero que un hermano pequeño tanto necesita, pero lo compensas con sensatez. Y sensibilidad.

—Oh. Yo… Yo… —Miranda parpadeó. No tenía ni la menor idea de qué decir. Era un cumplido, y ni siquiera uno de esos que no se sabe cómo tomarlos, pero aún así, sonaba un poco falso. No quería que Turner enumerara todas sus cualidades estelares si el único motivo para hacerlo era emparejarla con su hermano.

Y no quería ser sensata. Por una vez, quería ser guapa, o exótica, o cautivadora.

Dios mío. Sensata. Era una descripción muy triste.

Miranda se dio cuenta de que Turner estaba esperando que terminara su inconexa respuesta, así que dijo:

—Gracias.

—No deseo que mi hermano cometa los mismos errores que yo.

Ella lo miró. Tenía el rostro tenso y la mirada fija en el camino, como si mirarla a ella pudiera provocar una hecatombe.

—¿Errores? —repitió ella.

—Error —corrigió él, con la voz firme—. En singular.

—Leticia. —Ya estaba. Ya lo había dicho.

El carruaje aminoró la velocidad y se detuvo. Y, por fin, Turner la miró.

—Exacto.

—¿Qué te hizo? —preguntó ella, con delicadeza. Era algo muy personal, y muy inapropiado, pero no pudo evitarlo, no cuando él la estaba mirando con tanta intensidad.

Pero se había equivocado al preguntarlo. Y lo supo porque Turner tensó la mandíbula y se volvió mientras decía:

—Nada que deban escuchar los oídos de una señorita.

—Turner...

Él se volvió hacia ella, con los ojos enloquecidos.

—¿Sabes cómo murió?

Miranda meneó la cabeza, incluso mientras respondía:

—El cuello. Se cayó.

—De un caballo —dijo, seco—. Se cayó de un caballo...

—Lo sé.

—Cuando iba a encontrarse con su amante.

Eso Miranda no lo sabía.

—Y también estaba embarazada.

Dios Santo.

—Oh, Turner. Lo si...

Él la interrumpió.

—No lo digas. Yo no lo siento.

Ella se tapó la boca abierta con la mano.

—No era mío.

Miranda tragó saliva. ¿Qué podía decir? No podía decir nada.

—Y el primero tampoco era mío —añadió. Hinchó los orificios nasales, entrecerró los ojos y apretó los labios, casi como si estuviera desafiándola. Desafiándola, en silencio, a que le hiciera más preguntas.

—T... —Intentó pronunciar su nombre, porque creía que debía hablar, pero la verdad es que dio las gracias cuando él la interrumpió.

—Estaba embarazada cuando nos casamos. Por eso nos casamos, si quieres saberlo. —Se rió, mordaz—. Si quieres saberlo —repitió—. Es curioso, teniendo en cuenta que yo no lo sabía.

El dolor de su voz apenó a Miranda, pero no tanto como el odio hacia sí mismo. Se había preguntado cómo había podido convertirse en ese hombre, y ahora lo sabía… y sabía que nunca podría odiarlo.

—Lo siento —dijo ella, porque era verdad y porque añadir algo más habría sido excesivo.

—No ha sido culpa… —Se interrumpió y se aclaró la garganta. Y luego, después de varios segundos, añadió—: Gracias.

Turner volvió a agarrar las riendas, pero, antes de que pudiera poner en marcha a los caballos, Miranda le preguntó:

—¿Qué vas a hacer ahora?

Él sonrió. Bueno, no fue una sonrisa, pero movió ligeramente la comisura de los labios.

—¿Qué voy a hacer?

—¿Volverás a Northumberland? ¿Irás a Londres? —«¿Te volverás a casar?»

—¿Qué voy a hacer? —repitió, en voz alta—. Supongo que lo que me plazca.

Miranda se aclaró la garganta.

—Sé que tu madre espera que hagas una aparición por Londres durante la temporada de Olivia.

—Olivia no necesita mi ayuda.

—No —tragó saliva. Con gran esfuerzo. Lo que le resbalaba por la garganta era su orgullo—. Pero yo sí.

Él se volvió y la miró con las cejas arqueadas.

—¿Tú? Pensaba que tenías a mi hermano pequeño envuelto como un regalo con un gran lazo en la cabeza.

—No —respondió ella enseguida—. Bueno, no lo sé. Es bastante joven, ¿no crees?

—Es mayor que tú.

—Tres meses —respondió ella—. Todavía va a la universidad. Seguro que no quiere casarse pronto.

Él ladeó la cabeza y la miró fijamente.

—¿Y tú sí? —murmuró.

Miranda contuvo las ganas que tenía de saltar del carruaje. Seguro que había conversaciones que una señorita no debía mantener.

Y seguro que ésta sería una de ellas.

—Me gustaría casarme algún día, sí —dijo, un poco alterada, mientras se maldecía por haberse sonrojado ligeramente.

Él la miró. Y la miró. Y la siguió mirando.

O quizá sólo la contemplaba. Miranda ya no lo sabía, pero sintió un gran alivio cuando, por fin, Turner rompió el silencio, que no sabía ni lo que había durado, y dijo:

—De acuerdo. Me lo pensaré. Como mínimo, te debo eso.

Dios mío, a Miranda la cabeza le daba vueltas.

—¿Qué me debes?

—Para empezar, una disculpa. Lo que pasó anoche… Fue imperdonable. Por eso insistí en acompañarte a casa. —Se aclaró la garganta y, durante un momento, apartó la mirada—. Te debo una disculpa y he pensado que preferirías que lo hiciera en privado.

Ella miró al frente.

—Una disculpa pública implicaría que tendríamos que explicar a mi familia por qué me estaba disculpando, exactamente —continuó Turner—. Y me ha parecido que no querrías que lo supieran.

—Quieres decir que tú no quieres que lo sepan.

Él suspiró y se echó el pelo hacia atrás.

—No, no quiero. No es que esté orgulloso de mi comportamiento y preferiría que mi familia no lo supiera. Pero también estaba pensando en ti.

—Disculpas aceptadas —dijo ella, con suavidad.

Turner soltó un suspiro largo y cansado.

—No sé por qué lo hice —continuó—. Ni siquiera era deseo. No sé qué era. Pero no fue culpa tuya.

Ella lo miró a los ojos. Una mirada fácil de descifrar.

—Ah, maldición… —Soltó un suspiro irritado y apartó la mirada. «Genial, Turner. Besas a una chica y luego le dices que no lo hiciste por deseo»—. Lo siento, Miranda. Eso ha estado mal. He sido un estúpido. Estos días, parece que pienso con los pies.

—Quizá deberías escribir un libro —respondió ella, con amargura—. Ciento y una maneras de insultar a una señorita. Seguro que ya has acumulado unas cincuenta.

Turner respiró hondo. No estaba acostumbrado a disculparse.

—No es que no seas atractiva.

La expresión de Miranda se convirtió en incredulidad. Turner se dio cuenta de que no era por sus palabras, sino porque las estuviera diciendo, porque ella se viera obligada a estar ahí sentada escuchando cómo los avergonzaba a los dos. Turner sabía que debería callarse, pero el dolor que vio en sus ojos había despertado un pequeño rincón de su corazón que hacía años había cerrado y, de repente, tenía la extraña necesidad de hacer las cosas bien.

Miranda tenía diecinueve años. Su experiencia con los hombres se limitaba a Winston y a él. Y ambos habían sido, hasta ahora, como figuras fraternales. La pobre debía estar muy confundida. Winston había decidido, de un día para otro, que era Venus, la reina Isabel y la Virgen María; las tres en una persona, y Turner se había abalanzado sobre ella. No había sido un día cualquiera en la vida de una joven de campo.

Y, sin embargo, ahí estaba. Con la espalda recta. La barbilla alta. Y no lo odiaba. Debería, pero no lo odiaba.

—No —dijo, tomándola de la mano—. Tienes que escucharme. Eres atractiva. Bastante. —Posó sus ojos en su rostro y la miró de verdad por primera vez en años. No tenía una belleza clásica, pero había algo en sus enormes ojos marrones que era muy atractivo. Tenía una piel sin imperfecciones y de un pálido muy elegante, lo que le confería un contraste luminiscente con el pelo oscuro que era, descubrió de repente, bastante grueso y con cierta tendencia a rizarse. Parecía muy suave. Lo había tocado la noche anterior. ¿Por qué no recordaba qué tacto tenía? Seguro que se habría dado cuenta de eso.

—Turner —dijo Miranda.

La estaba mirando. ¿Por qué la estaba mirando?

Turner deslizó la mirada hasta los labios mientras ella pronunciaba su nombre. Una boca pequeña y sensual. Unos labios carnosos y muy adecuados para los besos.

—¿Turner?

—Bastante —dijo él, en voz baja, como si acabara de descubrir algo increíble.

—¿Bastante qué?

—Bastante atractiva. —Meneó la cabeza ligeramente, despertando del hechizo que ella le había provocado—. Eres bastante atractiva.

Ella suspiró.

—Turner, por favor, no mientas para no herirme los sentimientos. Es una falta de respeto hacia mi inteligencia, y eso es
más insultante que cualquier cosa que puedas decir sobre mi
aspecto.

Turner echó la espalda hacia atrás y sonrió.

—No estoy mintiendo. —Parecía sorprendido.

Miranda se mordió el labio inferior con nerviosismo.

—Ah. —Parecía igual de sorprendida que él—. En ese caso,
gracias. Creo.

—Normalmente, no soy tan patoso con los cumplidos como
para que las destinatarias no sepan identificarlos.

—Seguro que no —respondió ella, cortante.

—¿Por qué tengo la sensación, de repente, de que me estás
acusando de algo?

Ella abrió los ojos. ¿Tan frío había sido tu tono?

—No sé de qué estás hablando —respondió, enseguida.

Por un momento, pareció que Turner iba a seguir interro-
gándola, pero al final debió de decidirse a no hacerlo, porque
tomó las riendas del carruaje y le ofreció una amplia sonrisa
mientras decía:

—¿Vamos?

Cabalgaron durante varios minutos, mientras Miranda miraba de reojo a Turner cuando podía. Su expresión era neutra,
incluso plácida, y aquello la irritaba un poco, y más teniendo en
cuenta que su cabeza era un hervidero de pensamientos. Le había dicho que no la deseaba, pero entonces, ¿por qué la había
besado? ¿Cuál había sido el objetivo? Y, entonces, se le escapó:

—¿Por qué me besaste?

Por un segundo, parecía que Turner se iba a ahogar, aunque
Miranda no se imaginaba por qué. Los caballos redujeron el rit-

mo al notar la falta de atención del conductor, y Turner se volvió hacia ella con evidente sorpresa.

Miranda reconoció su angustia y decidió que no encontraría una forma amable de responder a su pregunta.

—Olvida que te lo he preguntado —dijo, enseguida—. No importa.

Sin embargo, no se arrepentía de haberlo preguntado. ¿Qué podía perder? No iba a burlarse de ella ni a explicar historias. Sólo tenía que superar la vergüenza de este momento, y nunca podría compararse con la vergüenza de la noche anterior, así que...

—Fui yo —dijo él, de repente—. Sólo yo. Y tú tuviste la mala suerte de estar a mi lado.

Miranda vio la tristeza en sus ojos azules y colocó una mano encima de su manga.

—No pasa nada por estar enfadado con ella.

Él no fingió que no sabía de qué le estaba hablando.

—Está muerta, Miranda.

—Pero eso no significa que no fuera una persona excepcionalmente horrible cuando estaba viva.

Él la miró con extrañeza y luego se echó a reír.

—Miranda, a veces dices las cosas más inesperadas.

Ella sonrió.

—Eso sí que me lo tomaré como un cumplido.

—Recuérdame que nunca te proponga como profesora de catequesis.

—Me temo que nunca he sido una experta en la virtud cristiana.

—¿De veras? —Turner parecía divertido.

—Todavía se la tengo jurada a la pobre Fiona Bennet.

—¿Quién es?

—Esa niña horrible que me dijo que era fea en la fiesta del decimoprimer aniversario de Olivia y Winston.

—Dios mío, ¿cuántos años han pasado ya? Recuérdame que nunca me enfade contigo.

Ella arqueó una ceja.

—Será mejor que no lo hagas.

—Querida, está claro que no naciste con una naturaleza caritativa.

Ella se encogió de hombros, maravillada ante la facilidad con la que Turner había conseguido que se sintiera cómoda y feliz en tan poco tiempo.

—No se lo digas a tu madre. Cree que soy una santa.

—En comparación con Olivia, seguro que lo eres.

Miranda agitó un dedo delante de su cara.

—No digas nada malo de Olivia, por favor. La quiero mucho.

—Si me disculpas el símil poco atractivo, eres fiel como un perro.

—Adoro los perros.

Y entonces llegaron a casa de Miranda.

«Adoro los perros.» Esa sería su última frase. Maravilloso. Durante el resto de su vida, Turner la asociaría a los perros.

La ayudó a bajar del carruaje y después miró al cielo, que se estaba tapando.

—Espero que no te importe si no te acompaño hasta la puerta —murmuró.

—Por supuesto que no —respondió Miranda. Era una chica práctica. Era una estupidez que Turner se mojara cuando ella podía entrar en su casa perfectamente sola.

—Buena suerte —le dijo él mientras subía al carruaje.

—¿Con qué?

—Con Londres, con la vida. —Se encogió de hombros—. Con lo que sea que desees.

Ella sonrió con arrepentimiento. Si él supiera.

19 de mayo de 1819

Hoy hemos llegado a Londres. Juro que nunca le he encontrado el encanto. Es grande, ruidosa, abarrotada y, por cierto, huele bastante mal.

Lady Rudland dice que llegamos tarde. La mayoría de la gente ya está en la ciudad y la temporada empezó hace más de un mes. Sin embargo, no podía ser de otra forma: Livvy habría quedado muy mal si hubiera acudido a fiestas y bailes mientras se suponía que estaba guardando luto por Leticia. Sin embargo, hicimos un poco de trampa y vinimos antes, aunque sólo para las últimas pruebas de los vestidos y para rematar los preparativos. Aunque no acudiremos a fiestas hasta que el luto haya terminado.

Gracias a Dios que sólo han sido seis semanas. El pobre Turner tiene que hacer un año entero.

Prácticamente lo he perdonado. Sé que no debería hacerlo, pero no puedo odiarlo. Seguro que tengo el récord del amor no correspondido más largo de la historia.

Soy patética.

Soy un perro.

Soy un perro patético.

Y desperdicio el papel de forma inexplicable.

Capítulo 4

Turner había planeado pasar la primavera y el verano en Northumberland, donde podría rechazar guardar luto por su esposa con cierta privacidad, pero su madre había recurrido a una sorprendente cantidad de tácticas, aunque la más letal había sido la culpa, claro, para que diera su brazo a torcer y acudiera a Londres a apoyar a su hermana.

No había cedido cuando le había dicho que era un líder en la sociedad y que, por tanto, su presencia en el baile de presentación de Olivia atraería a los mejores caballeros jóvenes.

No había cedido cuando le había dicho que no debería refugiarse en el campo y que le iría bien salir y estar con amigos.

Sin embargo, cedió el día que su madre se presentó en la puerta de su casa y, sin ni siquiera saludarlo, le dijo:

—Es tu hermana.

Y ahí estaba, en Rudland House, en Londres, rodeado de quinientas personas que, si no eran lo mejor del país, al menos sí que eran lo más pomposo.

Sin embargo, Olivia iba a tener que encontrar un marido entre aquella gente, y Miranda también, y él no iba a permitir que ninguna de las dos terminara en un matrimonio tan desastroso como el suyo. Londres estaba lleno de equivalentes masculinos de Leticia, la mayoría de los cuales se llamaban lord Esto o sir

Aquello. Y dudaba mucho que su madre tuviera conocimiento de las habladurías más salaces que corrían por sus círculos.

Sin embargo, eso no significaba que tuviera que hacer demasiadas apariciones. Estaba allí, en su baile de debut, y las acompañaría a algún sitio, sobre todo si había algo en el teatro que le apetecía ver, pero, aparte de eso, seguiría sus progresos desde detrás del telón. A finales de verano, habría terminado con toda aquella tontería y podría volver a…

Bueno, a lo que fuera que tuviera pensado planear. Estudiar las rotaciones de las cosechas, quizá. Practicar el tiro con arco. Visitar la taberna. Le gustaba su cerveza. Y allí nadie hacía preguntas sobre la recientemente fallecida lady Turner.

—¡Querido, has venido! —De repente, su madre ocupó su visión, preciosa con su vestido morado.

—Ya te dije que llegaría a tiempo —respondió, y después se terminó la copa de champán que tenía en la mano—. ¿No te han avisado de mi llegada?

—No —respondió ella, algo distraída—. He ido como una loca con los detalles de última hora. Seguro que los criados no han querido molestarme.

—O no te han encontrado —comentó él, contemplando el gentío que llenaba su casa. Era una locura; un éxito absoluto. Tampoco veía a ninguna de las invitadas de honor, aunque, claro, había preferido quedarse en la sombra los veinte minutos que habían pasado desde su llegada.

—Les he dado permiso para bailar los valses —dijo lady Rudland—, así que haz el favor de cumplir con las dos.

—Una orden directa —murmuró él.

—Sobre todo con Miranda —añadió ella, que, por lo visto, no había oído el comentario de su hijo.

—¿Qué quieres decir, sobre todo con Miranda?

Su madre se volvió hacia él con una mirada directa.

—Miranda en una chica fantástica, y la quiero mucho, pero los dos sabemos que no es el tipo de joven que la sociedad suele favorecer.

Turner le lanzó una mirada de incredulidad.

—Y los dos también sabemos que la sociedad no suele ser un buen juez sobre el carácter. No olvides que Leticia tenía mucho éxito en esta sociedad.

—Y, a juzgar por esta noche, Olivia también —respondió su madre, con decisión—. La sociedad es caprichosa y recompensa a los buenos con la misma frecuencia que a los malos. Pero jamás recompensa a los callados.

Fue entonces cuando Turner localizó a Miranda, que estaba al lado de Olivia cerca de la puerta.

Al lado de Olivia, pero en dos mundos distintos.

No es que la estuvieran ignorando, porque no era así. Le estaba sonriendo a un joven que parecía que la estaba invitando a bailar. Pero no tenía la muchedumbre de hombres que rodeaban a Olivia, que, como él mismo tenía que admitir, brillaba como una joya radiante colocada en un marco perfecto. Le resplandecían los ojos y, cuando reía, parecía que llenaba el ambiente de música.

Su hermana tenía algo cautivador. Hasta Turner tenía que admitirlo.

Sin embargo, Miranda era distinta. Ella observaba y sonreía, pero era como si tuviera un secreto, como si fuera anotando cosas en su cabeza sobre las personas que conocía.

—Sácala a bailar —le dijo su madre.

—¿A Miranda? —preguntó él, sorprendido. Habría jurado que su madre le pediría que primero sacara a bailar a su hermana.

Lady Rudland asintió.

—Será un gran empujón para ella. No bailas desde... ya ni me acuerdo. Desde mucho antes de que Leticia muriera.

Turner tensó la mandíbula y, habría dicho algo, pero su madre gritó, aunque aquello no fue tan sorprendente como lo que vino después y que, estaba seguro, era la primera blasfemia que cruzaba los labios de su madre.

—¿Madre? —le preguntó él.

—¿Dónde está tu brazalete? —le susurró, con urgencia.

—Mi brazalete —repitió él, con ironía.

—Por Leticia —añadió ella, como si él no lo supiera.

—Creo que ya te dije que había elegido no guardarle luto.

—Pero esto es Londres —dijo, entre dientes—. Y es el debut de tu hermana.

Él se encogió de hombros.

—Llevo la chaqueta negra.

—Todas tus chaquetas son negras.

—Quizá guardo un luto perpetuo —dijo él, como si nada—, por la pérdida de la inocencia.

—Provocarás un escándalo —dijo ella, entre dientes.

—No —respondió él—. Leticia provocaba escándalos. Yo sólo me niego a guardar luto por mi escandalosa esposa.

—¿Quieres arruinar a tu hermana?

—Mis acciones no le pesarán tanto como lo habrían hecho las de mi querida difunta.

—Eso ahora da igual, Turner. La realidad es que tu mujer ha muerto y...

—Ya lo sé. Vi el cuerpo —respondió él, interrumpiendo las explicaciones de su madre.

Lady Rudland retrocedió.

—No es necesario ser vulgar.

A Turner le empezaba a doler la cabeza.

—En tal caso, me disculpo.

—Me gustaría que lo reconsideraras.

—Yo preferiría no provocarte ningún disgusto —respondió él, con un suspiro—, pero no cambiaré de idea. Puedo quedarme aquí en Londres sin brazalete, o puedo volver a Northumberland... sin brazalete —añadió, tras una pausa—. Tú decides.

Su madre apretó la mandíbula y no dijo nada, de modo que él se encogió de hombros y dijo:

—Iré a buscar a Miranda.

Y se marchó.

Miranda llevaba en la ciudad dos semanas y, a pesar de que no estaba segura de poder definirse como un éxito, tampoco creía que pudiera considerarse un fracaso. Estaba justo donde esperaba estar: en algún punto intermedio, con una tarjeta de baile medio llena y un diario rebosante de observaciones de los acompañantes estúpidos, insensatos y heridos. (El acompañante herido sería lord Chisselworth, que tropezó mientras bailaban en la fiesta de los Mottram y se torció el tobillo. Los estúpidos e insensatos eran demasiados para acordarse de todos.)

En resumen, consideraba que no lo estaba haciendo mal para alguien con el conjunto de talentos y atributos que Dios le había dado. En su diario, escribió:

Se supone que tengo que mejorar mis habilidades sociales, pero, como Olivia dijo, las conversaciones absurdas nunca han sido mi fuerte. Sin embargo, he perfeccionado mi amable y vacía sonrisa, y parece que funciona. ¡He tenido tres peticiones para acompañarme durante la cena!

Por supuesto, ayudaba que todo el mundo supiera su condición de mejor amiga de Olivia. Su amiga había arrasado, como todos sabían que haría, y ella se beneficiaba por asociación. Estaban los caballeros que llegaban tarde para asegurarse un baile con Olivia y luego estaban aquellos a los que les daba pavor hablar con ella, en cuyo caso la amiga les parecía una opción más accesible.

Sin embargo, y a pesar de la excesiva atención, Miranda estaba sola cuando oyó una voz terriblemente familiar.

—No diré que te he encontrado sin compañía, señorita Cheever.

«Turner.»

No pudo evitar sonreír. Estaba extraordinariamente apuesto con su traje oscuro de gala, y la luz de las velas se reflejaba en su pelo dorado.

—Has venido —dijo, simplemente.

—¿Pensabas que no lo haría?

Lady Rudland había dicho que sí, pero Miranda no estaba tan segura. Había dejado muy claro, en varias ocasiones, que no quería participar en las fiestas de la sociedad ese año. O, seguramente, ningún año. Todavía era complicado decirlo.

—Tengo entendido que tu madre tuvo que chantajearte para que vinieras —dijo ella, mientras se colocaban el uno al lado del otro y contemplaban el gentío.

Él fingió ofenderse.

—¿Chantaje? Es una palabra muy fea. Y, además, incorrecta en este caso.

—¿Sí?

Él se inclinó ligeramente hacia ella.

—Fue culpa.

—¿Culpa? —Miranda apretó los labios y lo miró con picardía—. ¿Qué hiciste?

—Di mejor qué no hice. O, casi mejor, lo que no iba a hacer. —Se encogió de hombros—. Me ha dicho que Olivia y tú seréis un éxito seguro si os ofrezco mi apoyo.

—Supongo que Olivia sería un éxito incluso si no tuviera ni un penique y hubiera nacido en el sitio incorrecto.

—Yo tampoco estoy preocupado por ti —dijo Turner, y le sonrió de una forma benevolente que a ella le molestó. Y, de repente, frunció el ceño—. Y, dime, ¿con qué pretendía chantajearme mi madre?

Miranda sonrió. Le encantaba cuando estaba desconcertado. Siempre parecía controlarlo todo, mientras que el corazón de Miranda siempre se aceleraba cuando lo veía. Por suerte, con los años había aprendido a estar cómoda en su compañía. Si no hiciera tanto tiempo que lo conocía, dudaba que pudiera mantener una conversación delante de él. Además, seguramente Turner sospecharía algo si, cada vez que se vieran, ella se quedara callada.

—No lo sé. —Fingió considerar varias opciones—. Historias de cuando eras pequeño y cosas así.

—No digas bobadas. Era un ángel.

Ella arqueó las cejas con incredulidad.

—Debes pensar que soy muy crédula.

—No, sólo demasiado educada para contradecirme.

Miranda puso los ojos en blanco y se volvió hacia la multitud. Olivia estaba al otro lado de la sala, rodeada por la habitual colección de caballeros.

—Livvy está en su ambiente, ¿no crees? —dijo ella.

Turner asintió.

—¿Dónde están todos tus admiradores, señorita Cheever? Me cuesta creer que no tengas ninguno.

Ella se sonrojó ante el cumplido.

—Uno o dos, supongo. Suelo confundirme con el mobiliario cuando Olivia está cerca.

Él la miró con incredulidad.

—Déjame ver tu carné de baile.

Ella se lo entregó a regañadientes. Turner le echó un vistazo y se lo devolvió.

—Tenía razón —dijo—. Está casi lleno.

—Casi todos llegaron a mí básicamente porque estaba al lado de Olivia.

—No seas tonta. Y no es motivo para enfadarse.

—No estoy enfadada —respondió ella, sorprendida de que Turner lo pensara—. ¿Por qué? ¿Parezco enfadada?

Él se separó y la observó.W

—No. No lo pareces. Qué extraño.

—¿Extraño?

—Nunca había conocido a ninguna dama que no quisiera una jauría de caballeros solteros a su alrededor en un baile.

La condescendencia de su voz la irritó y no pudo ocultar la insolencia en la suya cuando dijo:

—Bueno, pues ahora sí.

Pero él se rió.

—Querida niña, ¿cómo pretendes encontrar marido con esa actitud? Y no me mires como si estuviera siendo condescendiente…

Lo que provocó que ella apretara todavía más los dientes.

—Tú misma me dijiste que querías encontrar un marido esta temporada.

Tenía razón, el muy… Por lo tanto, no le quedó más opción que decir:

—No me llames «querida niña», por favor.

Él sonrió.

—Señorita Cheever, ¿detecto un atisbo de temperamento en ti?

—Siempre he tenido temperamento —respondió ella.

—Eso parece. —Seguía sonriendo, cosa que todavía irritaba más a Miranda.

—Creía que tenías que estar triste y meditabundo —gruñó ella.

Él se encogió de hombros con naturalidad.

—Parece que sacas lo mejor de mí.

Miranda lo miró fijamente. ¿Acaso había olvidado la noche del funeral de Leticia?

—¿Lo mejor? —preguntó ella, arrastrando las palabras—. ¿De veras?

Al menos, Turner tuvo la elegancia de avergonzarse.

—O, a veces, lo peor. Pero, esta noche, sólo lo mejor. —Ante el gesto de incredulidad de la chica, añadió—: Estoy aquí para cumplir mi deber contigo.

«Deber.» Era una palabra sólida y aburrida.

—Déjame tu carné de baile, por favor.

Ella se lo entregó. Era un cartón decorado con dibujos y un pequeño lápiz atado con una cinta a un extremo. Turner lo observó y luego entrecerró los ojos.

—¿Por qué tienes los valses vacíos, Miranda? Mi madre me ha dejado muy claro que os había dado permiso a las dos para bailarlos.

—No es por eso. —Apretó los dientes durante un segundo, intentando controlar la vergüenza que sabía que la delataría en cualquier momento—. Es que, bueno, si quieres saberlo…

—Suéltalo, señorita Cheever.

—¿Por qué siempre me llamas señorita Cheever cuando te burlas de mí?

—No es verdad. También te llamo señorita Cheever cuando te riño.

Qué bien, aquello sí que era un avance.

—¿Miranda?

—No es nada —farfulló ella.

Pero él no estaba dispuesto a rendirse.

—Miranda, está claro que es algo, así que…

—De acuerdo, si insistes, esperaba que me invitaras tú a bailar el vals.

Él retrocedió, aunque la sorpresa se le reflejaba en los ojos.

—O Winston —añadió enseguida porque los números ofrecían seguridad o, al menos, menos oportunidades de hacer el ridículo.

—Entonces, ¿somos intercambiables? —murmuró Turner.

—No, claro que no. Pero es que el vals no se me da demasiado bien y estaría más cómoda si mi primer vals en público fuera con alguien que conozca —improvisó enseguida.

—¿Alguien que no se ofendiera si lo pisas?

—Algo así —susurró ella. ¿Cómo se había metido en aquel embrollo? Turner descubriría que estaba enamorada de él o creería que era una tonta a la que le daba miedo bailar en público.

Sin embargo, gracias a Dios, él ya estaba diciendo:

—Será un honor bailar un vals contigo. —Cogió el carné de baile y escribió su nombre—. Ya está. Ahora ya estás comprometida conmigo para el primer vals.

—Gracias. Lo esperaré impaciente.

—De nada. Yo también. ¿Puedo apuntarme en otro? No se me ocurre nadie más con quien me apetezca mantener una conversación obligada durante los cuatro o cinco minutos que dura el vals.

—No sabía que era una carga tan pesada —dijo Miranda, con una mueca.

—No lo eres —le aseguró él—. Pero todas las demás, sí. Ya está, me he reservado el último vals, también. Con el resto, tendrás que arreglártelas sola. No estaría bien visto bailar contigo más de dos veces.

«Por Dios, no», se dijo Miranda con amargura. Quizás alguien pensara que no bailaba con ella por obligación. Sin embargo, Miranda sabía lo que esperaban de ella, así que sonrió y dijo:

—No, por supuesto que no.

—Perfecto —respondió Turner, con aquel tono definitivo que los hombres utilizaban cuando querían dar por zanjada una conversación, independientemente de si el otro interlocutor también quería—. Veo que el joven Hardy se acerca para reclamar el siguiente baile. Voy a beber algo. Nos veremos en el primer vals.

Y entonces la dejó sola en una esquina, saludando al señor Hardy mientras se iba. Miranda realizó la reverencia de rigor a su compañero de baile, aceptó la mano enguantada que le ofrecía y lo siguió hasta la pista de baile para una cuadrilla. No la sorprendió que, después de hablar del vestido y del tiempo, el señor Hardy le preguntara por Olivia.

Ella respondió sus preguntas con la máxima educación e intentando no darle demasiadas esperanzas. A juzgar por el grupo de hombres que rodeaba a su amiga, las opciones del señor Hardy eran escasas.

Por suerte, el baile terminó muy deprisa y Miranda regresó al lado de Olivia.

—Miranda, querida —exclamó—. ¿Dónde estabas? Les he estado hablando de ti a todos.

—No es verdad —respondió ella, arqueando las cejas con incredulidad.

—Claro que sí. ¿No es cierto? —Le dio un codazo a un chico que enseguida asintió—. ¿Te mentiría yo?

Miranda reprimió una sonrisa.

—Si así consiguieras tus propósitos.

—Cállate. Eres terrible. ¿Dónde estabas?

—Necesitaba un poco de aire fresco, así que me he escondido en un rincón y me he tomado un vaso de limonada. Turner me ha hecho compañía.

—Entonces, ¿al final ha llegado? Tendré que guardarle un baile.

Miranda la miró con incredulidad.

—Me parece que no te queda ninguno libre.

—No puede ser. —Olivia miró su carné de baile—. Dios mío, voy a tener que tachar a alguien.

—Olivia, no puedes hacer eso.

—¿Por qué no? Escucha, Miranda, tengo que decirte que…
—De repente, se interrumpió al recordar la presencia de sus muchos admiradores. Se volvió hacia ellos con una sonrisa radiante.

A Miranda no la hubiera sorprendido si hubieran ido cayendo al suelo, uno a uno, como moscas proverbiales.

—¿A alguno le importa ir a buscarme un vaso de limonada? —preguntó con dulzura—. Me muero de sed.

Todos asintieron y, a continuación, se alejaron y Miranda no pudo evitar observarlos maravillada mientras el grupo se alejaba.

—Son como ovejas —susurró.

—Sí, bueno —asintió Olivia—, excepto por los que parecen cabras.

Miranda tuvo dos segundos para intentar descifrar aquel comentario antes de que Olivia añadiera:

—Deshacerme de todos a la vez ha sido un movimiento brillante, ¿no crees? Te digo que me estoy volviendo una experta.

Miranda asintió, pero ni se molestó en hablar. No tenía sentido formular una respuesta coherente, porque cuando Olivia estaba explicando una historia…

—Lo que quería decirte —continuó Olivia, confirmando la hipótesis de Miranda sin saberlo—, es que la mayoría son unos aburridos.

Miranda no pudo resistirse a darle un codazo a su amiga.

—Pues nadie lo diría viéndote en acción.

—No he dicho que no me lo esté pasando bien. —Olivia le lanzó una mirada sarcástica—. Es que, bueno, no voy a cortarme la nariz para herir a mi madre.

—Herir a tu madre —repitió Miranda, intentando recordar el origen del proverbio original—. Seguro que ahora hay alguien revolviéndose en su tumba.

Olivia ladeó la cabeza.

—Shakespeare, ¿no crees?

—No. —Maldición, ahora no podría quitárselo de la cabeza en toda la noche—. No era Shakespeare.

—¿Maquiavelo?

Miranda repasó mentalmente la lista de escritores famosos.

—No creo.

—Turner.

—¿Quién?

—Mi hermano.

Miranda giró la cabeza.

—¿Turner?

Olivia estiró el cuello y colocó la cabeza junto a la de su amiga, mientras miraba a su hermano.

—Parece bastante decidido.

Miranda miró su carné de baile.

—Debe ser la hora de nuestro vals.

Olivia ladeó la cabeza, en un gesto pensativo.

—Es apuesto, ¿verdad?

Miranda parpadeó e intentó no suspirar. Turner estaba muy guapo. Casi demasiado. Y ahora que había enviudado, seguro que todas las chicas casaderas, y sus madres, lo perseguirían como locas.

—¿Crees que volverá a casarse? —murmuró Olivia.

—No... No lo sé, —Miranda tragó saliva—. Imagino que tendrá que hacerlo, ¿no?

—Bueno, siempre está Winston para traer un heredero. Y si tú… ¡Au!

El codo de Miranda. En sus costillas.

Turner llegó a su lado y realizó una pequeña reverencia.

—Un placer verte, hermano —dijo Olivia con una amplia sonrisa—. Ya casi había dado por seguro que no vendrías.

—Bobadas. Mamá me cortaría en pedacitos. —Frunció las cejas (casi de forma imperceptible, pero, claro, Miranda solía fijarse en todos los detalles), y preguntó—: ¿Por qué te ha golpeado Miranda en las costillas?

—¡No la he golpeado! —protestó Miranda. Y luego, cuando él la miró con más intensidad, admitió—: Ha sido más un roce.

—Golpe, roce… Parece una conversación mucho más interesante que cualquier otra del maldito salón.

—¡Turner! —protestó Olivia.

Turner la ignoró con un movimiento de cabeza y se volvió hacia Miranda.

—¿Crees que protesta por mi lenguaje o porque haya catalogado a los asistentes a vuestro baile de idiotas?

—Creo que es por el lenguaje —respondió Miranda, con dulzura—. Ella misma ha dicho que casi todos eran idiotas.

—No he dicho eso —intervino Olivia—. He dicho que eran aburridos.

—Ovejas —confirmó Miranda.

—Cabras —añadió Olivia, encogiéndose de hombros.

Turner empezaba a estar asustado.

—Por Dios, ¿acaso habláis un lenguaje propio?

—No, está muy claro —dijo Olivia—, pero dime una cosa. ¿Sabes quién dijo, originariamente, la frase: «No te cortes la nariz para herir a tu madre»?

—No estoy seguro de entender la relación entre las dos cosas —murmuró Turner.

—No es Shakespeare —dijo Miranda.

Olivia meneó la cabeza.

—¿Quién más podría ser?

—Bueno —dijo Miranda—, cualquier de los miles de excelentes escritores en lengua inglesa.

—¿Era por eso que… eh… le has rozado las costillas? —preguntó Turner.

—Sí —respondió Miranda, que aprovechó la oportunidad al vuelo.

Por desgracia, Olivia fue medio segundo más rápida y dijo:

—No.

Turner las miró a las dos con una expresión divertida.

—Era por Winston —dijo Olivia, con impaciencia.

—Ah, Winston. —Turner miró hacia el salón—. Ha venido, ¿no? —Le quitó el carné de baile de las manos a Miranda—. ¿Cómo es que no te ha pedido un baile? ¿O tres? ¿No estáis planeando vuestra unión?

Miranda apretó los dientes y decidió no responder. Y fue una opción perfectamente razonable, porque sabía que Olivia no dejaría pasar la oportunidad.

—Por supuesto, no hay nada oficial —dijo su amiga—, pero todo el mundo está de acuerdo en que sería una unión magnífica.

—¿Todo el mundo? —preguntó Turner, con la mirada fija en Miranda.

—¿Quién iba a oponerse? —respondió Olivia con gesto impaciente.

La orquesta levantó los instrumentos y las primeras notas del vals llenaron el ambiente.

—Creo que es mi baile —dijo Turner, y Miranda se dio cuenta de que no había dejado de mirarla.

Se estremeció.

—¿Vamos? —murmuró él, y le ofreció el brazo.

Ella asintió, porque necesitaba un momento para recuperar la voz. Se dio cuenta de que Turner le provocaba cosas. Cosas extrañas y estremecedoras que la dejaban sin aliento. Sólo tenía que mirarla, y no con su mirada habitual, sino mirarla fijamente, que sus ojos se posaran en ella con aquella profundidad azul, y ella se sentía desnuda y con el alma descubierta. Y lo peor de todo era que él no tenía ni idea. Allí estaba ella, con todas sus emociones expuestas. Y Turner seguramente no veía más allá de sus aburridos ojos marrones.

Era la amiguita de su hermana pequeña y, probablemente, siempre sería sólo eso.

—Entonces, ¿me dejáis aquí sola? —dijo Olivia, sin petulancia, pero con un pequeño suspiro.

—No temas —la tranquilizó Miranda—, no estarás sola mucho tiempo. Me parece ver que tu rebaño ya vuelve con la limonada.

Olivia hizo una mueca.

—¿Te has dado cuenta, Turner, de que Miranda tiene un sentido del humor muy ácido?

Miranda ladeó la cabeza y reprimió una sonrisa.

—¿Por qué sospecho que tu tono no ha sido precisamente halagador?

Olivia la ignoró con un pequeño gesto de la mano.

—Aléjate. Disfruta tu baile con Turner.

Turner tomó a Miranda por el codo y la guió hasta la pista de baile.

—Sí que tienes un sentido del humor muy extraño, ¿lo sabías? —murmuró él.

—¿De veras?

—Sí, pero es lo que más me gusta de ti, así que, por favor, no cambies.

Miranda se sintió absurdamente complacida.

—Intentaré no hacerlo, milord.

Él frunció el ceño mientras la agarraba de la cintura para bailar.

—¿Ahora me llamas milord? ¿Desde cuándo eres tan educada?

—Es todo este tiempo en Londres. Tu madre me ha estado atosigando con la etiqueta —sonrió, con dulzura—, Nigel.

Él hizo una mueca.

—Creo que prefiero milord.

—Yo prefiero Turner.

Él aferró la mano a su cintura con más fuerza.

—Perfecto. Pues así sea.

Miranda suspiró cuando se quedaron en silencio. Para ser un vals, era una pieza bastante sedativa. No había giros acelerados ni nada que la dejara mareada y asfixiada. Y le dio la oportunidad de saborear el momento, de disfrutar de la sensación de tener su mano en la suya. Respiró su aroma, sintió el calor de su cuerpo, y simplemente disfrutó.

Todo era tan perfecto… tan adecuado. Era casi imposible imaginar que él no sintiera lo mismo.

Pero no lo sentía. Miranda no se engañó y supo que no podía hacer realidad sus deseos. Cuando lo miró, vio que él estaba mirando a otra persona, con la mirada nublada, como si estuviera concentrado en algo. No era la mirada de un hombre enamorado. Y tampoco lo fue lo que siguió, cuando por fin la miró y dijo:

—El vals no se te da tan mal, Miranda. De hecho, eres bastante buena. No entiendo por qué estabas tan nerviosa.

Su expresión era amable. Fraternal.

Le rompió el corazón.

—Es que no he practicado mucho, últimamente —improvisó ella, puesto que Turner parecía esperar una respuesta.

—¿Ni siquiera con Winston?

—¿Winston? —repitió ella.

Él puso una expresión divertida.

—Mi hermano pequeño, ¿recuerdas?

—Sí, claro —dijo ella—. No. Bueno, es que hace años que no bailo con Winston.

—¿En serio?

Ella lo miró. Había algo extraño en su voz. Parecía, aunque quizá no, una nota de felicidad. Desgraciadamente, no eran celos; seguro que a él le daba igual si bailaba o no bailaba con su hermano pequeño. Pero había tenido la extraña sensación de que Turner se había felicitado, como si hubiera adivinado su respuesta y se alegrara de su astucia.

Jesús, le estaba dando demasiadas vueltas. Demasiadas; Olivia siempre la acusaba de hacerlo y, por una vez, tenía que reconocer que su amiga tenía razón.

—No veo a Winston con frecuencia —dijo Miranda, con la esperanza de que continuar con la conversación evitara que se obsesionara con preguntas sin respuesta, como el verdadero significado de «¿De verdad?».

—Ah —dijo Turner, sujetándola con un poco más de fuerza mientras giraban a la derecha.

—Normalmente, está en la universidad. Ahora mismo, ni siquiera ha acabado el trimestre.

—Imagino que lo verás mucho más durante el verano.

—Imagino que sí. —Se aclaró la garganta—. Y, ¿cuánto tiempo vas a quedarte?

—¿En Londres?

Ella asintió.

Él hizo una pausa y giraron a la izquierda antes de que respondiera:

—No lo sé. Supongo que no mucho.

—Claro.

—Además, se supone que estoy de luto. Mamá se ha quedado horrorizada cuando ha visto que no llevaba el brazalete.

—Yo no —declaró ella.

Él le sonrió, y esta vez no fue una sonrisa fraternal. Tampoco estaba llena de pasión y deseo, pero al menos era algo nuevo. Fue una sonrisa pícara, cómplice y la hizo sentirse parte de un equipo.

—Señorita Cheever —murmuró él, con picardía—, ¿detecto una nota de rebeldía en ti?

Ella levantó la barbilla.

—Nunca he entendido la necesidad de vestir de negro por alguien a quien uno no conoce demasiado bien, y no veo lógico tener que guardar luto por alguien que te resulta detestable.

Por un segundo, la expresión de Turner fue seria, y luego sonrió:

—¿Por quién te obligaron a guardar luto?

Ella dibujó una sonrisa.

—Por un primo.

Él se le acercó un milímetro.

—¿Nunca te ha dicho nadie que no está bien sonreír cuando hablas de la muerte de un familiar?

—Nunca lo conocí.

—Aún así…

Miranda resopló como una dama. Sabía que le estaba tomando el pelo, pero se lo estaba pasando demasiado bien para detenerlo.

—Vivió toda su vida en el Caribe —añadió. No era estrictamente la verdad, pero casi.

—Eres muy cruel —murmuró él.

Ella se encogió de hombros. Viniendo de Turner, aquello era casi un halago.

—Creo que todos se alegrarán de que formes parte de la familia —dijo—. Siempre que puedas tolerar a mi hermano pequeño durante largos periodos de tiempo.

Miranda intentó ofrecerle una sonrisa sincera. Casarse con Winston no era su atajo preferido para convertirse en miembro de la familia Bevelstoke. Y, a pesar de las prisas y las maquinaciones de Olivia, Miranda no veía muy factible esa unión.

Había muchas y excelentes razones para considerar casarse con Winston, pero había una razón de peso para no hacerlo, y la tenía justo delante.

Si iba a casarse con alguien a quien no quería, no sería el hermano del hombre al que quería.

O creía que quería. Seguía intentando convencerse de que no, de que sólo había sido un flechazo infantil, y de que se le pasaría… que ya se le había pasado y que no se había dado cuenta.

Estaba acostumbrada a pensar que estaba enamorada de él. Eso era todo.

Pero entonces, Turner hacía algo detestable, como sonreír, y todos sus esfuerzos quedaban neutralizados y tenía que volver a empezar.

Un día lo conseguiría. Un día, se despertaría y se daría cuenta de que se había pasado dos días sin pensar en Turner y luego, por arte de magia, serían tres y cuatro…

—¿Miranda?

Levantó la cabeza. Turner la estaba mirando con una expresión divertida, y habría podido ser condescendiente de no ser por las arrugas en los extremos de los ojos… y, por un segundo, pareció despreocupado, y joven, y puede que incluso contento.

Y ella seguía enamorada de él. Al menos, durante el resto de la velada, nada podría convencerla de lo contrario. Por la mañana, ya empezaría otra vez, pero, esa noche, ni siquiera iba a intentarlo.

La música terminó y Turner le soltó la mano y retrocedió para realizar una elegante reverencia. Miranda se la devolvió y aceptó su brazo mientras la acompañaba por el perímetro del salón.

—¿Dónde crees que estará Olivia? —murmuró él, estirando el cuello—. Supongo que tendré que borrar a uno de los caballeros de su carné y bailar con ella.

—Madre mía, parece una tarea muy pesada —respondió Miranda—. No somos tan horribles.

Él se volvió y la miró con sorpresa.

—Yo no he dicho nada de ti. No me molesta lo más mínimo bailar contigo.

Como cumplido, era poco entusiasta, pero Miranda lo guardó igualmente cerca de su corazón.

Y eso, se dijo casi con desesperación, tenía que ser la prueba de que había caído lo más bajo posible. Estaba descubriendo que el amor no correspondido era mucho peor cuando veías al objeto de tu deseo. Se había pasado casi diez años fantaseando con Turner, esperando pacientemente cualquier noticia que los Bevelstoke pudieran comentar a la hora del té y luego intentando ocultar su alegría (y no hablemos ya del pánico a que la descubrieran) cuando él iba a visitarlos una o dos veces al año.

Creía que nada podía ser más patético, pero, en realidad, estaba equivocada. Esto era mucho peor. Antes, sólo era un cero a la izquierda. Ahora era un viejo zapato muy cómodo.

Estaba perdida.

Lo miró de reojo. Él no la estaba mirando. No es que la estuviera ignorando y tampoco evitaba mirarla. Simplemente, no la miraba.

No lo perturbaba en absoluto.

—Ahí está Olivia —dijo ella, con un suspiro. Como siempre, su amiga estaba rodeada de un grupo exagerado de caballeros.

Turner miró a su hermana con los ojos entrecerrados.

—No parece que ninguno se esté sobrepasando, ¿verdad? Ha sido un día muy largo y no querría tener que interpretar al hermano mayor feroz esta noche.

Miranda se puso de puntillas para ver mejor la escena.

—Creo que estás a salvo.

—Perfecto. —Y entonces ella se dio cuenta de que tenía la cabeza ladeada y estaba observando a su hermana con unos ojos extrañamente objetivos—. Hmmm.

—¿Hmmm?

Se volvió hacia Miranda, que seguía a su lado, y lo estaba mirando con aquella mirada marrón perpetuamente curiosa.

—¿Turner? —inquirió ella.

A lo que él respondió con otro:

—Hmmm.

—Estás un poco extraño.

No «¿Estás bien?» o «¿Te encuentras mal?» Sólo «Estás un poco raro».

Aquello lo hizo sonreír. Lo hizo pensar en lo mucho que le gustaba esa chica y lo mucho que se equivocó con ella el día del funeral de Leticia. Y quiso hacer algo bonito por ella. Miró a su hermana por última vez y, mientras daba media vuelta, dijo:

—Si fuera un chico joven, cosa que ya no soy...

—Turner, ni siquiera tienes treinta años.

Ella adoptó una expresión de impaciencia, propia de una institutriz, que lo divertía sobremanera, y él levantó un hombro, despreocupado, mientras respondía:

—Sí, bueno, me siento mayor. En realidad, estos días me siento un anciano. —Y entonces se dio cuenta de que ella lo estaba mirando con expectación, así que se aclaró la garganta y añadió—: Sólo intentaba decir que si estuviera interesado en alguna debutante, dudo que Olivia me llamara la atención.

Miranda arqueó las cejas.

—Bueno, es que es tu hermana. Aparte de las ilegalidades...

«Por el amor de...»

—Intentaba halagarte —la interrumpió.

—Ah. —Miranda se aclaró la garganta. Se sonrojó un poco, aunque costaba decirlo con aquella luz tan tenue—. Bueno, en ese caso, continúa:

—Olivia es muy guapa —continuó él—. Incluso yo, su hermano mayor, lo veo. Pero no hay nada detrás de su mirada.

Y eso provocó que ella diera un respingo.

—Turner, es un comentario terrible. Sabes, tan bien como yo, que Olivia es muy inteligente. Mucho más que la mayoría de los caballeros que la rodean.

Él la miró con indulgencia. Era una amiga muy leal. Estaba seguro de que no dudaría en recibir una bala por Olivia si fuera necesario. Era bueno que estuviera allí. Aparte de los efectos calmantes que tenía sobre su hermana, y sospechaba que toda la familia estaba en deuda con ella por eso, estaba seguro de que Miranda era lo único que valdría la pena de aquellos días en Londres. Dios sabía que no quería ir. Lo último que necesitaba era mujeres tomando posiciones e intentando llenar el triste vacío de Leticia. Sin embargo, con Miranda cerca, al menos se aseguraba una conversación decente.

—Claro que Olivia es inteligente —dijo, a la defensiva—. Permíteme que reformule mi comentario. Personalmente, no me parecería intrigante.

Ella apretó los labios y la institutriz volvió.

—Bueno, supongo que es tu prerrogativa.

Él sonrió y se inclinó ligeramente hacia delante.

—Creo que preferiría acercarme a ti.

—No seas estúpido —farfulló ella.

—No lo soy —le aseguró—. Pero, claro, soy mucho mayor que los tontos que rodean a mi hermana. Quizá mis gustos se han relajado. Aunque es discutible porque ya no soy un joven y no busco nada en este baile de debutantes.

—No buscas esposa. —Fue una afirmación, no una pregunta.

—Dios, no —le espetó él—. ¿Qué diantres haría yo con una esposa?

2 de junio de 1819

Durante el desayuno, lady Rudland ha anunciado que el baile de anoche fue un éxito aplastante. No pude evitar reírme ante su elección de palabras; dudo que alguien rechazara su invitación y prometo que el salón estaba a rebosar. Me sentí aplastada contra un montón de perfectos extraños. En el fondo, debo de ser una chica de campo, porque no sé si quiero volver a estar tan cerca de tantos hombres.

Y así lo dije durante el desayuno, y Turner escupió el café. Lady Rudland le lanzó una mirada asesina, aunque no creo que fuera porque adora la mantelería.

Turner sólo se quedará en la ciudad una o dos semanas. Está en Rudland House con nosotros, algo encantador y terrible al mismo tiempo.

Lady Rudland nos informó de que la malhumorada viuda de un noble (sus palabras, no las mías, y se negó a revelar su identidad), dijo que mi actitud con Turner era demasiado familiar y que la gente podía formarse una idea equivocada.

Dijo que le había dicho a la señora en cuestión que Turner y yo somos prácticamente hermanos y que es natural que confiara en él en mi baile de debutante, y que no hay ideas equivocadas que considerar.

Me pregunto si en Londres existen las ideas correctas.

Capítulo 5

Una semana después, el sol brillaba con tanta intensidad que Miranda y Olivia, que echaban de menos sus días en el campo, decidieron pasarse la mañana explorando Londres. Ante la insistencia de Olivia, empezaron por el distrito comercial.

—Te aseguro que no necesito otro vestido —dijo Miranda, mientras paseaban por la calle, con las doncellas a una distancia prudencial detrás de ellas.

—Yo tampoco, pero siempre es divertido mirar y, además, quizás encontremos una baratija que podamos comprarnos con nuestros ahorros. Tu cumpleaños está a la vuelta de la esquina. Deberías hacerte un regalo.

—Quizá.

Pasearon por tiendas de vestidos, sombreros, joyas y dulces antes de que Miranda encontrara lo que no sabía que estaba buscando.

—Fíjate en eso, Olivia —exclamó—. ¿No es precioso?

—¿El qué es precioso? —respondió ésta, acercándose al elegante escaparate de una librería.

—Eso. —Miranda señaló una copia de *Le Morte d'Arthur* de sir Thomas Malory con una encuadernación exquisita. Parecía maravilloso y Miranda deseaba atravesar el cristal y respirar el olor que emanaba.

Por primera vez en su vida, vio algo que, sencillamente, tenía que tener. Se olvidó de la economía. Se olvidó de la practicidad. Suspiró; un suspiro profundo, intenso y necesitado, y dijo:

—Creo que, por fin, entiendo lo que te pasa con los zapatos.

—¿Zapatos? —repitió Olivia, mirándose los pies—. ¿Zapatos?

Miranda no se molestó en explicarse. Estaba demasiado ocupada ladeando la cabeza y fijándose en el pan de oro que decoraba las páginas.

—Además, ya lo hemos leído —continuó Olivia—. Creo que fue hace dos años, cuando tuvimos a la señorita Lacey de institutriz. ¿Te acuerdas? Se quedó horrorizada cuando supo que todavía no lo habíamos leído.

—No se trata de leerlo —dijo Miranda, pegándose un poco más al cristal—. ¿No te parece lo más precioso que has visto en la vida?

Olivia miró a su amiga con incredulidad.

—Eh… No.

Miranda meneó la cabeza y miró a Olivia.

—Supongo que es lo que convierte una cosa en arte. Lo que puede enamorar a una persona deja absolutamente indiferente a otra.

—Miranda, es un libro.

—Ese libro —decidió Miranda con firmeza—, es una obra de arte.

—Parece bastante viejo.

—Lo sé —suspiró alegremente Miranda.

—¿Vas a comprarlo?

—Si tengo dinero suficiente.

—Yo diría que sí. Hace años que no te gastas ni un penique de tus ahorros. Siempre lo guardas en ese vaso de porcelana que Turner te envió por tu cumpleaños hace cinco años.

—Seis.

Olivia parpadeó.

—¿Seis qué?

—Fue hace seis años.

—Cinco años, seis años… ¿Cuál es la diferencia? —exclamó Olivia, exasperada por la exactitud de Miranda—. La cuestión es que tienes un dinero ahorrado y, si realmente quieres ese libro, deberías comprártelo para celebrar tu vigésimo cumpleaños. Nunca te compras nada.

Miranda se volvió hacia la tentación del escaparate. El libro estaba colocado sobre un atril y abierto por una página al azar. Se veía una colorida ilustración representando a Arturo y Ginebra.

—Será muy caro —dijo, con cara de lástima.

Olivia le dio un empujón y dijo:

—Si no entras y preguntas, nunca lo sabrás.

—Tienes razón. ¡Voy a hacerlo! —Miranda le ofreció una sonrisa que estaba a medio camino entre la alegría y el nerviosismo y se dirigió hacia la puerta.

La librería estaba decorada en unos preciosos tonos masculinos, con sillones abullonados colocados de forma estratégica para quien quisiera sentarse y hojear un ejemplar.

—No veo al propietario —susurró Olivia al oído de Miranda.

—Está ahí. —Miranda señaló con la cabeza hacia un señor delgado y calvo de la edad de sus padres—. Mira, está ayudando a un señor a encontrar un libro. Esperaré a que termine. No quiero molestarle.

Las dos chicas esperaron pacientemente mientras el librero atendía al señor. De vez en cuando, les lanzaba una mirada con el ceño fruncido, algo que sorprendió a Miranda, porque tanto ella como Olivia iban muy bien vestidas y estaba claro que podían permitirse comprar cualquier objeto de la tienda. Por fin, el hombre terminó y se dirigió hacia ellas.

—Señor, me preguntaba si… —dijo Miranda.

—Es una librería de caballeros —les dijo, con un tono hostil.

—Oh. —Miranda retrocedió, básicamente por la actitud del hombre. Sin embargo, quería el libro de Malory, de modo que se tragó su orgullo, sonrió con dulzura y continuó—: Le pido disculpas. No me había dado cuenta. Pero esperaba que…

—He dicho que es una tienda de caballeros —entrecerró los ojos pequeños y brillantes—. Márchense, por favor.

¿Por favor? Miranda lo miró, con los labios separados ante la sorpresa. ¿Por favor? ¿Con ese tono?

—Vámonos, Miranda —dijo Olivia, tirándole de la manga—. Deberíamos irnos.

Miranda apretó los dientes y no se movió.

—Me gustaría comprar un libro.

—Seguro que sí —dijo el librero, con desprecio—. Y la librería de señoras está sólo a doscientos metros.

—La librería de señoras no tiene lo que quiero.

Él sonrió.

—Entonces, estoy seguro de que no debería leerlo.

—No creo que sea asunto suyo juzgar eso, señor —respondió Miranda, con frialdad.

—Miranda —suspiró Olivia, con los ojos como platos.

—Un momento —le respondió Miranda, sin apartar la mirada del repulsivo y diminuto hombre—. Señor, le aseguro que dispongo de fondos suficientes. Y si me dejara inspeccionar *Le Morte d'Arthur*, quizá decidiera separarme de mis monedas.

Él se cruzó de brazos.

—No vendo libros a mujeres.

Y aquello fue la gota que colmó el vaso.

—¿Cómo dice?

—Fuera —les espetó—, o tendré que echarlas a la fuerza.

—Eso sería un error, señor —respondió Miranda, con dureza—. ¿Sabe quién somos? —No solía hacer gala de su posición social, aunque tampoco lo evitaba si la ocasión lo merecía.

El librero no se mostró impresionado.

—Estoy seguro de que no me importa.

—Miranda —suplicó Olivia, que parecía muy incómoda.

—Soy la señorita Miranda Cheever, hija de sir Rupert Cheever, y ella —añadió, con una floritura hacia su amiga—, es lady Olivia Bevelstoke, la hija del conde de Rudland. Le sugiero que reconsidere su política.

Él le devolvió la mirada altiva.

—Me da igual, como si es la maldita princesa Carlota. Fuera de mi tienda.

Miranda entrecerró los ojos antes de disponerse a marcharse. Ya estaba mal que las hubiera insultado, pero impugnar el recuerdo de la princesa… era lo nunca visto.

—Esto no terminará aquí, señor.

—¡Fuera!

Tomó a Olivia del brazo y salieron de la tienda, aunque se aseguraron de dar un buen portazo, sólo para contrariar más al propietario.

—¿Puedes creértelo? —dijo, cuando estuvieron fuera—. Ha sido espantoso. Ha sido criminal. Ha sido…

—Es una librería para hombres —la interrumpió Olivia, que la estaba mirando como si, de repente, hubiera escupido una calavera por la boca.

—¿Y?

Olivia se tensó ante el tono casi beligerante de su amiga.

—Hay librerías para hombres y librerías para señoras. Las cosas son así.

Miranda apretó los puños.

—Pues son un asco, si quieres saber mi opinión.

—¡Miranda! —exclamó Olivia—. ¿Qué acabas de decir?

Miranda tuvo la decencia de sonrojarse ante su vocabulario inadecuado.

—¿Ves lo enfadada que estoy por su culpa? ¿Alguna vez me habías oído maldecir en voz alta?

—No, y no sé si quiero saber todo lo que estás maldiciendo en tu mente.

—Es estúpido. —Miranda seguía furiosa—. Absolutamente estúpido. Él tiene algo que yo quiero y yo tengo el dinero para comprarlo. Debería haber sido algo muy sencillo.

Olivia bajó la mirada al suelo.

—¿Por qué no vamos a la librería de señoras?

—En circunstancias normales, nada me apetecería más. Te aseguro que preferiría no ser clienta de la tienda de ese hombre abominable. Pero dudo que allí tengan la misma copia de *La Morte d'Arthur*, Livvy. Estoy segura de que es un ejemplar único. Y lo peor… —Miranda alzó la voz a medida que iba apreciando la injusticia de aquella situación—. Y lo peor…

—¿Puede ser peor?

Miranda la miró con irritación pero, aún así, dijo:

—Sí. Lo peor es que, aunque existieran dos copias, algo que estoy segura de que no es así, seguramente la librería de señoras no vendería esa segunda copia, ¡porque nadie creería que una dama quisiera comprar un libro como ése!

—¿Ah, no?

—No. Seguramente la tienda está llena de novelas de Byron y de la señora Radcliffe.

—A mí me gustan las novelas de Byron y de la señora Radcliffe —dijo Olivia, que parecía un poco ofendida.

—Y a mí también —le aseguró Miranda—, pero también disfruto con otro tipo de literatura. Y no creo que sea adecuado que ese hombre —señaló la tienda con rabia—, decida lo que puedo o no puedo leer.

Olivia se la quedó mirando un momento y luego, con calma, le preguntó:

—¿Has acabado?

Miranda se alisó la falda y se sorbió la nariz.

—Sí.

Olivia estaba de espaldas a la tienda y lanzó una mirada de arrepentimiento por encima del hombro mientras tomaba a su amiga por el brazo.

—Le diremos a Padre que venga a comprártelo. O a Turner.

—No es eso. Me cuesta creer que no estés tan enfadada como yo.

Olivia suspiró.

—¿Desde cuándo te has vuelto tan guerrera, Miranda? Creía que, de las dos, la descontrolada se suponía que era yo.

A Miranda empezó a dolerle la mandíbula de tanto apretar los dientes.

—Supongo —dijo, casi gruñendo—, que nunca había tenido ningún motivo para enfadarme tanto.

Olivia echó la cabeza ligeramente hacia atrás.

—Recuérdame que haga todo lo posible por no hacerte enfadar, en el futuro.

—Voy a conseguir ese libro.

—De acuerdo, se lo...

—Y ese hombre va a saber que es mío. —Miranda lanzó una última mirada beligerante hacia la tienda y se dirigió hacia su casa.

—Por supuesto que te compraré el libro, Miranda —dijo Turner, muy simpático. Estaba disfrutando de una tarde bastante relajada, leyendo el periódico y reflexionando sobre la vida como hombre soltero, cuando su hermana había entrado en la sala y había anunciado que Miranda estaba desesperada y necesitaba un favor.

En realidad, había sido muy entretenido, sobre todo la mirada letal que Miranda le había lanzado a Olivia ante la palabra «desesperada».

—No quiero que me lo compres —gruñó Miranda—. Quiero que me acompañes a comprarlo.

Turner se reclinó en la cómoda butaca.

—¿Hay alguna diferencia?

—Un mundo de diferencia.

—Un mundo —confirmó Olivia, aunque estaba riendo y Turner sospechaba que ella tampoco veía la diferencia.

Miranda le lanzó otra mirada asesina y Olivia retrocedió y exclamó:

—¿Qué? ¡Te estoy apoyando!

—¿No te parece injusto —continuó, con ferocidad, regresando a su diatriba y mirando a Turner—, que no pueda comprar en una tienda sólo porque soy mujer?

Él sonrió con despreocupación.

—Miranda, hay algunos lugares a los que las mujeres no pueden ir.

—No estoy pidiendo que me dejen entrar en uno de vuestros maravillosos clubes. Yo sólo quiero comprar un libro. No tiene nada de malo. Es una antigüedad, por el amor de Dios.

—Miranda, si la tienda es de ese hombre, puede decidir a quién quiere vender y a quién no.

Ella se cruzó de brazos.

—Bueno, pues quizá no debería poder hacerlo. Quizá debería existir una ley que dijera que los libreros no pueden prohibir la entrada a las mujeres en sus negocios.

Él arqueó una ceja, irónico, y le preguntó:

—No habrás estado leyendo el tratado de Mary Wollstonecraft, ¿verdad?

—¿Quién? —preguntó Miranda, distraída.

—Perfecto.

—Por favor, Turner, no cambies de tema. ¿Estás de acuerdo o no en que debería poder comprar ese libro?

Él suspiró, porque empezaba a estar agotado de su inesperada tozudez. ¡Y por un libro!

—Miranda, ¿por qué deberían dejarte entrar en una librería de caballeros? Si ni siquiera puedes votar.

La explosión de rabia fue colosal.

—Y ésa es otra cosa…

Turner enseguida se dio cuenta de que había cometido un error táctico.

—Olvida que he mencionado el sufragio. Por favor. Te acompañaré a comprar el libro.

—¿De veras? —Se le iluminaron los ojos con una delicada luz marrón—. Gracias.

—¿Quieres que vayamos el viernes? Creo que, por la tarde, no tengo nada que hacer.

—Yo también quiero ir —intervino Olivia.

—Rotundamente no —dijo Turner, con firmeza—. Sólo puedo controlar a una de las dos. Por el bien de mis nervios.

—¿Tus nervios?

Él la miró, desafiándola.

—Ponlos a prueba.

—¡Turner! —exclamó Olivia. Se volvió hacia Miranda—. ¡Miranda!

Sin embargo, Miranda seguía concentrada en Turner.

—¿Podemos ir ahora? —le preguntó, y daba la impresión de que no había oído ni una palabra de su pelea verbal—. No quiero que ese librero se olvide de mí.

—A juzgar por el relato de Olivia de vuestra aventura —comentó Turner con ironía—, dudo que pueda.

—Pero ¿podemos ir hoy? Por favor. Por favor.

—¿Te das cuenta de que estás suplicando?

—Me da igual —respondió enseguida.

Turner analizó la escena.

—Se me ocurre que podría aprovecharme de esta situación.

Miranda lo miró con ignorancia.

—¿Con qué propósito?

—No lo sé. Uno nunca sabe cuándo tendrá que pedir un favor.

—Dado que no tengo nada que puedas querer, te aconsejo que te olvides de tus viles planes y me lleves a la librería.

—De acuerdo. Vamos.

Creía que iba a dar saltos de alegría. Por Dios.

—No está lejos —dijo ella—. Podemos ir a pie.

—¿Seguro que no puedo ir con vosotros? —preguntó Olivia mientras los seguía por el pasillo.

—Quédate —le ordenó Turner, con simpatía, mientras veía cómo Miranda abría la puerta con decisión—. Alguien tendrá que avisar al sereno cuando no volvamos de una pieza.

Diez minutos después, Miranda estaba de pie frente a la tienda de donde la habían echado por la mañana.

—Caramba, Miranda —murmuró Turner a su lado—. Das un poco de miedo.

—Me alegro —respondió, concisa, y se dirigió hacia la puerta.

Turner la agarró del brazo.

—Permíteme que entre antes que tú —le sugirió, con un brillo divertido en los ojos—. Puede que, si te ve, el hombre se ponga furioso.

Miranda le hizo una mueca, pero lo dejó pasar. Era imposible que el librero se saliera con la suya esta vez. Había vuelto armada con un caballero de la nobleza y una buena dosis de ira. El libro sólo podía ser suyo.

Cuando Turner entró en la tienda, sonó una campana. Miranda entró tras él, literalmente pisándole los talones.

—¿Puedo ayudarle, señor? —preguntó el librero, con una educación fingida.

—Sí, estoy interesado en… —Dejó la frase en el aire mientras miraba a su alrededor.

—Ese libro —dijo Miranda, con firmeza, señalando el ejemplar del escaparate.

—Sí, exacto —le dijo Turner al librero con una amable sonrisa.

—¡Usted! —balbuceó el librero, con la cara sonrojada de la ira—. ¡Fuera! ¡Fuera de mi tienda! —Agarró a Miranda por el brazo e intentó llevársela hasta la puerta.

—¡Basta! ¡He dicho que basta! —Miranda, que no era de las que permitía que un hombre al que consideraba un idiota abusara de ella, agarró el bolso y lo golpeó con él en la cabeza.

Turner gruñó.

—¡Simmons! —gritó el librero, llamando a su ayudante—. Busca a un policía. Esta joven está desquiciada.

—¡No estoy desquiciada, cabra gigantesca!

Turner consideró sus opciones. Aquello no iba a terminar bien.

—Soy una clienta —continuó Miranda airadamente—. ¡Y quiero comprar *Le Morte d'Arthur*!

—¡Moriría antes de que cayera en sus manos, puta maleducada!

«¿Puta?» Aquello fue demasiado para Miranda, una joven cuyas sensibilidades eran más modestas de lo que cualquiera habría creído viendo su comportamiento en esos momentos.

—Es vil, un hombre vil —dijo, entre dientes. Levantó el bolso para volver a golpearlo.

«¿Puta?» Turner suspiró. Era un insulto que no podía ignorar. Sin embargo, no podía permitir que Miranda atacara al hombre. Le

115

quitó el bolso de la mano. Ella le lanzó cuchillos con la mirada por entrometerse, pero él entrecerró los ojos y la advirtió con la mirada.

Se aclaró la garganta y se volvió hacia el librero.

—Señor, insisto en que se disculpe con la señorita.

El hombre se cruzó de brazos, desafiante.

Turner miró a Miranda. Ella tenía los brazos cruzados con la misma actitud. Volvió a mirar al hombre y, algo más autoritario, dijo:

—Se disculpará con la señorita.

—Es una amenaza —dijo el hombre, con malicia.

—Pero ¿qué se ha…? —Miranda se habría abalanzado sobre él si Turner no la hubiera agarrado por la parte trasera del vestido. El hombre cerró el puño y adquirió un aspecto depredador que no encajaba con su imagen de librero.

—Estate quieta —le ordenó Turner a Miranda, porque empezaba a notar los primeros síntomas de ira en el pecho.

El librero le lanzó una mirada triunfante a la chica.

—Uy, eso ha sido un error —dijo Turner.

Jesús, ¿acaso ese hombre no tenía sentido común? Miranda se abalanzó sobre él, lo que significaba que Turner tuvo que agarrarla por el vestido con más fuerza, lo que provocó una sonrisa más amplia en el rostro del librero, y eso significaba que todo aquello iba a desencadenar un huracán arrasador si él no lo solucionaba ahora mismo.

Miró al librero con su mirada más fría y aristocrática.

—Discúlpese con la señorita o haré que lo lamente.

Sin embargo, estaba claro que el librero era idiota, porque no aceptó el ofrecimiento que él, en su opinión, tan generosamente le había hecho. En lugar de eso, levantó la barbilla con beligerancia y dijo:

—No tengo nada de qué disculparme. La mujer ha entrado en mi tienda…

—Ah, diablos —farfulló Turner. Ahora ya era inevitable.

—Ha molestado a mis clientes, me ha insultado…

Turner cerró el puño y golpeó al librero en la nariz.

—Dios mío —suspiró Miranda—. Creo que le has roto la nariz.

Turner le lanzó una mirada mordaz antes de centrarse en el librero, que estaba en el suelo.

—No creo. No sangra tanto.

—Una lástima —murmuró ella.

Turner la agarró del brazo y la pegó a él. Esa niñata vengativa iba a conseguir que la mataran.

—Ni una palabra más hasta que salgamos de la tienda.

Ella abrió los ojos, pero mantuvo la boca cerrada y dejó que Turner la acompañara hasta la puerta. Sin embargo, cuando pasaron junto al escaparate, vio el ejemplar de *Le Morte d'Arthur* y exclamó:

—¡Mi libro!

Aquello fue la gota que colmó el vaso. Turner se detuvo en seco.

—No quiero oír ni una palabra más sobre tu maldito libro, ¿entendido?

Ella abrió la boca.

—¿No entiendes lo que ha pasado? He golpeado a un hombre.

—Pero, estarás de acuerdo conmigo en que se lo merecía.

—Ni la mitad que tú te mereces que te estrangulen.

Ella retrocedió, muy ofendida.

—Contrariamente a lo que puedas pensar de mí —continuó él—, no voy por el mundo preguntándome cuándo me veré obligado a recurrir a la violencia.

—Pero…

—Pero nada, Miranda. Has insultado a ese hombre…

—¡Me ha insultado él!

—Me estaba encargando de la situación —dijo él, entre dientes—. Me habías pedido que viniera por eso, para encargarme de todo, ¿no es cierto?

Miranda hizo una mueca y, a regañadientes, asintió levemente.

—¿Qué diablos te pasa? ¿Y si ese hombre hubiera tenido menos autodominio? ¿Y si…?

—¿Te parece que demostró autodominio? —preguntó, asombrada.

—¡Como mínimo, tanto como tú! —La agarró por los hombros y casi empezó a temblar—. Por Dios santo, Miranda, ¿te das cuenta de que hay muchos hombres que ni pestañearían antes de pegar a una mujer? O algo peor —añadió, de manera significativa.

Esperó a que le respondiera, pero ella lo estaba mirando, con los ojos muy abiertos y sin pestañear. Y Turner tenía la incómoda sensación de que veía algo que él no veía.

Algo en él.

Y, entonces, Miranda dijo:

—Lo siento, Turner.

—¿Por qué? —preguntó él, furioso—. ¿Por montar una escena en medio de una tranquila librería? ¿Por no cerrar la boca cuando es lo que deberías haber hecho? ¿Por…?

—Por alterarte —dijo ella, muy despacio—. Lo siento. No ha estado bien por mi parte.

Aquellas palabras aplacaron su ira y suspiró.

—No vuelvas a hacer algo así, ¿de acuerdo?

—Lo prometo.

—Perfecto. —Turner se dio cuenta de que todavía la tenía agarrada por los hombros y aflojó las manos. Y entonces notó que sus hombros eran muy bonitos. Sorprendido, la soltó.

Ella ladeó la cabeza mientras su cara adquiría una expresión de preocupación.

—Al menos, creo que lo prometo. Intentaré no volver a hacer nada que te altere de esta forma.

Turner tuvo la visión de Miranda intentando no alterarlo, y aquello lo alteró.

—¿Qué te ha pasado? Confiamos en ti por lo sensata que eres. El Señor sabe que has evitado que Olivia se metiera en problemas en más de una ocasión.

Ella apretó los labios y dijo:

—No confundas sensata con sumisa, Turner. No es lo mismo. Y te aseguro que no soy sumisa.

Turner vio que no lo decía con tono desafiante. Simplemente, afirmaba algo que su familia había ignorado durante años.

—No temas —dijo él, agotado—, si alguna vez me había hecho a la idea de que eras sumisa, esta tarde me has dejado claro que me equivocaba.

Pero ella no había terminado.

—Si veo algo que está mal —dijo ella, con sinceridad—, me cuesta sentarme y no decir nada.

Iba a matarlo. Seguro.

—Intenta mantenerte alejada de los problemas obvios. ¿Lo harás por mí?

—Pero es que no me pareció que esto pudiera ser un problema obvio. Además…

Él levantó la mano.

—Basta. Ni una palabra más sobre esto. Envejeceré diez años hablando de este asunto. —La tomó del brazo y se la llevó en dirección a su casa.

Dios Santo, ¿qué le pasaba? Todavía tenía el pulso acelerado, y la chica ni siquiera había corrido peligro. Para nada. Dudaba que el librero supiera pegar. Además, ¿por qué diablos estaba tan preocupado por Miranda? Claro que la apreciaba. Era como su hermana pequeña. Pero entonces intentó imaginarse a Olivia en su lugar y sólo se le ocurría reírse.

Le pasaba algo muy malo si Miranda podía enfurecerlo de aquella forma.

Capítulo 6

Winston llegará dentro de nada. —Olivia entró en el salón rosa con esa frase y le ofreció a Miranda la mejor de sus sonrisas.

Miranda levantó los ojos del libro, una vieja y poco atractiva copia de *Le Morte d'Arthur* que había tomado prestada de la biblioteca de lord Rudland.

—¿Ah, sí? —murmuró, a pesar de que sabía perfectamente que Winston ya había anunciado que llegaría esa tarde.

—¿Ah, sí? —la imitó Olivia—. ¿Es lo único que se te ocurre? Perdona, pero tenía la impresión de que estabas enamorada de ese chico… perdón, ahora ya es un hombre.

Miranda volvió a la lectura.

—Ya te he dicho que no estoy enamorada de él.

—Pues deberías —respondió Olivia—. Y lo estarías si te dignaras a pasar un poco de tiempo con él.

Los ojos de Miranda, que iban deslizándose por los párrafos del libro, se detuvieron en seco. Levantó la mirada:

—Perdona, pero ¿no está en Oxford?

—Bueno sí —dijo, agitando la mano en el aire, como si los setenta kilómetros que los separaban no fueran nada—, pero estuvo aquí la semana pasada y apenas estuviste con él.

—Eso no es cierto —respondió Miranda—. Dimos un paseo por Hyde Park, fuimos a Gunner's a tomar un helado e incluso dimos un paseo en barca por Serpentine el día que hizo calor.

Olivia se dejó caer en una butaca cercana y se cruzó de brazos.

—No es suficiente.

—Te has vuelto loca —dijo Miranda. Meneó la cabeza y regresó a la lectura.

—Sé que lo acabarás queriendo. Sólo tienes que pasar el tiempo suficiente con él.

Miranda apretó los labios y mantuvo la mirada firme en el libro. Aquella conversación no podía terminar bien.

—Viene sólo por dos días —dijo Olivia, que pensaba en voz alta—. Tenemos que darnos prisa.

Miranda pasó una página y dijo:

—Haz lo que quieras, Olivia, pero no participaré en tus maquinaciones. —Y entonces levantó la mirada, alarmada—. No, he cambiado de idea. No hagas lo que quieras. Si lo dejo en tus manos, me drogarás y me arrastrarás hasta la capilla de Gretna Green antes de que me entere.

—Una idea intrigante.

—Livvy, nada de hacer de casamentera. Quiero que me lo prometas.

Olivia adquirió una actitud pícara.

—No haré una promesa que no puedo mantener.

—Olivia.

—De acuerdo. Pero no puedes evitar que Winston quiera hacer de casamentero. Y, a juzgar por su actitud reciente, es posible que quiera.

—Mientras tú no interfieras.

Olivia se sorbió la nariz e intentó fingir que estaba ofendida.

—Me duele que pienses que haría algo así.

—Por favor. —Miranda volvió al libro, pero era prácticamente imposible concentrarse en la historia cuando estaba contando mentalmente. «Veinte, diecinueve, dieciocho…»

Seguro que Olivia no podía estarse callada más de veinte segundos.

«Diecisiete, dieciséis…»

—Winston será un marido maravilloso, ¿no crees?

Cuatro segundos. Aquello era un logro, incluso para Olivia.

—Es joven, sí, pero nosotras también.

Miranda la ignoró a propósito.

—Turner también habría sido un marido maravilloso si Leticia no lo hubiera echado a perder.

Miranda levantó la cabeza.

—¿No te parece que es un comentario muy desagradable?

Olivia le sonrió.

—Sabía que me estabas escuchando.

—Es casi imposible no hacerlo —farfulló Miranda.

—Sólo decía que… —Olivia levantó la barbilla y deslizó la mirada hasta la puerta—. Ya ha llegado. Menuda coincidencia.

—¡Winston! —exclamó Miranda, alegre, mientras se volvió en el sillón para mirar hacia la puerta. Pero no era Winston.

—Lamento decepcionarte —dijo Turner, aunque dibujó una pequeña y pícara sonrisa.

—Lo siento —balbuceó Miranda, que se sintió como una tonta—. Estábamos hablando de él.

—También estábamos hablando de ti —dijo Olivia—. Al final, y por eso he hecho el comentario ante tu llegada.

—Cosas diabólicas, espero.

—Por supuesto —respondió Olivia.

Miranda dibujó una sonrisa con los labios apretados mientras él se sentaba frente a ella.

Olivia se inclinó hacia delante y, coqueta, apoyó la barbilla en la mano.

—Le estaba diciendo a Miranda que creo que serías un marido terrible.

Él pareció divertirse y se reclinó en la butaca.

—Cierto.

—Pero estaba a punto de decirle que, con la preparación adecuada —continuó—, podrías rehabilitarte.

Turner se levantó.

—Me voy.

—¡No te vayas! —exclamó Olivia, con una sonrisa—. Estoy bromeando, por supuesto. Tú ya no tienes remedio. Pero Winston… Winston es como un bloque de barro.

—No le diré que has dicho eso —murmuró Miranda.

—No me digas que no estás de acuerdo —añadió Olivia, provocándola—. No ha tenido tiempo de descarrilarse, como la mayoría de los hombres.

Turner miró a su hermana sin disimular su asombro.

—¿Cómo es posible que esté aquí sentado escuchándote hablar así de los hombres?

Olivia abrió la boca para responder, algo inteligente e ingenioso, seguro, pero entonces apareció el mayordomo y los salvó:

—Su madre solicita su presencia, lady Olivia.

—Vuelvo enseguida —les advirtió Olivia mientras salía del salón—. Me muero de ganas de terminar esta conversación. —Y, con una maliciosa sonrisa y agitando los dedos, desapareció.

Turner gruñó. Su hermana iba a matar a alguien, y sólo esperaba que no fuera él. Y entonces miró a Miranda. Estaba acurrucada en el sillón, con los pies debajo de las piernas, con un libro polvoriento en las manos.

—¿Una lectura intensa? —murmuró.

Ella le enseñó la tapa.

—Ah —dijo él, torciendo los labios.

—No te rías —le advirtió ella.

—Ni se me ocurriría.

—Tampoco mientas —añadió ella, con aquella expresión de institutriz que tan bien parecía dársele.

Él se reclinó con un chasquido de la lengua.

—Eso sí que no puedo prometértelo.

Ella se quedó allí sentada un momento, con una expresión severa y seria, y entonces, su cara cambió. Nada dramático, nada alarmante, pero suficiente para que quedara claro que tenía un debate interno y que, por fin, había llegado a una conclusión.

—¿Qué piensas de Winston? —le preguntó.

—¿Mi hermano? —respondió él.

Ella levantó la mano y dobló la muñeca, como diciendo: «¿Quién, si no?»

—Bueno —dijo él, a modo de evasiva porque, vaya, ¿qué quería que le dijera?—. Es mi hermano.

Ella levantó la mirada en un gesto sarcástico.

—Muy revelador por tu parte.

—¿Qué me estás preguntando, exactamente?

—Quiero saber qué opinas de él —insistió ella.

El corazón de Turner se aceleró por un motivo que desconocía.

—¿Me estás preguntando —añadió, con cautela—, si creo que Winston sería un buen marido?

Ella lo miró con aquellos ojos solemnes, y luego parpadeó, y... fue muy extraño, como si estuviera vaciando su mente antes de decir, en un tono muy neutro:

—Parece que todos estáis obcecados en unirnos.

—¿Todos?

—Bueno, Olivia.

—Seguramente, no sería la persona a la que acudiría para recibir consejos románticos.

—Así que no crees que debiera proponerme conquistar a Winston —dijo, inclinándose hacia delante.

Turner parpadeó. Conocía a Miranda desde hacía años, por lo que estaba seguro de que no había cambiado de postura con la intención de enseñarle su sorprendentemente precioso escote. Pero el resultado había sido ése, y lo había distraído.

—¿Turner? —murmuró ella.

—Es demasiado joven —le espetó él.

—¿Para mí?

—Para cualquiera. Por Dios, si sólo tiene veintiún años.

—En realidad, todavía tiene veinte.

—Exacto —respondió él, incómodo, mientras deseaba que hubiera alguna forma de aflojarse la corbata sin parecer estúpido. Tenía calor y le empezaba a costar prestar atención a algo que no fuera Miranda sin resultar demasiado obvio.

La chica se reclinó. Gracias a Dios.

Y no dijo nada.

Hasta que, al final, él no pudo evitarlo y dijo:

—Entonces, ¿pretendes ir tras él?

—¿Winston? —Parecía que lo estaba considerando—. No lo sé.

Él se rió.

—Si no lo sabes, entonces está claro que no deberías hacerlo.

Ella se volvió y lo miró a los ojos.

—¿Es eso lo que crees? ¿Que el amor debería ser claro y obvio?

—¿Quién ha hablado de amor? —Lo dijo en un tono un poco cruel, algo de lo que se arrepintió enseguida, pero seguro que ella entendía que era una conversación incómoda.

—Hmmm.

Turner tenía la desagradable sensación de que Miranda lo había juzgado y que no había salido bien parado. Una conclusión que vio reforzada cuando ella levantó el libro y volvió a la lectura.

Y él se quedó allí sentado, como un idiota, mirándole mientras leía, intentando encontrar una respuesta ingeniosa.

Ella levantó la mirada, con la cara irritantemente serena.

—¿Tienes planes para esta tarde?

—No —respondió él, aunque había pensado sacar a pasear a su caballo castrado.

—Winston llegará en cualquier momento.

—Lo sé.

—Por eso hablábamos de él —le explicó, como si importara—. Viene para mi cumpleaños.

—Por supuesto.

Miranda volvió a inclinarse hacia delante. Que Dios lo asista.

—¿Te has acordado? —le preguntó—. Tenemos una cena familiar mañana por la noche.

—Claro que me acordaba —farfulló, aunque no era cierto.

—Hmmm —murmuró ella—. En cualquier caso, gracias por tus pensamientos.

—Mis pensamientos —repitió él. ¿De qué diantres estaba hablando ahora?

—Sobre Winston. Tengo que considerar muchas cosas y quería oír tu opinión.

—Bueno, pues ya la tienes.

—Sí —sonrió ella—. Me alegro. Es que te respeto mucho.

Miranda lo estaba haciendo sentirse como una especie de reliquia antigua.

—¿Me respetas mucho? —Las palabras le salieron con algo de desdén.

—Sí. ¿Creías que no?

—Sinceramente, Miranda, casi nunca tengo ni idea de lo que piensas —le soltó.

—Pienso en ti.

La miró.

—Y en Winston, claro. Y en Olivia. Como si pudieras vivir en la misma casa que ella y no pensar en ella. —Cerró el libro y se levantó—. Creo que debería ir a buscarla. Tu madre y ella se estaban peleando por unos vestidos que Olivia quiere encargar, y prometí ayudar en la causa.

Él se levantó y la acompañó a la puerta.

—¿En la de mi madre o en la de Olivia?

—En la de tu madre, por supuesto —respondió Miranda, con una sonrisa—. Soy joven, pero no estúpida.

Y, con eso, se marchó.

10 de junio de 1819

Esta tarde he tenido una conversación muy extraña con Turner. No era mi intención intentar ponerlo celoso, aun-

que supongo que hubiera podido interpretarse así si alguien hubiera conocido mis sentimientos hacia él, algo que por supuesto nadie conoce.

En cambio, sí que era mi intención despertar sentimientos de culpa respecto a Le Morte d'Arthur. *Aunque creo que, en esto, no he tenido demasiado éxito.*

Más tarde, Turner regresó de dar un paseo a caballo por Hyde Park con su amigo lord Westholme y se encontró a Olivia en el recibidor.

—Shhh —le dijo ella.

Bastaba para picar la curiosidad de cualquiera, así que Turner se acercó a su hermana enseguida.

—¿Por qué no podemos hacer ruido? —preguntó él, que se negó a susurrar.

Ella le lanzó una mirada letal.

—Estoy escuchando una conversación a escondidas.

Turner no se imaginaba a quién podía estar escuchando mientras su hermana se dirigía hacia las escaleras que bajaban hacia la cocina. Pero entonces lo oyó: una carcajada.

—¿Es Miranda? —preguntó.

Olivia asintió.

—Winston acaba de llegar y han bajado a la cocina.

—¿Por qué?

Olivia se asomó por la esquina y luego se volvió hacia Turner.

—Winston tenía hambre.

Turner se quitó los guantes.

—¿Y necesita que Miranda le dé de comer?

—No, ha bajado por unas galletas de mantequilla de la señora Cook. Yo iba a acompañarlos, porque no me gusta estar sola, pero ahora que has llegado creo que dejaré que me hagas compañía.

Turner miró por encima del hombro de su hermana, a pesar de que era imposible que pudiera ver a Winston y a Miranda.

—Creo que yo también tengo hambre —murmuró, pensativo.

—Abstente —le ordenó Olivia—. Necesitan tiempo.

—¿Para comer?

Ella puso los ojos en blanco.

—Para enamorarse.

Era mortificante recibir una mirada tan desdeñosa de una hermana pequeña, pero Turner decidió no aleccionarla aunque, al menos, sí demostrarle por qué era su hermano mayor, así que arqueó las cejas y dijo:

—¿Y pretenden hacerlo en una sola tarde tomando té y galletas?

—Es un comienzo —respondió Olivia—. No veo que hagas nada para ayudarme a materializar la unión.

Con una repentina contundencia, Turner se dijo que era porque cualquier estúpido vería que sería una unión terrible. Quería mucho a Winston, y lo tenía en muy alta estima, la que cualquiera podía tener por un chico de veintiún años, pero estaba claro que no era el hombre adecuado para Miranda. Era cierto que apenas hacía unas semanas que la conocía mejor, pero incluso él veía que Miranda era muy sabia para su edad. Necesitaba a alguien más maduro. Mayor y más capacitado para apreciar sus pequeños detalles. Alguien que pudiera mantenerla a raya cuando su temperamento hiciera una de sus extraordinarias apariciones.

Suponía que Winston podía ser ese hombre... dentro de diez años.

Miró a su hermana y, con firmeza, dijo:

—Necesito comida.

—¡Turner, no! —Pero no pudo detenerlo. Cuando lo intentó, él ya había recorrido medio pasillo.

Los Bevelstoke siempre habían mantenido una actitud informal en casa, al menos cuando no tenían invitados, de modo que nadie del servicio se sorprendió cuando Winston se asomó a la cocina, derritió a la señora Cook con su sonrisa más dulce y aniñada, y luego se sentó a la mesa con Miranda para esperar a que sacara del horno sus famosas galletas de mantequilla. Las acababa de dejar en la mesa, todavía humeantes y con su delicioso aroma, cuando Miranda escuchó un golpe seco detrás de ella.

Se volvió, parpadeando, y vio a Turner a los pies de la escalera, disoluto, avergonzado y completamente adorable, todo a la vez. Suspiró. No pudo evitarlo.

—He bajado las escaleras de dos en dos —explicó él, aunque ella no lo entendió demasiado bien.

—Turner —gruñó Winston, demasiado ocupado comiéndose la tercera galleta para recibirlo con más elocuencia.

—Olivia dijo que estabais aquí abajo —dijo Turner—. Qué oportuno. Me muero de hambre.

—Tenemos un plato de galletas, si quieres —dijo Miranda, señalando un plato que había encima de la mesa.

Turner se encogió de hombros y se sentó a su lado.

—¿Son de la señora Cook?

Winston asintió.

Turner cogió tres y luego se volvió hacia la señora Cook con la misma expresión de cachorro que Winston había utilizado.

—Está bien —resopló ella, encantada de ser el centro de atención—. Haré más.

Justo entonces, Olivia apareció por la puerta y apretó los labios mientras miraba a su hermano mayor.

—Turner —dijo, en tono irritado—. Te había dicho que quería enseñarte el nuevo… eh… libro que me había comprado.

Miranda gruñó. Le había dicho a Olivia que no hiciera de casamentera.

—Turner —insistió la chica.

Miranda decidió que si alguna vez Olivia le preguntaba acerca de lo que estaba a punto de hacer, le diría que no había podido evitar levantar la cabeza, sonreír con dulzura y preguntarle:

—¿De qué libro hablas?

Olivia le lanzó bolas de fuego con la mirada.

—Ya lo sabes.

—¿El del Imperio otomano, el de los cazadores de pieles en Canadá o el de filosofía de Adam Smith?

—El de ese tal Smith —respondió Olivia.

—¿De veras? —preguntó Winston, mientras se volvía para mirar a su hermana gemela con un interés renovado—. No tenía ni idea de que te gustaran esas cosas. Este año hemos estado leyendo *La riqueza de las naciones*. Es una mezcla interesante de filosofía y economía.

Olivia dibujó una sonrisa forzada.

—Seguro que sí. Ya te daré mi opinión cuando lo haya terminado.

—¿Has leído mucho? —preguntó Turner.

—Sólo unas páginas.

O, al menos, es lo que a Miranda le pareció oír. Era complicado escuchar las palabras de Olivia cuando hablaba con los dientes apretados.

—¿Quieres una galleta, Olivia? —preguntó Turner, y luego sonrió a Miranda, como diciéndole «Estamos juntos en esto».

Parecía un niño. Parecía joven. Parecía… feliz.

Y Miranda se derritió.

Olivia cruzó la cocina y se sentó al lado de Winston, pero, por el camino, se acercó a la oreja de Miranda y le susurró:

—Intentaba ayudarte.

Sin embargo, Miranda todavía se estaba recuperando de la sonrisa de Turner. Notaba como si el estómago le hubiera caído a los pies, estaba mareada y parecía que su corazón estaba tocando una sinfonía entera. Estaba enamorada o tenía la gripe. Miró de reojo el anguloso perfil de Turner y suspiró.

Todos los indicios señalaban al enamoramiento.

—¡Miranda, Miranda!

Levantó la mirada hacia Olivia, que estaba gritando su nombre con impaciencia.

—Winston quiere saber mi opinión sobre *La riqueza de las naciones* cuando termine de leerlo. Le he dicho que lo leerías conmigo. Seguro que podemos comprar otra copia.

—¿Qué? Ah, sí, claro. Me encanta leer. —Cuando vio la sonrisa de Olivia se dio cuenta de lo que había aceptado hacer.

—Dime, Miranda —dijo Winston, que se inclinó sobre la mesa y le acarició la mano—. ¿Qué te está pareciendo la temporada?

—Estas galletas están deliciosas —dijo Turner en voz alta mientras alargaba el brazo para coger otra—. Perdona, Winston, ¿puedes apartar la mano?

Winston retiró la mano y Turner cogió una galleta y se la metió en la boca. Dibujó una amplia sonrisa.

—¡Maravillosas como siempre, señora Cook!

—Tendrá otro plato en unos minutos —le aseguró ella, feliz por el cumplido.

Miranda esperó a que terminara la conversación y dijo:

—Ha sido muy agradable. Pero me gustaría que vinieras más a menudo para disfrutarla con nosotras.

Winston la miró con una sonrisa perezosa que se suponía que la tenía que derretir.

—A mí también —dijo—, pero estaré fuera gran parte del verano.

—Me temo que no tendrás mucho tiempo para las señoritas —comentó Turner—. Si no recuerdo mal, me pasaba las vacaciones de verano de jarana con mis amigos. Nos divertíamos mucho. Te aconsejo que no te lo pierdas.

Miranda lo miró con extrañeza. Parecía incluso demasiado alegre.

—Seguro —respondió Winston—, pero también me gustaría acudir a algunos actos de Londres.

—Buena idea —dijo Olivia—. Querrás aprender el refinamiento de la ciudad.

Winston se volvió hacia ella.

—Tengo suficiente refinamiento, muchas gracias.

—Por supuesto, pero no hay nada como la experiencia para… eh… refinar a un hombre.

Winston se sonrojó.

—Tengo experiencia, Olivia.

Miranda abrió los ojos como platos.

Turner se levantó en un movimiento ágil.

—Creo que esta conversación está deteriorándose a gran velocidad a un nivel inapropiado para los oídos de un caballero.

Winston parecía que quería añadir algo más, pero, por suerte para la causa de la paz familiar, Olivia aplaudió y exclamó:

—¡Bien dicho!

Sin embargo, Miranda sabía que siempre iba con segundas intenciones, al menos cuando jugaba a las casamenteras en la mesa. Y, por supuesto, enseguida vio que era el objetivo de una pícara sonrisa de Olivia.

—¿Miranda? —dijo, con encanto.

—¿Sí?

—¿No me habías dicho que querías llevar a Winston a esa tienda de guantes que vimos la semana pasada? Tienen los guantes más maravillosos del mundo —continuó Olivia, volviéndose hacia Winston—. Para hombres y mujeres. Pensamos que quizá necesitarías un par. No sabíamos qué tipo de guantes tenían en Oxford.

Era un discurso más que obvio y Miranda estaba segura de que Olivia lo sabía. Miró a Turner, que lo estaba contemplando todo con un gesto divertido. O quizás era disgusto. A veces costaba diferenciarlo.

—¿Qué te parece, querido hermano? —preguntó Olivia con su voz más encantadora—. ¿Te apetece ir?

—No se me ocurre nada que me apetezca más.

Miranda abrió la boca para decir algo, pero luego vio que sería inútil y la cerró. Iba a matar a Olivia. Entraría en su habitación de noche y la despellejaría viva. Pero, de momento, su única opción era asentir. No quería hacer nada que provocara que Winston creyera que estaba enamorada de él, pero sería el colmo de la mala educación rechazar la invitación delante de él.

Además, cuando vio que tenía tres pares de ojos mirándola expectantes, sólo pudo decir:

—Podríamos ir hoy. Me encantaría.

—Os acompaño —anunció Turner, que se levantó con decisión.

Miranda se volvió hacia él sorprendida, igual que Olivia y Winston. En Ambleside, nunca había mostrado ningún interés por acompañarlos en sus salidas, pero ¿por qué iba a hacerlo? Les llevaba nueve años.

—Necesito un par de guantes —dijo, sencillamente, curvando los labios como diciendo: «¿Por qué, si no, iba a acompañaros?»

—Por supuesto —dijo Winston, que todavía parpadeaba ante el inesperado gesto de su hermano.

—Qué bien que lo hayas comentado —dijo Turner, con brío—. Muchas gracias, Olivia.

La chica no parecía demasiado contenta.

—Será un placer que vengas —dijo Miranda, quizá con un poco más de entusiasmo del que pretendía—. No te importa, ¿verdad, Winston?

—No, por supuesto que no —pero, a juzgar por su gesto, parecía que sí. Al menos, un poco.

—¿Has terminado con la leche y las galletas, Winston? —preguntó Turner—. Deberíamos irnos. Parece que va a nublarse.

Winston alargó la mano y cogió otra galleta a propósito. La más grande del plato.

—Podemos ir en un carruaje cerrado.

—Voy a buscar el abrigo —dijo Miranda, al levantarse—. Vosotros podéis decidir lo del carruaje. ¿Nos vemos en el salón rosa? ¿Dentro de veinte minutos?

—Te acompañaré arriba —dijo Winston enseguida—. Tengo que coger algo de la maleta.

Salieron de la cocina e, inmediatamente, Olivia se volvió hacia Turner con una expresión felina.

—¿Qué diantres te pasa?

Él la miró con desconcierto.

—¿Perdona?

—Me he dejado la piel para organizarles una cita y lo estás estropeando todo.

—No te pongas dramática —respondió él, agitando ligeramente la cabeza—. Sólo voy a comprar un par de guantes. Eso no evitará una boda, si es que esto acaba en boda.

Olivia hizo una mueca.

—Si no te conociera mejor, creería que estás celoso.

Por un momento, Turner se quedó mirando a su hermana. Al final, recuperó la sensatez, y la voz, y respondió:

—Pero me conoces. Así que te agradeceré que no hagas acusaciones infundadas.

Celoso de Miranda. Dios Santo, ¿qué sería lo próximo que se le ocurriría?

Olivia se cruzó de brazos.

—Bueno, la verdad es que tu actitud ha sido un poco extraña.

A lo largo de su vida, Turner había tratado a su hermana pequeña de muchas formas. En general, utilizaba una desatención benigna. En ocasiones, adoptaba una actitud más paternalista, sorprendiéndola con regalos y halagos cuando a él le convenía. Sin embargo, la diferencia de edad había evitado que la tratara de igual a igual; siempre la había visto como una niña antes de dirigirse a ella.

Ahora, sin embargo, mientras lo acusaba de aquello, de querer a Miranda, nada menos que a Miranda, arremetió contra ella sin medir las palabras, ni en tamaño ni en sentimiento. Y habló con la voz severa, cortante y dura cuando dijo:

—Si miraras más allá de tu deseo de tener a Miranda siempre a tu disposición, verías que Winston y ella hacen muy mala pareja.

Olivia se quedó sin respiración ante el inesperado ataque, pero se recuperó enseguida.

—¿A mi disposición? —repitió, furiosa—. ¿Y ahora quién hace acusaciones infundadas? Sabes mejor que nadie que adoro a Miranda y que lo único que deseo es que sea feliz. Además, como no tiene belleza ni dote, y…

—Oh, por el amor de… —Turner cerró la boca antes de blasfemar delante de su hermana—. La infravaloras —le espetó. ¿Por qué todos insistían en seguir viéndola como la niña desgarbada que fue? Quizá no encajara en la descripción actual de belleza para la sociedad, no como Olivia, pero tenía algo más profundo y mucho más interesante. Cuando uno la miraba, sabía que había algo detrás de sus ojos. Y, cuando sonreía, no era un gesto practicado ni de burla… bueno, a veces sí que era de burla, pero podía perdonarla, porque poseía el mismo sentido del humor que él. Y, además, atrapados en Londres durante la temporada, seguro que se encontraría con varias cosas de las que burlarse.

—Winston sería perfecto para ella —continuó Olivia, apasionada en su discurso—. Y ella para... —Se detuvo, contuvo el aliento y se tapó la boca con la mano.

—¿Y ahora qué pasa? —dijo él, irritado.

—No se trata de Miranda, ¿verdad? Se trata de Winston. No crees que ella sea suficientemente buena para él.

—No —respondió inmediatamente con una voz extraña y casi indignada—. No —repitió, esta vez midiendo mejor el énfasis—. Nada más lejos de la realidad. Son demasiado jóvenes para casarse. Especialmente Winston.

Olivia enseguida se ofendió.

—Eso no es cierto, tenemos...

—Es demasiado joven —la interrumpió él—, y sólo tienes que mirarme a mí para ver por qué un hombre no debería casarse demasiado joven.

Ella no lo entendió enseguida. Turner reconoció el momento en que lo hizo, vio la comprensión y, luego, la pena.

Y odiaba la pena.

—Lo siento —dijo Olivia, las únicas palabras que garantizaban ponerlo todavía más nervioso. Y las repitió—. Lo siento.

Y se marchó corriendo.

Miranda llevaba varios minutos esperando en el salón rosa cuando una doncella apareció en la puerta y dijo:

—Disculpe, señorita, pero la señorita Olivia me ha pedido que le diga que no los acompañará.

Miranda dejó la figura de porcelana que había estado observando y miró sorprendida a la doncella.

—¿Se encuentra mal?

La chica pareció incómoda, y Miranda no quiso ponerla en una situación complicada cuando lo que debería hacer era ir a buscar a Olivia ella misma, así que dijo:

—No importa. Se lo preguntaré yo.

La doncella realizó una reverencia y Miranda se volvió hacia la mesa de su lado para asegurarse de que había dejado la figura en su sitio y luego, después de echarle un último vistazo, porque sabía que a lady Rudland le gustaba que sus curiosidades estuvieran en la posición exacta, se dirigió hacia la puerta.

Y chocó contra un cuerpo grande y masculino.

«Turner.» Lo supo incluso antes de que él hablara. Podría haber sido Winston, o un criado, o incluso, qué vergüenza, lord Rudland, pero no era ninguno de ellos. Era Turner. Conocía su olor. Conocía el ruido de su respiración.

Conocía la sensación en el aire cuando estaba cerca de él.

Y fue entonces cuando supo, con seguridad y para siempre, que era amor.

Era amor, el amor de una mujer hacia un hombre. La niña que lo veía como a un príncipe azul había crecido. Ahora era una mujer. Conocía sus defectos y veía sus fallos, pero igualmente lo quería.

Lo quería, y quería curarlo, y quería…

No sabía qué quería. Lo quería todo. Todo. Quería…

—¿Miranda?

Todavía la estaba sujetando por los hombros. Levantó la mirada, a pesar de que sería casi insoportable enfrentarse al azul de sus ojos. Sabía lo que no encontraría allí.

Y no lo encontró. No había amor ni ninguna revelación. Pero parecía extraño, distinto.

Y ella estaba ardiendo.

—Lo siento —balbuceó, e intentó separarse—. Debería tener más cuidado.

Pero él no la soltó. No enseguida. La estaba mirando, le estaba mirando los labios y, por un precioso y bendito segundo, Miranda creyó que quizá quería besarla. Contuvo el aliento, separó los labios y…

Y entonces todo terminó.

Turner se separó.

—Te pido disculpas —dijo él, con una voz prácticamente sin inflexiones—. Yo también debería tener más cuidado.

—Iba a buscar a Olivia —dijo ella, sencillamente porque no tenía ni idea de qué más decir—. Ha enviado a una doncella diciendo que no vendrá.

La expresión de Turner cambió, lo suficiente y con el cinismo justo para que Miranda supiera que él sabía qué pasaba.

—Déjala —dijo él—. Estará bien.

—Pero…

—Por una vez —la interrumpió, seco—, deja que Olivia se enfrente sola a sus problemas.

Miranda separó los labios con sorpresa ante su tono seco. Sin embargo, la llegada de Winston impidió que tuviera que responder.

—¿Estás lista? —preguntó, alegre, completamente ajeno a las tensiones del salón—. ¿Dónde está Olivia?

—No vendrá —respondieron, al unísono, Miranda y Turner.

Winston los miró, algo perplejo ante la respuesta conjunta.

—¿Por qué? —preguntó.

—No se encuentra bien —mintió Miranda.

—Es una lástima —dijo Winston, que no parecía particularmente triste. Le ofreció el brazo a Miranda—. ¿Vamos?

Miranda miró a Turner.

—¿Todavía quieres venir?

—No. —Y no tardó ni dos segundos en responder.

11 de junio de 1819

Hoy es mi cumpleaños, un día precioso y extraño.

Los Bevelstoke han organizado una cena de familia en mi honor. Ha sido muy dulce y amable por su parte, sobre todo cuando mi propio padre parece haber olvidado que hoy es algo más que el día que un sabio griego realizó una determinada operación matemática o alguna otra cosa sumamente importante.

De lord y lady Rudland: un precioso par de pendientes de aguamarina. Sé que no debería aceptar algo tan caro, pero no podía armar un escándalo en la mesa, así que dije «No puedo...» (aunque con cierta falta de convicción) y enseguida me hicieron callar.

De Winston: un juego de preciosos pañuelos de encaje.

De Olivia: un juego de artículos de escritorio, grabados con mi nombre. Ha añadido una nota donde ponía: «Sólo para tus ojos» y, dentro seguía: «¡Espero que dentro de poco ya no puedas utilizarlo!» Que, por supuesto, significaba que espera que dentro de poco mi apellido sea Bevelstoke.

No he hecho ningún comentario.

Y, de Turner: una botella de perfume. De violetas. Enseguida me he acordado de la cinta violeta que me colocó en la cabeza cuando tenía diez años; pero, por supuesto, seguro que él no se acordaba. No dije nada al respecto; me habría dado mucha vergüenza que me vieran como una sensiblera. Pero me pareció un regalo precioso.

Por lo visto, no puedo dormir. Ya han pasado diez minutos desde que escribí la frase anterior y, aunque bostezo con frecuencia, parece que los párpados no me pesan lo suficiente. Creo que bajaré a la cocina a ver si me tomo un vaso de leche caliente.

O quizá no. Seguramente no habrá nadie para ayudarme y, aunque soy perfectamente capaz de calentarme un vaso de leche, al chef se le acelerará el corazón cuando descubra que alguien ha utilizado una de sus cacerolas sin su permiso. Y, lo más importante, ahora tengo veinte años. Si quiero, puedo tomarme un vaso de jerez para dormir.

Creo que es lo que haré.

Capítulo 7

Turner había consumido una vela y tres copas de brandy, y ahora estaba sentado a oscuras en el despacho de su padre, mirando por la ventana y escuchando cómo el viento agitaba las hojas de un árbol, que chocaban contra el cristal.

Aburrido, quizá, pero ahora mismo lo agradecía. Aburrimiento era exactamente lo que necesitaba después de un día como aquel.

Primero Olivia, acusándolo de querer a Miranda. Y luego Miranda y él...

Señor, la había deseado.

Sabía el momento exacto en que se había dado cuenta. No fue cuando chocó contra él. Ni cuando la sujetó por los hombros para que no cayera. Le había gustado agarrarla, sí, pero no se había dado cuenta. No de esa forma.

El momento... El momento que posiblemente podría arruinarlo había sucedido una décima de segundo después, cuando ella había levantado la mirada.

Eran sus ojos. Siempre habían sido sus ojos. Él había sido demasiado estúpido para darse cuenta.

Y, mientras estuvieron de pie el uno frente el otro lo que pareció una eternidad, se notó cambiado. Notó cómo su cuerpo se encogía y su respiración se detenía, y se le tensaron los dedos y... Miranda abrió los ojos todavía más.

Y la deseó. Como nunca hubiera imaginado, como algo que no era adecuado y bueno. La deseó.

Nunca había estado tan enfadado consigo mismo.

No la quería. No podía quererla. Estaba seguro de que no podía querer a nadie, no después de la destrucción que Leticia había dejado en su corazón. Era simple y pura lujuria, y una lujuria dirigida hacia la mujer posiblemente menos adecuada de Inglaterra.

Se sirvió otra copa. Decían que lo que no mataba a un hombre lo hacía más fuerte, pero aquello...

Aquello iba a matarlo.

Y entonces, mientras estaba ahí sentado, considerando su propia debilidad, la vio.

Era una prueba. Sólo podía ser una prueba. Alguien, desde algún sitio, estaba decidido a poner a prueba su condición de caballero, y él iba a fracasar. Lo intentaría, resistiría todo lo que pudiera, pero, en el fondo, en algún rincón de su alma que no le gustaba analizar, lo sabía. Fracasaría.

Miranda se movía como un fantasma, casi deslizándose sobre las ondas del camisón blanco. Era de algodón, sencillo, estaba seguro; mojigato y perfectamente virginal.

La deseaba desesperadamente.

Se agarró con fuerza a los brazos de la butaca y se sujetó como si le fuera la vida en ello.

A Miranda no le hacía demasiada gracia entrar en el despacho de lord Rudland, pero no había encontrado lo que buscaba en el salón rosa, y sabía que el padre de su amiga guardaba una botella de jerez junto a la puerta. Sólo tardaría un minuto; seguro que unos pocos segundos no contaban como invasión de la privacidad.

—¿Dónde están los vasos? —murmuró, mientras dejaba la vela encima de la mesa—. Por fin. —Encontró la botella de jerez y se sirvió un dedo.

—Espero que no sea una costumbre —balbuceó una voz.

El vaso le resbaló de los dedos, cayó al suelo y se rompió en mil pedazos.

Ella siguió la voz hasta que lo vio, sentado en un sillón de orejas y las manos aferradas a los brazos. La luz era tenue, pero, aún así, vio la expresión de su cara, irónica y seca.

—¿Turner? —susurró, como una tonta, como si pudiera ser otra persona.

—El mismo.

—Pero ¿qué estás…? ¿Por qué estás aquí? —Dio un paso adelante—. ¡Au! —Se clavó un cristal en la planta del pie.

—Serás burra. Bajar aquí descalza. —Se levantó del sillón y cruzó el despacho.

—No tenía pensado romper un vaso —respondió Miranda, a la defensiva, mientras se agachaba y se arrancaba el cristal del pie.

—Da igual. Vas a acatarrarte si te paseas así por la casa. —La levantó en brazos y la alejó de los cristales rotos.

Miranda se dijo que era lo más cerca del cielo que había estado en su corta vida. El cuerpo de Turner era cálido y notaba su calor a través del camisón. Se le erizó la piel ante aquella cercanía y empezó a respirar de forma entrecortada.

Era su olor. Tenía que ser eso. Nunca había estado tan cerca de él, nunca había estado tan cerca como para oler su olor masculino único. Olía a madera caliente y brandy, y a algo más, a algo que no conseguía identificar. Algo que era simplemente Turner. Se agarró a su cuello y acercó la cara a su pecho para volver a olerlo una vez más.

Y entonces, cuando estaba convencida de que la vida no podía ser más perfecta, él la dejó caer en el sofá sin miramientos.

—¿A qué ha venido eso? —preguntó, mientras se sentaba de forma decente.

—¿Qué estás haciendo aquí?

—¿Qué estás haciendo tú aquí?

Él se sentó delante de ella, en una mesa baja.

—Yo lo he preguntado primero.

—Parecemos dos niños pequeños —dijo ella, mientras doblaba las piernas y las colocaba debajo del cuerpo. Pero le respondió. Parecía una estupidez discutir sobre algo así—. No podía dormir. Y pensé que un vaso de jerez me ayudaría.

—¿Porque ya has llegado a la madura edad de veinte años? —dijo él, en tono burlón.

Pero ella no cayó en la trampa. Ladeó la cabeza a modo de elegante respuesta, como diciendo: «Exacto».

Él se rió.

—En tal caso, permíteme que te ayude en tu perdición. —Se levantó y se acercó a un mueble—. Pero, si vas a beber, hazlo bien, por Dios. Lo que necesitas es brandy, preferiblemente el que llega de contrabando desde Francia.

Miranda lo observó mientras sacaba dos copas de brandy y las dejaba en la mesa. Sus manos eran firmes y... ¿unas manos podían ser bonitas? Sirvió dos copas generosas.

—A veces, mi madre me daba brandy cuando era pequeña. Cuando llegaba a casa empapada por la lluvia —le explicó ella—. Sólo un sorbo para entrar en calor.

Él se volvió y la miró, con unos ojos penetrantes incluso en la oscuridad.

—¿Ahora tienes frío?

—No, ¿por?

—Estás temblando.

Miranda se miró los brazos traidores. En efecto, estaba temblando, pero no por el frío. Se abrazó con la esperanza de que él no insistiera más en eso.

Él volvió a cruzar el salón y le entregó la copa, con unos movimientos llenos de elegancia masculina.

—No te lo bebas de golpe.

Ella lo miró con una expresión de extrema irritación por su tono condescendiente antes de beber un sorbo.

—¿Qué estás haciendo aquí? —le preguntó.

Turner se sentó delante de ella y apoyó un tobillo en la pierna contraria.

—Tenía que comentar unos asuntos de negocios con mi padre, así que me invitó a tomar una copa después de cenar. Y aquí me he quedado.

—¿Y has estado sentado en la oscuridad tú solo?

—Me gusta la oscuridad.

—A nadie le gusta la oscuridad.

Él soltó una carcajada y ella se sintió terriblemente inexperta y joven.

—Ah, Miranda —dijo él, todavía riéndose—. Gracias por esto.

Ella entrecerró los ojos.

—¿Cuánto has bebido?

—Una pregunta impertinente.

—Ajá, entonces has bebido demasiado.

Él se inclinó hacia delante.

—¿Te parezco ebrio?

Ella se echó hacia atrás de forma involuntaria, porque no estaba preparada para la intensidad de su mirada.

—No —dijo, muy despacio—. Pero tienes mucha más experiencia que yo y supongo que sabrás cómo beber. Seguramente, podrías beber ocho veces más que yo y no se te notaría.

Turner soltó una risa seca.

—Cierto. Y tú, querida niña, deberías aprender a mantenerte alejada de los hombres con mucha más experiencia que tú.

Miranda bebió otro sorbo de licor, ignorando las ganas de bebérselo de golpe. Pero sabía que le quemaría la garganta, empezaría a toser y él se reiría.

Y ella se moriría de vergüenza.

Turner había estado de un humor extraño toda la noche. Cortante y burlón cuando estaban solos y callado y malhumorado cuando había más gente. Miranda maldijo a su corazón traidor por quererlo tanto; habría sido mucho más fácil adorar a Winston, que tenía una sonrisa luminosa y amplia y que la había halagado toda la noche.

Pero no, ella lo quería a él. A Turner, cuyo humor caprichoso significaba que estaba riendo y bromeando con ella y, al cabo de un segundo, la trataba como si fuera un antídoto.

El amor era para los idiotas. Para los estúpidos. Y ella era la mayor estúpida de todos.

—¿En qué piensas? —preguntó Turner.

—En tu hermano —respondió ella, sólo para ser perversa, aunque era un poco verdad.

—Ah —dijo él, mientras se servía más brandy—. Winston. Un buen chico.

—Sí —respondió ella, casi en tono desafiante.

—Alegre.

—Encantador.

—Joven.

Ella se encogió de hombros.

—Yo también soy joven. Quizás hagamos buena pareja.

Él no dijo nada. Ella se acabó el brandy.

—¿No te parece? —le preguntó.

Pero él siguió sin responder.

—Winston y yo —insistió ella—. Es tu hermano. Quieres que sea feliz, ¿verdad? ¿No crees que yo podría hacerlo feliz?

—¿Por qué me preguntas todo esto? —le preguntó él, en voz baja y en un tono casi incorpóreo en medio de la noche.

Ella se encogió de hombros, luego metió el dedo en el vaso para alcanzar las últimas gotas. Se lamió el dedo y levantó la mirada.

—A su servicio —murmuró él, y le sirvió dos dedos más de brandy.

Miranda asintió para darle las gracias y luego respondió a su pregunta.

—Quiero saberlo —dijo, simplemente—, y no sé a quién más preguntar. Olivia tiene tantas ganas de que me case con Winston que diría lo que fuera para llevarme al altar cuanto antes.

Esperó y contó los segundos hasta que él dijo algo. Uno, dos, tres… Entonces, Turner expulsó el aire de golpe.

Fue casi como una rendición.

—No lo sé, Miranda. —Parecía cansado—. No veo por qué no ibas a hacerlo feliz. Harías feliz a cualquiera.

«¿Incluso a ti?» Miranda quería preguntárselo pero acabó declinándose por:

—¿Y crees que él me haría feliz?

Turner tardó más en responder a esta pregunta. Y lo hizo, al final, con un tono lento y comedido.

—No estoy seguro.

—¿Por qué no? ¿Qué le pasa a Winston?

—No le pasa nada. Es que no estoy seguro de que pudiera hacerte feliz.

—Pero ¿por qué? —Estaba siendo impertinente, lo sabía, pero si conseguía que Turner le dijera por qué Winston no la haría feliz, quizá consiguiera que se diera cuenta de por qué él sí lo haría.

—No lo sé, Miranda. —Se echó el pelo hacia atrás hasta que los mechones rubios se quedaron en un ángulo extraño—. ¿Tenemos que mantener esta conversación?

—Sí —respondió ella, con firmeza—. Sí.

—Muy bien. —Turner se inclinó hacia delante y entrecerró los ojos, como si quisiera prepararla para las malas noticias—. No cumples los estándares de belleza actuales, eres demasiado sarcástica y no te gusta especialmente mantener conversaciones inocuas. Francamente, Miranda, no entiendo por qué quieres un matrimonio típico de la alta sociedad.

Ella tragó saliva.

—¿Y?

Él apartó la vista y miró a otro lado durante un minuto antes de volver a ella.

—Y muchos hombres no sabrán valorarte. Si tu marido intenta convertirte en algo que no eres, serás terriblemente infeliz.

Había algo eléctrico en el aire y Miranda era incapaz de quitarle los ojos de encima.

—¿Y crees que hay alguien ahí fuera que sabrá valorarme? —susurró.

La pregunta quedó en el aire, tentándolos a los dos hasta que Turner respondió:

—Sí.

Sin embargo, deslizó la mirada hasta el vaso, se acabó el brandy y suspiró como un hombre satisfecho por la bebida, no como uno que se estuviera planteando el amor.

Ella apartó la mirada. El momento, si es que había existido y no había sido producto de su imaginación, había desaparecido, y el silencio que se impuso entre ellos fue bastante incómodo. Era extraño y torpe y, por lo tanto, como Miranda quería llenar ese vacío entre ellos, le hizo la pregunta más estúpida del mundo:

—¿Asistirás al baile de los Worthington la semana que viene?

Él se volvió, con la ceja arqueada a modo de interrogación ante la pregunta inesperada.

—Quizá sí.

—Me encantaría. Siempre tienes la amabilidad de bailar conmigo dos veces. De no ser por ti, no tendría pareja de baile. —Estaba parloteando, pero no estaba segura de si le importaba. En cualquier caso, no parecía poder detenerse—. Si Winston pudiera venir, no te necesitaría, pero creo que tiene que regresar a Oxford por la mañana.

Turner le lanzó una mirada extraña. No fue una sonrisa, tampoco una burla, aunque tampoco fue irónica. Miranda odiaba que fuera tan inescrutable; no le daba ninguna pista de por dónde ir. Pero ella continuó. A estas alturas, ¿qué podía perder?

—¿Irás? —preguntó—. Te lo agradecería mucho.

Él la miró unos segundos y, luego, respondió:

—Ahí estaré.

—Gracias. Me alegro.

—Encantado de poder ayudar —dijo él, con sequedad.

Ella asintió, con los movimientos más afectados por los nervios que por otra cosa.

—Si sólo puedes bailar conmigo una vez, bastará. Pero, si pudieras hacerlo al principio, te lo agradecería. Parece que los demás hombres te siguen.

—Por extraño que parezca —murmuró él.

—No es tan extraño —dijo ella, encogiendo un hombro. Empezaba a notar los efectos del alcohol. Todavía no estaba ebria, pero sí acalorada y un poco desenvuelta—. Eres atractivo.

Por lo visto, él no supo qué responder. Miranda se felicitó. Eran contadas las ocasiones en que conseguía desconcertarlo.

La sensación fue emocionante, así que bebió otro sorbo de brandy, con cuidado de hacerlo despacio, y dijo:

—Te pareces a Winston.

—¿Cómo dices?

Turner habló con la voz cortante, y ella seguramente debería haberlo interpretado como una advertencia, pero parecía que no podía salir del hoyo que estaba cavando a su alrededor.

—Bueno, los dos tenéis los ojos azules y el pelo rubio, aunque creo que el suyo es un poco más claro. Y tenéis la misma postura, aunque…

—Ya basta, Miranda.

—Pero si…

—He dicho que basta.

Ella se calló ante el tono mordaz, y luego murmuró:

—No tienes por qué ofenderte.

—Has bebido demasiado.

—No seas estúpido. No estoy ebria. Seguro que tú has bebido diez veces más que yo.

Turner le lanzó una mirada relajada engañosa.

—Eso no es cierto pero, como has dicho antes, tengo mucha más experiencia que tú.

—He dicho eso, ¿verdad? Creo que tenía razón. No creo que estés ebrio.

Él inclinó la cabeza y dijo:

—Ebrio, no. Sólo un poco imprudente.

—¿Imprudente? —murmuró ella, muy despacio—. Una descripción interesante. Me parece que yo también estoy imprudente.

—Seguro porque, si no, habrías vuelto a subir las escaleras en cuanto me viste.

—Y no te habría comparado con Winston.

A Turner le brillaron los ojos.

—No, no lo habrías hecho.

—No te importa, ¿verdad?

Se produjo un largo silencio y, por un segundo, Miranda se dijo que había ido demasiado lejos. ¿Cómo había podido ser tan estúpida y vanidosa para creer que podría desearla? ¿Por qué diantres iba a importarle si lo comparaba con su hermano pequeño? Para él, ella sólo era una cría, la niña feúcha de quien se había hecho amigo porque le daba pena. Nunca debería haber soñado que algún día podría llegar a quererla.

—Perdóname —balbuceó mientras se levantaba—. Me he excedido. —Y entonces, como todavía lo tenía en la mano, se bebió todo el brandy que le quedaba y corrió hacia la puerta—. ¡Aaahhh!

—¿Qué diablos…? —Turner se levantó.

—Me había olvidado del vaso —dijo, gimoteando—. De los cristales rotos.

—Jesús, Miranda, no llores. —Cruzó el salón corriendo y, por segunda vez esa noche, la levantó en brazos.

—Soy una estúpida. Una maldita estúpida —dijo ella, sorbiéndose la nariz. Las lágrimas eran fruto de la pérdida de la dignidad, no del dolor, y por eso costaba más detenerlas.

—No blasfemes. No te había oído blasfemar nunca. Voy a tener que lavarte la boca con jabón —bromeó él mientras la llevaba hasta el sofá.

El tono amable la afectó mucho más de lo que lo habrían hecho las palabras severas, y tuvo que respirar hondo varias veces para intentar controlar los sollozos que parecían acumulársele en la garganta.

Turner la dejó en el sofá con delicadeza.

—Déjame ver ese pie.

Ella meneó la cabeza.

—Puedo hacerlo sola.

—No seas tonta. Estás temblando como una hoja. —Se fue hasta el mueble con las botellas y cogió la vela que ella había bajado antes.

Ella lo miró mientras volvía a su lado y dejaba la vela en la mesa.

—Ahora ya tenemos un poco más de luz. Déjame ver el pie.

A regañadientes, Miranda dejó que le tomara el pie y se lo colocara en el regazo.

—Soy una estúpida.

—¿Quieres dejar de decir eso? Eres la mujer menos estúpida que conozco.

—Gracias. ¡Au!

—Quédate quieta y deja de retorcerte.

—Quiero ver lo que estás haciendo.

—Pues, a menos que seas contorsionista, no vas a poder, así que tendrás que confiar en mí.

—¿Has terminado?

—Casi. —Turner colocó el dedo contra otro cristal y tiró de él.

Ella se tensó de dolor.

—Sólo me quedan uno o dos.

—¿Y si no consigues sacarlos todos?

—Los sacaré.

—Pero ¿y si no lo consigues?

—Madre mía, ¿te he dicho alguna vez que eres persistente?

Ella casi sonrió.

—Sí.

Él casi le devolvió la sonrisa.

—Si me dejo alguno, seguramente saldrá solo en unos días. Con las astillas, funciona así.

—¿No sería maravilloso que la vida fuera tan sencilla como las astillas? —preguntó ella, triste.

Él la miró.

—¿Que saliera sola en unos días?

Ella asintió.

Él la siguió mirando durante unos segundos, y luego volvió a la tarea, sacando el último trocito de cristal.

—Ya está. En nada, estarás como nueva.

Pero no hizo nada para soltarle el pie.

—Siento mucho haber sido tan patosa.

—Tranquila. Ha sido un accidente.

¿Era su imaginación o Turner estaba susurrando? Y su mirada era tan tierna. Miranda se revolvió para sentarse a su lado.

—¿Turner?

—No digas nada —respondió él, con brusquedad.

—Pero si...

—¡Por favor!

Miranda no entendía la urgencia en su voz, no reconoció el deseo que impregnaba sus palabras. Sólo sabía que lo tenía muy cerca, que podía sentirlo, que podía olerlo... y quería saborearlo.

—Turner...

—Basta —dijo, con la voz entrecortada, y la abrazó, pegando sus pechos a sus músculos. Los ojos le brillaban con fiereza y Miranda se dio cuenta, de repente lo supo. Nada iba a detener el lento descenso de los labios de él hacia los suyos.

Y, de repente, la estaba besando, con los labios ardientes y exigentes contra su boca. Su deseo era salvaje, crudo y arrollador. La deseaba. Miranda no se lo creía, apenas podía reunir las fuerzas para pensarlo, pero lo sabía.

La deseaba.

Aquello la llenó de atrevimiento. Y de feminidad. Sacó a relucir una especie de conocimiento secreto que estaba enterrado en el fondo de su ser, seguramente desde antes de nacer, y le devolvió el beso, movió la lengua con una naturalidad asombrosa y la sacó para saborear la sal de su piel.

Turner se aferró a su espalda, aprisionándola contra su cuerpo, aunque no aguantaron derechos mucho tiempo y enseguida se deslizaron sobre los cojines, él cubriendo el cuerpo de ella con el suyo propio.

Estaba desatado. Como loco. Era la única explicación, pero parecía que no se saciaba de ella. Sus manos se deslizaban por todas partes, comprobando, tocando, pellizcando y lo único que podía pensar, cuando podía pensar, claro, era que la deseaba. La deseaba de todas las formas posibles. Quería devorarla. Quería adorarla.

Quería perderse en su interior.

Susurró su nombre, lo gimió contra su piel. Y luego ella susurró el suyo y Turner vio cómo las manos se le iban hacia los diminutos botones del cuello del camisón. Cada botón parecía derretirse en sus dedos hasta que los desabrochó todos y sólo le quedaba deslizar la tela. Notaba la tersura de sus pechos debajo del camisón, pero quería más. Quería sentir su calor, su olor y su sabor.

Sus labios descendieron por la garganta, siguieron la elegante curva de la clavícula, justo hasta donde el camisón se juntaba con la piel. Lo apartó y saboreó un centímetro más de su piel, explorando la suave y salada dulzura, y estremeciéndose de placer cuando la llanura del esternón se convirtió en las curvas de los senos.

Dios Santo, la deseaba.

Le cubrió el pecho a través de la tela, lo apretó y se lo acercó a la boca. Ella gimió y ese sonido desató a Turner y se olvidó de sus intenciones de ir despacio. Descendió la boca, acercándose cada vez más al codiciado premio, incluso mientras deslizaba la otra mano hasta los bajos del camisón y empezaba a ascender por la suavidad de su pantorrilla.

Luego llegó al muslo y ella casi gritó.

—Shhh —canturreó él, silenciándola con un beso—. Vas a despertar a los vecinos. Vas a despertar a mis…

«Padres.»

Era como si le hubieran tirado un cubo de agua fría por encima.

—Dios mío.

—¿Turner, qué? —Miranda tenía la respiración entrecortada.

—Dios mío, Miranda —pronunció su nombre con todo el asombro que lo había invadido de repente. Era como si estuviera soñando, se hubiera despertado y...

—Turner, yo...

—Calla —le susurró él, con urgencia, y se levantó con tanta fuerza que fue a parar a la alfombra—. Dios mío —dijo, y luego otra vez, porque sólo podía repetirlo—. Dios mío.

—¿Turner?

—Levántate. Tienes que levantarte.

—Pero...

La miró, y eso fue un gran error. Todavía tenía el camisón arrugado en las caderas y sus piernas... Jesús, ¿quién habría pensado que serían tan largas y preciosas? Y sólo quería...

«No.»

Se sacudió con la fuerza de su propia negativa.

—Ahora, Miranda —gruñó.

—Pero si no...

La levantó. No le apetecía especialmente tomarla de la mano; sinceramente, no confiaba en sí mismo si volvía a tocarla, por poco romántico que fuera el contacto. Pero tenía que hacer que se moviera. Tenía que sacarla de allí.

—Vete —le ordenó—. Por el amor de Dios, si te queda algo de sensatez, vete.

Pero ella se quedó ahí de pie, mirándolo con sorpresa, y estaba despeinada, con los labios hinchados, y Turner la deseaba.

Dios santo, todavía la deseaba.

—Esto no volverá a repetirse —dijo, con la voz tensa.

Ella no dijo nada. Turner observó su cara con detenimiento. «Por favor, que no llore.»

Se mantuvo inmóvil. Si se movía, podría tocarla. No sería capaz de detenerse.

—Será mejor que subas a tu habitación —dijo, en voz baja.

Ella asintió con un gesto extraño y se marchó.

Turner se quedó mirando la puerta. Maldita sea, ¿y ahora qué iba a hacer?

12 de junio de 1819

Estoy sin palabras. Absolutamente.

Capítulo 8

Al día siguiente, Turner se levantó con un fuerte dolor de cabeza que nada tenía que ver con el alcohol.

Ojalá hubiera sido por el brandy. El brandy sería mucho más sencillo que la realidad.

Miranda.

¿En qué demonios estaba pensando?

En nada. Obviamente, no había pensado. Al menos, no con la cabeza.

Había besado a Miranda. Diablos, prácticamente se había abalanzado sobre ella. Y le costaba imaginar que existiera en toda Inglaterra una joven menos indicada para recibir sus atenciones que la señorita Miranda Cheever.

Seguro que ardería en algún sitio por eso.

Suponía que si fuera mejor hombre, se casaría con ella. Una mujer joven podía ver arruinada su reputación por mucho menos que eso. «Pero no lo había visto nadie», insistió una vocecita en su interior. Sólo lo sabían ellos. Y Miranda no diría nada. No era de ésas.

Y él no era tan buen hombre. Leticia se había encargado de eso. Había matado todo lo bueno y amable en él. Sin embargo, todavía le quedaba su sensatez. Y no se iba a permitir volver a estar cerca de Miranda. Un error podía ser comprensible.

Dos serían su perdición.

Y tres…

Jesús, ni siquiera debería estar pensando en el tercero.

Necesitaba distancia. Distancia. Si se mantenía lejos de Miranda, esquivaría la tentación y ella acabaría olvidándose de su encuentro ilícito y encontraría a un buen chico con quien casarse. La imagen de Miranda en los brazos de otro le resultó sorprendentemente desagradable, pero Turner decidió que era porque a esas horas de la mañana estaba cansado, sólo hacía seis o siete horas que la había besado y…

Podía encontrar cientos de razones, aunque ninguna era tan importante como para seguir pensando en ellas.

Mientras tanto, tendría que evitarla. Quizá debería irse de la ciudad. Alejarse. Podría irse al campo. Además, tampoco había pensado quedarse tanto tiempo en Londres.

Abrió los ojos y gruñó. ¿Acaso no tenía autocontrol? Miranda era una chica inexperta de veinte años. No era como Leticia, que conocía todas las habilidades femeninas y estaba dispuesta a aprovecharlas en beneficio propio.

Miranda podía ser tentadora, pero resistible. Y él era lo suficientemente hombre para ignorarla. Sin embargo, seguramente no deberían vivir en la misma casa. Y, puestos a hacer cambios, quizá debería echar un vistazo a las mujeres de la alta sociedad. Había muchas viudas jóvenes y discretas. Había estado mucho tiempo sin compañía femenina.

Si algo podía conseguir que olvidara a una mujer era otra mujer.

—Turner se muda.

—¿Qué? —Miranda estaba colocando unas flores frescas en un jarrón. La preciosa antigüedad no fue a parar al suelo únicamente gracias a unas manos muy ágiles y a una tremenda buena suerte.

—Ya se ha ido —dijo Olivia, mientras se encogía de hombros—. Su ayudante está recogiendo sus cosas ahora mismo.

Miranda dejó el jarrón en la mesa con mucho cuidado. «Despacio, tranquila, inspira, espira.» Y, al final, cuando estuvo segura de que podía hablar sin temblar, preguntó:

—¿Se marcha de la ciudad?

—No, no creo —respondió Olivia, dejándose caer en la butaca con un bostezo—. No tenía pensado quedarse tanto tiempo en la ciudad, así que se ha ido a un piso.

¿Se había ido a un piso? Miranda luchó contra la horrible sensación de vacío que le invadía el pecho. Se había ido a un piso. Sólo para huir de ella.

Si no fuera tan triste, sería humillante. O quizás era las dos cosas.

—Quizá sea mejor así —continuó Olivia, ajena a la angustia de su amiga—. Sé que dice que no volverá a casarse...

—¿Ha dicho eso? —Miranda se quedó helada. ¿Cómo era posible que ella no lo supiera? Sabía que había dicho que no estaba buscando esposa, pero seguro que no había querido decir... nunca.

—Sí —respondió Olivia—. Lo dijo el otro día. Se mostró muy firme. Creí que a mi madre le iba a dar algo. Y, de hecho, casi se desmaya.

—¿Tu madre? —A Miranda le costaba imaginárselo.

—Bueno, no, pero si no tuviera los nervios de hielo, seguro que se habría desmayado.

Casi siempre, Miranda disfrutaba del discurso lleno de digresiones de su amiga, pero ahora mismo quería estrangularla.

—En cualquier caso —dijo, suspirando mientras se reclinaba en el sillón—, dijo que no volvería a casarse, pero estoy casi segura de que lo reconsiderará. Sólo tiene que superar el dolor. —Hizo una pausa, y miró a Miranda con expresión irónica—. O la ausencia de dolor.

Miranda dibujó una sonrisa tensa. De hecho, fue tan tensa que estaba segura de que no podía definirse como sonrisa y tendrían que inventar otra palabra.

—Sin embargo, a pesar de lo que dice —continuó Olivia, que se acomodó y cerró los ojos—, seguro que nunca encontrará esposa viviendo aquí. Madre mía, ¿cómo podría cortejar a alguien en compañía de su madre, su padre y dos hermanas pequeñas?

—¿Dos?

—Bueno, una, pero tú podrías pasar por su hermana. Te aseguro que no podría comportarse como le gustaría con una mujer delante de ti.

Miranda no sabía si reír o llorar.

—Y, aunque no escoja una esposa en los próximos meses —añadió Olivia—, debería encontrar una amante. Seguro que eso lo ayudaría a olvidar a Leticia.

Miranda no sabía qué decir.

—Y eso no puede hacerlo viviendo aquí. —Olivia abrió los ojos y se apoyó en los codos—. O sea, que es mejor así. ¿No crees?

Miranda asintió. Porque tenía que hacerlo. Porque estaba demasiado aturdida para llorar.

19 de junio 1819

Lleva una semana fuera, y yo estoy casi fuera de mí.

Si sólo se hubiera marchado... eso habría podido perdonárselo. ¡Pero es que no ha vuelto!

No me ha buscado. No me ha enviado una carta. Y, aunque oigo comentarios y susurros de que sale y lo ven en las fiestas, yo nunca lo he visto. Si voy a algún evento, él no va. Un día me pareció verlo al otro lado de un salón, pero no estoy segura, porque sólo le vi la espalda mientras se marchaba.

No sé qué tengo que hacer con todo esto. No puedo ir a visitarlo. Sería el colmo de la incorrección. Lady Rudland incluso le ha prohibido a Olivia que lo visite; vive en The Albany, y allí sólo entran caballeros. Ni familiares ni viudas.

—¿Qué habías pensando ponerte para la fiesta de los Worthington de esta noche? —preguntó Olivia, mientras se echaba tres terrones de azúcar en el té.

—¿Es hoy? —Se aferró a la taza de té con fuerza. Turner le había prometido que acudiría a la fiesta y bailaría con ella. Seguro que no incumpliría una promesa.

Estaría allí. Y, si no estaba...

Tendría que asegurarse de que estuviera.

—Yo me pondré mi vestido verde de seda —dijo Olivia—, a menos que tú quieras ponerte tu vestido verde. El verde te queda de maravilla.

—¿Tú crees? —Miranda irguió la espalda. De repente, era vital ofrecer su mejor imagen.

—Mmm-hmm. Pero no estaría bien que las dos lleváramos el mismo color, así que tendrás que decidirte pronto.

—¿Qué me recomiendas? —Miranda no era un desastre en asuntos de moda, pero nunca tendría el buen ojo de Olivia.

Olivia ladeó la cabeza mientras observaba a su amiga.

—Con el tono de tu piel, ojalá pudieras llevar algo más alegre, pero mamá dice que todavía somos demasiado nuevas. Aunque quizá… —Se levantó de un brinco, cogió un cojín de color verde pálido de una silla y lo colocó debajo de la barbilla de Miranda—. Hmmm.

—¿Estás pensando en redecorarme?

—Sujeta esto —le ordenó Olivia, que retrocedió varios pasos y emitió un femenino «¡Ay!» cuando se golpeó el pie contra la pata de la mesa—. Sí, sí —murmuró, apoyada en el brazo del sofá para mantener el equilibrio—. Es perfecto.

Miranda bajó la mirada. Y luego la levantó.

—¿Voy a llevar un cojín?

—No, llevarás mi vestido de seda verde. Es exactamente del mismo color. Haremos que Annie lo traiga hoy mismo.

—¿Y tú qué te pondrás?

—Bah, cualquier cosa —respondió Olivia, agitando la mano en el aire—. Algo rosa. Los caballeros parece que se vuelven locos con el rosa. Dicen que parezco un caramelo.

—¿Y no te importa parecer un caramelo? —porque ella lo odiaría.

—No me importa que lo piensen —la corrigió Olivia—. Así tengo la sartén por el mango. Suele ser beneficioso que te infravaloren. Tú, en cambio… —Meneó la cabeza—. Necesitas algo más sutil. Algo sofisticado.

Miranda se acercó la taza de té a los labios para beber un último sorbo, se levantó y alisó las arrugas del vestido de muselina que llevaba.

—Debería ir a probármelo —dijo—. Para darle tiempo a Annie para hacer los arreglos.

Además, tenía que escribir unas cartas.

Turner estaba descubriendo, mientras se anudaba la corbata con dedos hábiles, que su talento para la inventiva era mucho mayor de lo que jamás hubiera creído. Desde que había recibido la maldita nota de Miranda a primera hora de la tarde, había encontrado cientos de cosas que difamar. Pero, básicamente, de hecho, se maldecía a sí mismo y al escaso sentido del humor que todavía le quedaba.

Acudir al baile de los Worthington era el colmo de la locura, y lo más estúpido que podía hacer. Pero no podía romper la promesa que le había hecho, aunque hacerlo fuera lo mejor para ella.

Demonios, aquello era lo último que necesitaba ahora mismo.

Volvió a leer la nota. Le había prometido que bailaría con ella si no tenía pareja de baile, ¿verdad? Bueno, eso no debería ser un problema. Sólo tendría que asegurarse de que tuviera tantos candidatos que no supiera qué hacer con ellos. Sería la reina del baile.

Suponía que, puesto que tenía que asistir a ese maldito baile, debería aprovechar para examinar a las jóvenes viudas. Con un poco de suerte, Miranda vería lo que le interesaba y se daría cuenta de que ella tenía que interesarse por otras cosas.

Hizo una mueca. No le gustaba la idea de enfurecerla. Esa chica le caía bien. Siempre le había caído bien.

Meneó la cabeza. No iba a enfurecerla. Al menos, no demasiado. Además, se lo compensaría.

«La reina del baile», se recordó mientras subía al carruaje y se preparaba para lo que, sin duda, iba a ser una noche difícil.

La reina del baile.

Olivia vio a Turner en cuanto entró en el salón.

—Mira —dijo, dándole un codazo a Miranda—. Ha llegado mi hermano.

—¿Ah, sí? —respondió Miranda, casi sin aliento.

—Mmm-hmm. —Olivia se irguió y frunció el ceño—. Ahora que lo pienso, hace mucho que no lo veía. ¿Y tú?

Miranda meneó la cabeza casi sin querer mientras estiraba el cuello para intentar verlo.

—Está allí hablando con Duncan Abbott —informó Olivia—. Me pregunto de qué estarán hablando. Al señor Abbott le interesa la política.

—¿Sí?

—Sí. Me gustaría mucho mantener una conversación con él, pero seguramente no querría hablar de política con una mujer. Absurdo.

Miranda estaba a punto de expresar que estaba de acuerdo con ella cuando Olivia volvió a fruncir el ceño e, irritada, añadió:

—Y ahora está hablando con lord Westholme.

—Olivia, puede hablar con quien quiera —dijo Miranda, pero, en el fondo, a ella también la molestaba que no se hubiera acercado a ellas.

—Lo sé, pero primero debería venir a saludarnos. Somos su familia.

—Bueno, al menos tú.

—No seas tonta. Tú también eres de la familia, Miranda. —Olivia colocó la boca formando una «o», furiosa—. ¿Te has fijado? Ahora se ha ido hacia el otro lado.

—¿Quién es el hombre con quien está hablando? No lo conozco.

—El duque de Ashbourne. Un hombre terriblemente apuesto, ¿no te parece? Creo que ha estado de viaje. De vacaciones con su esposa. Dicen que están muy enamorados.

A Miranda le pareció positivo oír que al menos un matrimonio de la alta sociedad era feliz. Sin embargo, Turner no estaba por la labor de pedir su mano si ni siquiera se molestaba en cruzar un salón para saludarla. Frunció el ceño.

—Disculpe, lady Olivia, creo que es mi baile.

Olivia y Miranda levantaron la vista. Un joven apuesto de cuyo nombre ninguna de las dos se acordaba estaba frente a ellas.

—Por supuesto —se apresuró a responderle Olivia—. Soy una tonta por haberlo olvidado.

—Creo que iré a buscar un vaso de limonada —dijo Miranda, con una sonrisa. Sabía que a Olivia siempre le dolía irse a bailar y dejarla sola.

—¿Seguro?

—Venga, vete.

Olivia flotó hasta la pista de baile y Miranda se dirigió hacia un lacayo que servía limonada. Como siempre, su carné de baile estaba medio vacío. ¿Y dónde estaba Turner, se preguntó, que había prometido bailar con ella si no tenía con quien hacerlo?

Ese hombre horrible.

En cierto modo, le sentaba bien maldecirlo en silencio, aunque no se lo acabara de creer.

Apenas había recorrido la mitad del trayecto cuando notó una mano masculina en su hombro. ¿Turner? Se volvió, pero la decepción la invadió cuando se encontró frente a un caballero que no conocía, a pesar de que su cara le resultaba familiar.

—¿Señorita Cheever?

Miranda asintió.

—¿Me concede el honor de este baile?

—Por supuesto, pero no creo que nos hayan presentado.

—Oh, discúlpeme, por favor. Soy Westholme.

¿Lord Westholme? ¿No era ése el caballero con quien había estado hablando Turner hacía apenas unos minutos? Miranda le sonrió, aunque por dentro estaba furiosa. Nunca había creído demasiado en las coincidencias.

Lord Westholme resultó ser un excelente bailarín y los dos se desplazaron en armonía por la pista. Cuando la música terminó, él realizó una elegante reverencia y la acompañó hasta el perímetro del salón.

—Muchas gracias por este delicioso baile, lord Westholme.

—Soy yo quien debería darle las gracias, señorita Cheever. Espero que podamos repetirlo pronto.

Miranda se dio cuenta de que lord Westholme la había dejado lo más lejos posible de la mesa de la limonada. Cuando le había dicho a Olivia que tenía sed había mentido, pero ahora estaba sedienta. Suspiró y se dio cuenta de que tendría que volver a cruzar el salón. Ni siquiera había dado dos pasos cuando otro elegante caballero soltero apareció frente a ella. A éste lo reconoció de inmediato. Era el señor Abbott, el caballero con tendencia a la política con quien Turner también había estado conversando.

En pocos segundos, Miranda volvía a estar en la pista de baile, y cada vez más irritada.

Y no era culpa de sus parejas de baile. Si a Turner le había parecido necesario sobornar a sus amigos para que bailaran con ella, al menos había elegido a los más apuestos y los más educados. Sin embargo, cuando el señor Abbott ya la acompañaba hasta el perímetro después del baile y vio que el duque de Ashbourne se dirigía hacia ella, desapareció.

¿Acaso Turner creía que no tenía orgullo? ¿Acaso creía que le agradecería que engatusara a sus amigos para que bailaran con ella? Era humillante. Y lo peor era lo que aquel gesto implicaba: que les pedía a todos esos hombres que bailaran con ella porque él ni siquiera podía molestarse en hacerlo. Se le llenaron los ojos de lágrimas y, aterrada ante la idea de echarse a llorar en un salón lleno de gente, se escondió en un pasillo vacío.

Se apoyó en la pared y respiró hondo varias veces. El rechazo de Turner no sólo la hería. Era como una puñalada. Como una bala. Y estaba apuntando con exactitud.

Ahora ya no era como todos aquellos años en que la había visto como a una niña. Entonces, al menos, se consolaba convenciéndose de que no sabía lo que se perdía. Pero ahora lo sabía. Sabía exactamente lo que se estaba perdiendo y le importaba un rábano.

No podía quedarse toda la noche en el pasillo, pero no estaba preparada para regresar a la fiesta, así que salió al jardín. Era un espacio reducido, aunque muy bien proporcionado y decorado con mucho gusto. Se sentó en un banco de piedra en una esquina del jardín, mirando hacia la casa. Unas enormes puertas de cristal conectaban con el salón y, durante un rato, estuvo contemplando a las damas y los caballeros bailar sin parar. Se sorbió la nariz y se sacó un guante para poder sonarse con la mano.

—Mi reino por un pañuelo —dijo, suspirando.

Quizá podría fingir que estaba enferma e irse a casa.

Intentó toser. Quizá, realmente estaba enferma. No tenía sentido quedarse durante el resto del baile. El objetivo era estar preciosa, sociable y atractiva, ¿no? Pues era imposible que lo consiguiera esa noche.

Y entonces vio un destello dorado.

Un destello de pelo dorado, para ser más precisa.

Era Turner. ¿Cómo no? ¿Cómo no iba a ser él cuando ella estaba sentada sola; patética y sola? Turner estaba saliendo por las puertas de cristal.

Y llevaba a una mujer del brazo.

Miranda notó cómo se le formaba un nudo en la garganta y no sabía si reír o llorar. ¿Podría ahorrarse alguna humillación? Con la respiración entrecortada, se deslizó hasta el otro extremo del banco, que quedaba más escondido entre las sombras.

¿Quién era ella? La había visto antes. Lady algo. Había oído que era viuda, muy rica e independiente. No parecía una viuda. Para ser sincera, no parecía mucho mayor que ella.

Lanzando una disculpa falsa a no se sabe quién, Miranda intentó escuchar su conversación. Pero el viento se llevaba sus palabras hacia el otro lado, y sólo entendía expresiones inconexas. Al final, después de lo que pareció ser un «No estoy segura» que salió de los labios de la señora, Turner inclinó la cabeza y la besó.

El corazón de Miranda se partió en mil pedazos.

La señora murmuró algo que ella no entendió y volvió al baile. Turner se quedó en el jardín, con las manos en las caderas y la mirada perdida, de forma enigmática, en la Luna.

Miranda quería gritar: «¡Largo! ¡Vete!» Estaba allí atrapada hasta que él se fuera y lo único que quería era irse a casa y acurrucarse en la cama. Y, posiblemente, no salir de allí nunca más. Aunque no parecía demasiado factible, así que intentó arrinconarse más y esconderse entre las sombras.

Turner giró la cabeza hacia ella. ¡Maldición! La había oído. Entrecerró los ojos y avanzó dos pasos hacia ella. Y entonces cerró los ojos y meneó la cabeza.

—Demonios, Miranda —dijo, suspirando—. Por favor, dime que no eres tú.

La noche, hasta ahora había ido muy bien. Había conseguido evitar a Miranda por completo, había conseguido que le presentaran a la encantadora viuda de Bidwell, que sólo tenía veinticinco años, y el champán no estaba mal.

Pero no, los dioses estaban decididos a ponerse en su contra. Allí estaba. Miranda. Sentada en un banco, observándolo. Seguramente, observando cómo besaba a la viuda.

Dios santo.

—Demonios, Miranda —dijo, suspirando—. Por favor, dime que no eres tú.

—No soy yo.

Ella intentó responder con orgullo, pero sus palabras tenían una nota hueca que dolieron a Turner. Cerró los ojos un momento porque, maldita sea, se suponía que no tenía que estar allí. Y también se suponía que Turner no debía tener ese tipo de complicaciones en su vida. ¿Por qué las cosas no podían ser fáciles?

—¿Por qué estás aquí? —le preguntó él.

Ella se encogió de hombros.

—Me apetecía un poco de aire fresco.

Turner siguió avanzando hasta que estuvo tan escondido entre las sombras como ella.

—¿Me estabas espiando?

—Debes de tener una muy buena opinión de ti mismo.

—¿Era lo que hacías? —insistió él.

—Por supuesto que no —respondió ella, echando la barbilla hacia atrás con rabia—. No me rebajaría tanto. La próxima vez que tengas una cita, comprueba mejor que no haya nadie alrededor.

Él se cruzó de brazos.

—Me cuesta creer que tu presencia aquí fuera no tenga nada que ver conmigo.

—Entonces, dime —respondió ella—. Si te hubiera seguido, ¿cómo habría podido bajar las escaleras y esconderme aquí sin que me vieras?

Turner ignoró la pregunta, básicamente porque ella tenía razón. Se pasó una mano por el pelo, agarró un mechón y tiró con fuerza porque, de alguna manera, aquella sensación de tirantez le ayudaba a controlar su temperamento.

—Te lo vas a arrancar —dijo Miranda, en un tono neutro muy molesto.

Él respiró hondo. Dobló los dedos. Y, con la voz casi serena, le preguntó:

—¿Qué está pasando, Miranda?

—¿Qué está pasando? —repitió ella mientras se levantaba—. ¿Qué está pasando? ¿Cómo te atreves? Pasa que me has ignorado durante una semana y me has tratado como algo que se tiene que esconder debajo de la alfombra. Pasa que piensas que tengo tan poco orgullo que agradeceré que hayas sobornado a tus amigos para que me sacaran a bailar. Pasa tu mala educación, tu egoísmo y tu incapacidad para…

Él le tapó la boca con la mano.

—Por el amor de Dios, baja la voz. Lo que pasó la semana pasada estuvo mal, Miranda. Y eres estúpida por exigirme que cumpla mis promesas y haberme obligado a venir.

—Pero lo has hecho —susurró ella—. Has venido.

—He venido —respondió él, con furia—, porque estoy buscando una amante, no una esposa.

Ella retrocedió. Y lo miró. Lo miró fijamente hasta que Turner creyó que sus ojos le agujerearían la cara. Y, al final, en una voz tan baja que dolía, dijo:

—Ahora mismo, no me gustas nada, Turner.

Una frase muy apropiada. Él tampoco se gustaba demasiado.

Miranda levantó la barbilla, pero temblaba mientras dijo:

—Si me disculpas, tengo que asistir a un baile. Gracias a ti, tengo la tarjeta de baile llena y no querría ofender a ninguno de esos caballeros.

Turner la vio alejarse. Vio la puerta. Y luego se marchó.

20 de junio de 1819

Cuando regresé al salón, volví a ver a esa viuda. Le pregunté a Olivia quién era y dijo que se llama Katherine

Bidwell. Es la condesa de Pembleton. Se casó con lord Pembleton cuando él tenía casi sesenta años y enseguida tuvieron un hijo. Lord Pembleton murió poco después y ahora ella controla toda su fortuna hasta que su hijo sea mayor de edad. Una mujer lista. Poder ser tan independiente. Seguramente, no querrá volver a casarse, y estoy segura de que a Turner le parece perfecto.

Tuve que bailar con él una vez. Lady Rudland insistió. Y entonces, cuando creía que la noche no podía empeorar, la madre de Olivia me llevó a un aparte para comentar mi repentina popularidad. ¡El duque de Ashbourne había bailado conmigo! (Los signos de exclamación son suyos.) Está casado, por supuesto, y felizmente casado, pero, aún así, no suele perder el tiempo con chicas que acaban de salir de la escuela. Lady R. estaba emocionada y muy orgullosa de mí. Creí que iba a echarme a llorar.

Sin embargo, ahora ya estoy en casa y estoy decidida a inventarme algún tipo de enfermedad que me impida salir de casa durante unos días. Si puedo, durante una semana.

¿Y sabes qué es lo que más me molesta? Que lady Pembleton ni siquiera es guapa. Bueno, no es horrible, pero no es un diamante. Tiene el pelo castaño y los ojos marrones.

Igual que yo.

Capítulo 9

Miranda se pasó la siguiente semana fingiendo que leía trage-
dias griegas. Le resultaba imposible concentrarse lo suficiente
en un libro como para leérselo entero, pero mientras pudiera ir
leyendo alguna que otra frase de vez en cuando, quizás incluso
daría con alguna que encajara con su estado de ánimo.

Una comedia la habría hecho llorar. Y una historia de amor,
no, por Dios, habría hecho que quisiera morirse allí mismo.

Olivia, que nunca había escondido su interés por los asuntos ajenos, había sido implacable en su insistencia para descubrir el motivo del mal humor de su amiga. De hecho, los únicos
momentos en que no la estaba interrogando era cuando intentaba animarla. Estaba en mitad de una de esas sesiones de ani-
mación, deleitando a Miranda con las historias de cierta condesa que echó a su marido de casa hasta que el hombre accedió a
comprarle cuatro caniches, cuando lady Rudland llamó a la
puerta.

—Ah, perfecto —dijo, asomándose—. Estáis aquí las dos.
Olivia, no te sientes así. No es propio de una señorita.

Olivia corrigió la postura antes de preguntar:

—¿Qué sucede, mamá?

—Quería informaros de que nos han invitado a casa de
lady Chester para una visita de campo la semana que viene.

—¿Quién es lady Chester? —preguntó Miranda, que dejó el aburrido libro de Esquilo en el regazo.

—Una prima nuestra —respondió Olivia—. Tercera o cuarta, no lo recuerdo.

—Segunda —corrigió lady Rudland—. Y he aceptado la invitación en nombre de toda la familia. Teniendo en cuenta que es una familiar tan cercana, sería descortés no acudir.

—¿Vendrá Turner? —preguntó Olivia.

Miranda quería dar las gracias mil veces a su amiga por hacer la pregunta que ella no se atrevía a hacer.

—Por su bien, espero que sí. Ha ignorado sus obligaciones con su familia durante demasiado tiempo —dijo lady Rudland con una firmeza poco propia de ella—. Si no viene, tendrá que responder ante mí.

—Cielos —dijo Olivia, con el rostro inexpresivo—. Una idea aterradora.

—No sé qué le pasa —añadió lady Rudland, mientras meneaba la cabeza—. Es como si nos estuviera evitando.

«No —se dijo Miranda con una triste sonrisa—, sólo a mí.»

Turner repiqueteó con el zapato en el suelo mientras esperaba a que su familia bajara. Por quinceava vez aquella mañana, deseó ser como los demás caballeros de la sociedad, que bien ignoraban a sus madres o bien las trataban como motas de polvo. Sin embargo, su madre había conseguido convencerlo para que asistiera a aquella maldita reunión de campo que duraría una semana y a la que, por supuesto, Miranda también asistiría.

Era idiota. Cada día lo tenía más claro.

Un idiota que, por lo visto, había ofendido al destino porque, en cuanto su madre entró en el salón, le dijo:

—Irás con Miranda.

Por lo visto, los dioses tenían un sentido del humor muy retorcido.

Se aclaró la garganta.

—¿Crees que es sensato, mamá?

Ella lo miró con impaciencia.

—No la seducirás, ¿verdad?

Maldita sea.

—Por supuesto que no. Pero ella tiene que pensar en su reputación. ¿Qué pensará la gente cuando lleguemos en el mismo carruaje? Todos sabrán que hemos pasado varias horas a solas.

—Todo el mundo os ve como hermanos. Y nos encontraremos a un kilómetro de Chester Park para cambiar de coche de manera que tú llegues con tu padre. No habrá ningún problema. Además, tu padre y yo tenemos que hablar con Olivia en privado.

—¿Qué ha hecho ahora?

—Por lo visto, llamó pata estúpida a Georgiana Elster.

—Georgiana Elster es una pata estúpida.

—¡A la cara, Turner! Se lo dijo a la cara.

—Un fallo de criterio por su parte, pero nada que merezca una regañina de dos horas, creo.

—Eso no es todo.

Turner suspiró. Su madre había tomado una decisión. Dos horas a solas con Miranda. ¿Qué había hecho él para merecer esa tortura?

—Llamó armiño descuidado a sir Robert Kent.

—A la cara, imagino.

Lady Rudland asintió.

—¿Qué es un armiño?

—No tengo ni la menor idea, pero imagino que no es un cumplido.

—Un armiño es un zorro, creo —dijo Miranda cuando entró en el salón con su vestido de viaje de color azul palo. Sonrió a los dos, tan compuesta que daba rabia.

—Buenos días, Miranda —respondió lady Rudland, con energía—. Irás con Turner.

—¿Yo? —Estuvo a punto de ahogarse con las palabras y tuvo que fingir un ataque de tos. Turner sintió una oleada de satisfacción juvenil.

—Sí. Lord Rudland y yo tenemos que hablar con Olivia. Ha dicho algunas cosas poco adecuadas en público.

Desde las escaleras, llegó un gruñido. Las tres cabezas se volvieron para mirar a Olivia mientras bajaba.

—¿Es realmente necesario, mamá? No quería ofender a nadie. Nunca habría llamado bruja miserable a lady Finchcoombe si hubiera creído que el comentario llegaría a sus oídos.

Lady Rudland palideció.

—¿Llamaste a lady Finchcoombe miserable qué?

—¿No lo sabías? —preguntó Olivia con un hilo de voz.

—Turner, Miranda, será mejor que os vayáis. Nos veremos dentro de unas horas.

Caminaron en silencio hasta el carruaje que los estaba esperando y Turner ofreció la mano a Miranda para ayudarla a subir. Sus dedos enguantados fueron como una descarga eléctrica en su mano, pero ella no debió de sentir lo mismo, porque pareció especialmente inmutable cuando dijo:

—Espero que mi presencia no te moleste demasiado, milord.

La respuesta de Turner fue una mezcla de gruñido y suspiro.

—Esto no ha sido idea mía, ya lo sabes.

Él se sentó delante de ella.

—Lo sé.

—No tenía ni idea de que íbamos a… —Levantó la mirada—. ¿Lo sabes?

—Sí. Mamá estaba decidida a hablar con Olivia a solas.

—Ah. En ese caso, gracias por creerme.

Turner soltó un suspiro contenido y miró por la ventanilla un momento mientras el carruaje se ponía en marcha.

—Miranda, no creo que seas una mentirosa compulsiva.

—No, claro que no —respondió ella inmediatamente—. Pero parecías bastante furioso cuando me has ayudado a subir al carruaje.

—Estaba furioso con el destino, no contigo.

—Vaya, vamos mejorando —dijo ella, con frialdad—. Bueno, si me disculpas, me he traído lectura. —Se volvió para darle la espalda lo máximo posible y empezó a leer.

Turner esperó unos treinta segundos antes de preguntar:

—¿Qué lees?

Miranda se quedó inmóvil, y luego se movió muy despacio, como si estuviera realizando el trabajo más pesado. Levantó el libro.

—Esquilo. Qué deprimente.

—Va acorde con mi humor.

—Querida, ¿es una indirecta?

—No seas condescendiente, Turner. Dadas las circunstancias, dudo que sea apropiado.

Él arqueó las cejas.

—¿Y, exactamente, qué se supone que significa eso?

—Significa que, después de todo lo que ha... eh... ocurrido entre nosotros, tu actitud de superioridad ya no está justificada.

—Jesús, que frase tan larga.

Miranda respondió con la mirada. Esta vez, cuando volvió a la lectura, el libro le tapaba toda la cara.

Turner chasqueó la lengua y se reclinó, sorprendido de lo mucho que se estaba divirtiendo. Las calladas siempre eran las más interesantes. Puede que Miranda jamás escogiera ser el centro de atención, pero sabía defenderse en una conversación con astucia y estilo. Tomarle el pelo era muy divertido. Y no se sentía nada culpable. A pesar de su actitud contrariada, no tenía ninguna duda de que estaba disfrutando de la batalla verbal tanto o más que él.

Puede que, después de todo, aquel viaje no fuera un infierno. Sólo tenía que asegurarse de que seguían con aquel tono divertido y de no fijarse demasiado en su boca.

Le gustaba mucho su boca.

Pero no iba a pensar en eso. Recuperaría la conversación donde la habían dejado e intentaría pasárselo igual de bien que antes de verse envueltos en aquel lío. Añoraba su vieja amistad con Miranda y supuso que, puesto que estarían atrapados en aquel carruaje durante las siguientes dos horas, podía ver qué podía hacer para arreglar las cosas.

—¿Qué lees? —le preguntó.

Ella lo miró con irritación.

—Esquilo. ¿No me lo has preguntado ya?

—Quería decir qué obra de Esquilo —improvisó él.

Para mayor diversión, Miranda tuvo que mirar el lomo del libro antes de responder:

—Euménides.

Él hizo una mueca.

—¿No te gusta?

—¿Todas esas mujeres furiosas? Creo que no. Prefiero una buena historia de aventuras.

—A mí me gustan las mujeres furiosas.

—¿Te identificas con ellas? Uy, no querida, no rechines los dientes, Miranda. No te gustaría ir al dentista, te lo prometo.

No pudo evitar reírse ante la expresión de la chica.

—No seas tan sensible, Miranda.

Sin apartar la mirada de él, Miranda farfulló:

—Lo siento, milord. —Y, de alguna forma, consiguió realizar una sumisa reverencia en medio del carruaje.

La risa de Turner explotó en una fuerte carcajada.

—Oh. Miranda —dijo, secándose las lágrimas de los ojos—. Eres un encanto.

Cuando, por fin, se recuperó, ella lo estaba mirando como si fuera un lunático. Durante unos segundos, se planteó enseñarle las garras y rugir como un animal, sólo para confirmar sus sospechas. Pero, al final, se reclinó en el asiento y sonrió.

Ella meneó la cabeza.

—No te entiendo.

Él no respondió, porque no quería que la conversación derivara hacia asuntos más serios. Ella volvió a levantar el libro y, esta vez, Turner se propuso contar cuántos minutos pasaban antes de que pasara una página. Cuando pasaron cinco minutos y ella seguía sin mover las hojas, dibujó una sonrisa.

—¿Una lectura complicada?

Lentamente, Miranda bajó el libro y le lanzó una mirada letal.

—¿Perdón?

—¿Muchas palabras difíciles?

Ella lo miró fijamente.

—No has pasado ni una página desde que empezaste.

Ella gruñó y, con determinación, pasó la página.

—¿Es inglés o griego?

—¿Cómo dices?

—Si es en griego, podría explicar tu velocidad.

Ella separó los labios.

—Tu lenta velocidad, claro —añadió él, encogiéndose de hombros.

—Sé leer en griego —le espetó ella.

—Sí, y es algo admirable.

Ella se miró las manos. Estaba agarrando el libro con tanta fuerza que tenía los nudillos blancos.

—Gracias —gruñó.

Pero él no había terminado.

—Poco habitual en una mujer, ¿no crees?

Esta vez, Miranda decidió ignorarlo.

—Olivia no sabe leer griego —dijo él, como si nada.

—Olivia no tiene un padre que no hace otra cosa que leer en griego —respondió ella, sin levantar la mirada.

Intentó concentrarse en las primeras palabras de la nueva página, pero no tenían demasiado sentido, puesto que no había terminado la página anterior. De hecho, ni siquiera había empezado.

Repiqueteó con un dedo enguantado contra el libro como si fingiera que leía. Imaginaba que era imposible volver a la página anterior sin que Turner se diera cuenta. Aunque tampoco importaba, porque dudaba que pudiera concentrarse en la lectura mientras él la mirara de aquella forma, con los párpados caídos. Se dijo que era mortal. La encendía y sacudía, todo al mismo tiempo y, mientras, estaba completamente irritada con él.

Estaba bastante segura de que no tenía ninguna intención de seducirla pero, sin embargo, lo estaba haciendo bastante bien.

—Un talento peculiar, ése.

Miranda se mordió los labios y lo miró.

—¿Sí?

—Leer sin mover los ojos.

Miranda contó hasta tres antes de responder.

—Algunos no tenemos que vocalizar las palabras cuando leemos, Turner.

—Tocado, Miranda. Sabía que todavía te quedaba esa chispa.

Ella clavó las uñas en el asiento tapizado. «Uno, dos, tres. Sigue contando. Cuatro, cinco, seis.» A este ritmo, tendría que contar hasta cincuenta si quería controlar su temperamento.

Turner vio que movía la cabeza a un ritmo extraño y le picó la curiosidad.

—¿Qué estás haciendo?

«Dieciocho, diecinueve.»

—¿Qué?

—¿Qué estás haciendo?

«Veinte.»

—Empiezas a estar muy pesado, Turner.

—Soy persistente —sonrió—. Imaginé que tú, más que cualquier otra persona, apreciarías esta característica. Y dime, ¿qué haces? Movías la cabeza de una forma muy curiosa.

—Si quieres saberlo —dijo ella, muy seca—, estaba contando mentalmente para controlarme.

Él la miró unos segundos y luego dijo:

—Me estremezco al pensar lo que habrías podido decir si no te hubieras parado a contar.

—Se me está agotando la paciencia.

—¡No! —exclamó él, en tono burlón.

Ella volvió a levantar el libro en un intento de ignorarlo.

—Deja de torturar a ese pobre libro, Miranda. Los dos sabemos que no lo estás leyendo.

—¿Quieres dejarme tranquila? —estalló ella, al final.

—¿Por qué número ibas?

—¿Qué?

—El número. Has dicho que estabas contando para no herir mi delicada sensibilidad.

—No lo sé. Por el veinte o por el treinta. He dejado de contar hace cuatro insultos.

—¿Has llegado hasta treinta? Me has mentido, Miranda. No creo, ni mucho menos, que te haya agotado la paciencia.

—Sí que me la has agotado —gruñó ella.

—Yo creo que no.

—¡Aaaaaa! —Le lanzó el libro. Le dio de lleno en el lateral de la cabeza.

—¡Au!

—No seas niño.

—No seas tirana.

—¡Deja de provocarme!

—No te estaba provocando.

—Por favor, Turner.

—De acuerdo —respondió él con petulancia mientras se frotaba la cabeza—. Te estaba provocando. Pero no lo habría hecho si no me hubieras ignorado.

—Disculpa, pero creía que querías que te ignorara.

—¿De dónde demonios has sacado esa idea?

Miranda abrió la boca.

—¿Estás loco? Me has evitado como a la peste durante, al menos, los últimos quince días. Incluso has evitado a tu madre para evitarme a mí.

—Eso no es verdad.

—Díselo a tu madre.

Turner hizo una mueca.

—Miranda, me gustaría que fuéramos amigos.

Ella meneó la cabeza. ¿Existían unas palabras más crueles en el mundo?

—Es imposible.

—¿Por qué?

—Porque no puedes tenerlo todo —continuó Miranda, que tuvo que recurrir a toda la energía de su cuerpo para evitar que le temblara la voz—. No puedes besarme y después decirme que quieres que seamos amigos. No puedes humillarme como lo hiciste en casa de los Worthington y luego decirme que me aprecias.

—Tenemos que olvidar lo que pasó —dijo él, con suavidad—. Debemos dejarlo atrás, si no por el bien de nuestra amistad, por el bien de la familia.

—¿Puedes hacerlo? —preguntó Miranda—. ¿De verdad puedes olvidarlo? Porque yo no.

—Claro que puedes —dijo él, quizá demasiado resoluto.

—Carezco de tu sofisticación, Turner —dijo ella y luego, con amargura, añadió—: O quizá carezco de tu superficialidad.

—No soy superficial, Miranda —respondió él—. Soy sensato. Dios sabe que uno de los dos tiene que serlo.

Ella deseó tener algo que decir. Deseó tener una respuesta mordaz que lo dejara rendido de rodillas, sin palabras y temblando como una patética podredumbre gelatinosa.

Sin embargo, sólo se tenía a sí misma y a las terribles lágrimas de rabia que le ardían detrás de los ojos. Y ni siquiera estaba segura de poder mirarlo, así que se volvió hacia la ventanilla y contó los edificios que iban pasando mientras deseaba ser otra persona.

Cualquiera.

Y eso era lo peor porque, en toda su vida, incluso con una amiga íntima más guapa, más rica y mejor situada que ella, Miranda nunca había deseado ser otra persona.

En su vida, Turner había hecho cosas de las que no estaba orgulloso. Había bebido demasiado y vomitado encima de alfombras de precio incalculable. Se había jugado lo que no tenía. Una vez, incluso había montado a su caballo con demasiado brío y poco cuidado y había dejado al animal cojo durante una semana.

Sin embargo, nunca se había sentido tan mal como ahora, observando el perfil de Miranda, que estaba mirando por la ventanilla.

En dirección totalmente opuesta a él.

No dijo nada en un buen rato. Salieron de Londres y atravesaron las afueras, donde los edificios eran cada vez más escasos y estaban más alejados entre sí, hasta que sólo hubo campos a su alrededor.

Miranda no lo miró ni una vez. Turner lo sabía. La estaba mirando.

Y, al final, puesto que no podía soportar una hora más de silencio sepulcral, y como tampoco se atrevía a examinar qué significaba ese silencio, dijo:

—No pretendo ofenderte, Miranda, pero sé cuándo algo es una mala idea. Y coquetear contigo es una idea extremadamente mala.

Ella no se volvió, pero Turner oyó que le preguntaba:

—¿Por qué?

La miró con incredulidad.

—¿En qué estás pensando, Miranda? ¿Acaso te importa un rábano tu reputación? Si alguien descubre lo nuestro, tu nombre quedará mancillado.

—O tendrás que casarte conmigo —dijo ella, en voz baja y tono burlón.

—Cosa que no tengo intención de hacer. Ya lo sabes. —Maldijo entre dientes. Jesús, aquello había sonado muy mal—. No quiero casarme con nadie —explicó—. Y eso también lo sabes.

—Lo que sé —respondió ella, mirándolo sin esconder la rabia—, es que... —Y entonces se calló, cerró la boca y se cruzó de brazos.

—¿Qué? —preguntó él.

Miranda se volvió hacia la ventanilla.

—No lo entenderías —y añadió—: Y tampoco me escucharías.

El tono desdeñoso de su piel fue como uñas que se clavaban en la piel de Turner.

—Por favor, la petulancia no te pega.

Ella se volvió.

—¿Y qué debería hacer? Dime, ¿cómo se supone que tengo que sentirme?

Él sonrió.

—Agradecida.

—¿Agradecida?

Él se reclinó en el respaldo y su cuerpo entero era un ejemplo de insolencia.

—Podría haberte seducido, y lo sabes. Con facilidad. Pero no lo hice.

Ella contuvo el aliento y retrocedió y, cuando habló, lo hizo con una voz susurrada y letal.

—Eres odioso, Turner.

—Sólo te digo la verdad. ¿Y sabes por qué no hice más? ¿Por qué no te arranqué el camisón, te tendí en el sofá y te tomé allí mismo?

Ella abrió los ojos y su respiración fue más audible, y Turner sabía que estaba siendo grosero, maleducado y, sí, odioso, pero no podía parar, no podía detener la franqueza porque, maldición, Miranda tenía que entenderlo. Tenía que entender cómo era él realmente y de lo que era y no era capaz de hacer.

Y esto… esto… ella. ¿Había conseguido hacer algo noble por ella y ni siquiera le estaba agradecida?

—Te lo diré —dijo, entre dientes—. Me detuve por respeto hacia ti. Y te diré otra cosa. —Se detuvo, maldijo, y ella lo miró con desafío y provocación, como diciéndole: «Ni siquiera sabes lo que ibas a decir».

Sin embargo, ése era el problema. Que lo sabía y había estado a punto de decirle lo mucho que la había deseado. Que, si no hubieran estado en casa de sus padres, no estaba seguro de que hubiera podido detenerse.

No estaba seguro de si lo habría hecho.

Pero ella no tenía que saberlo. No debía saberlo. Turner no necesitaba que ella fuera consciente del poder que tenía sobre él.

—¿Te lo puedes creer? —murmuró, más para sí mismo que para ella—. No quería arruinarte el futuro.

—Deja que me ocupe yo de mi futuro —respondió ella, furiosa—. Sé lo que hago.

Él se rió con desdén.

—Tienes veinte años. Crees que lo sabes todo.

Ella lo miró fijamente.

—Yo creía que lo sabía todo cuando tenía veinte años —respondió él, encogiéndose de hombros.

La tristeza tiñó los ojos de Miranda.

—Yo también —dijo, en voz baja.

Turner intentó ignorar el desagradable nudo de culpabilidad que se le estaba formando en el estómago. Ni siquiera estaba seguro de por qué se sentía culpable y, en realidad, todo aquello era ridículo. No debería estar hecho para sentirse culpable por no haberle robado la inocencia, y lo único que se le ocurrió fue:

—Algún día me lo agradecerás.

Ella lo miró con incredulidad.

—Pareces tu madre.

—Pareces malhumorada.

—¿Y me culpas? Me estás tratando como a una niña cuando sabes perfectamente que soy una mujer.

Al nudo de culpabilidad empezaron a crecerle tentáculos.

—Puedo tomar mis propias decisiones —añadió, desafiante.

—Obviamente, no. —Él se inclinó hacia delante con un peligroso brillo en los ojos—. O no habrías dejado que te bajara el vestido y te besara los pechos la semana pasada.

Ella se sonrojó, avergonzada, y la voz le tembló con tono acusatorio cuando dijo:

—No intentes convencerme de que fue culpa mía.

Él cerró los ojos y se echó el pelo hacia atrás, consciente de que había dicho algo muy, muy estúpido.

—Claro que no es culpa tuya, Miranda. Por favor, olvida lo que he dicho.

—Igual que quieres que olvide que me besaste. —Habló con una voz sin una gota de emoción.

—Sí. —La miró y vio una especie de vacío en sus ojos, algo que nunca había visto en su cara—. Por Dios, Miranda, no te pongas así.

—No hagas esto, haz aquello —estalló ella—. Olvida esto, no olvides lo otro. Decídete, Turner. No sé qué quieres. Aunque creo que tú tampoco lo sabes.

—Soy nueve años mayor que tú Miranda —dijo él, en un tono de voz horrible—. No me hables con esos aires de superioridad.

—Lo siento, Alteza.

—No hagas esto, Miranda.

Y la cara de la chica, que hasta ahora era tensa y serena, de repente explotó de emoción.

—¡Deja de decirme lo que tengo que hacer! ¿Se te ha ocurrido pensar que quería que me besaras? ¿Que quería que me desearas? Y me deseas, y lo sabes. No soy tan inocente para dejarme convencer de lo contrario.

Turner sólo podía mirarla fijamente y susurrar:

—No sabes lo que dices.

—¡Sí que lo sé! —Sus ojos reflejaron la rabia y apretó los puños, y él tuvo la horrible premonición de que había llegado, de que era el momento. Todo dependía de ese momento y sabía, sin tener la menor idea de lo que ella iba a decirle y de lo que él le respondería, de que aquello no terminaría bien.

—Sé perfectamente lo que digo —dijo ella—. Te deseo.

Turner tensó el cuerpo y el corazón se le aceleró. Sin embargo, no podía permitirle que continuara.

—Miranda, sólo crees que me deseas —añadió, enseguida—. Nunca has besado a nadie más y...

—No me trates con condescendencia. —Lo miró fijamente, con los ojos llenos de deseo—. Sé lo que quiero, y te quiero a ti.

Él respiró de forma entrecortada. Merecía que lo beatificaran por lo que estaba a punto de decir.

—No, no me quieres. Es un encaprichamiento.

—¡Maldito seas! —estalló—. ¿Estás ciego? ¿Estás sordo, mudo y ciego? No es un encaprichamiento, ¡idiota! ¡Te quiero!

«Dios mío.»

—¡Siempre te he querido! Desde que te conocí hace nueve años. Te he querido desde entonces, cada minuto del día.

—Dios mío.

—Y no intentes decirme que es un enamoramiento infantil, porque no lo es. Quizás, en un momento determinado lo fue, pero ya no.

Él no dijo nada. Se quedó allí sentado como un imbécil y la miró.

—Yo… Conozco mi corazón y te quiero, Turner. Y si tuvieras un poco de decencia, dirías algo, porque yo ya lo he dicho todo, y no soporto este silencio y… ¡Oh, por el amor de Dios! ¿No puedes, al menos, parpadear?

Turner no podía ni siquiera hacer eso.

Capítulo 10

Dos días después, Turner todavía parecía estar algo aturdido.

Miranda no había intentado hablar con él, ni siquiera se le había acercado, pero, de vez en cuando, lo sorprendía mirándola con una expresión insondable. Miranda sabía que lo había incomodado porque ni siquiera podía mantener la mirada cuando sus ojos se encontraban. Se la quedaba mirando unos segundos, parpadeaba y se volvía.

Ella sólo deseaba que, alguna vez, asintiera.

Sin embargo, durante gran parte del fin de semana consiguieron no estar nunca en el mismo sitio al mismo tiempo. Si Turner salía a montar, Miranda iba al invernadero. Si Miranda daba un paseo por el jardín, Turner jugaba a las cartas.

Todo muy civilizado. Muy adulto.

Y, se dijo Miranda más de una vez, muy desgarrador.

No coincidían en las comidas. Lady Chester se enorgullecía de sus habilidades como casamentera y, como parecía imposible que Turner y Miranda pudieran establecer una relación romántica, no los sentaba el uno cerca del otro. Turner siempre estaba rodeado de un grupo de chicas jóvenes y Miranda solía verse relegada a hacer compañía a viudas canosas. Suponía que lady Chester no confiaba demasiado en su habilidad para conseguir un buen partido. Olivia, en cambio, siempre estaba rodeada de tres caballeros muy apuestos y adinerados, uno a su izquierda, otro a su derecha y otro enfrente.

Eso sí, aprendió bastante sobre los remedios caseros para la gota.

No obstante, lady Chester había dejado al azar las parejas para una de las actividades del fin de semana: la búsqueda del tesoro. La búsqueda se haría por parejas. Y, puesto que el objetivo de todos los invitados era casarse o empezar una aventura (dependiendo del estado civil de cada uno), cada equipo estaría formado por un hombre y una mujer. Lady Chester había escrito los nombres de los invitados en trozos de papel y había metido los de mujer en una bolsa y los de hombre, en otra.

Ahora tenía la mano en una de las bolsas. Miranda notó un nudo en el estómago.

—Sir Anthony Waldove y... —Lady Chester metió la mano en la otra bolsa—, lady Rudland.

Miranda soltó el aire y no se dio cuenta hasta entonces de que había estado conteniendo la respiración. Daría cualquier cosa porque le tocara con Turner... y cualquier cosa por evitarlo.

—Pobre mamá —le susurró Olivia al oído—. Sir Anthony Waldove es un poco corto. Tendrá que hacerlo todo ella.

Miranda se acercó un dedo a los labios.

—No oigo nada.

—El señor William Fitzhugh y... la señorita Charlotte Gladdish.

—¿Con quién quieres que te toque? —preguntó Olivia.

Miranda se encogió de hombros. Si no la emparejaban con Turner, le daba igual.

—Lord Turner y...

A Miranda se le detuvo el corazón.

196

—Lady Olivia Bevelstoke. ¿No es bonito? Llevamos cinco años haciendo esto y es la primera vez que emparejamos a hermano y hermana.

Miranda volvió a respirar, aunque no estaba segura de si estaba decepcionada o aliviada.

Sin embargo, Olivia no tenía ni una duda sobre sus sentimientos.

—*Quel* desastre —farfulló, en su típico francés—. Con todos estos caballeros disponibles y me toca con mi hermano. ¿Cuándo será la próxima vez que tenga la oportunidad de pasear a solas con un caballero? Es una lástima. Una auténtica lástima.

—Podría ser peor —dijo Miranda, con su tono pragmático—. No todos los caballeros de aquí son… eh… caballeros. Al menos, tú sabes que Turner no intentará sobrepasarse.

—Es un consuelo muy pequeño, te lo aseguro.

—Livvy…

—Shhh, acaban de sacar el nombre de lord Westholme.

—Y, de las señoras… —Lady Chester gorjeó—, ¡la señorita Miranda Cheever!

Olivia le dio un codazo.

—¡Qué suerte!

Miranda se encogió de hombros.

—Venga, no seas tan fría —la riñó Olivia—. ¿No te parece divino? Daría el pie izquierdo por estar en tu lugar. Oye, ¿por qué no cambiamos de pareja? No hay ninguna regla que lo prohíba. Además, Turner te gusta.

«Demasiado», pensó Miranda, con tristeza.

—¿Y? ¿Qué te parece? A menos que también le hayas echado el ojo a lord Westholme.

—No —respondió Miranda, haciendo un esfuerzo por no parecer consternada—. No, claro que no.

—Entonces, hagámoslo —dijo Olivia, emocionada.

Miranda no sabía si lanzarse de cabeza o salir corriendo y esconderse en el armario. En cualquier caso, no tenía ninguna excusa para rechazar el ofrecimiento de Olivia. Seguro que su amiga querría saber por qué no quería estar a solas con Turner. Y entonces, ¿qué le diría? «¿Es que acabo de decirle a tu hermano que le quiero y mucho me temo que me odia? ¿No puedo estar a solas con Turner porque tengo miedo de que se sobrepase conmigo? ¿No puedo estar a solas con él porque tengo miedo de sobrepasarme yo con él?»

Sólo de pensarlo quería echarse a reír.

O llorar.

Sin embargo, Olivia la estaba mirando con expectación, aquella mirada tan suya que había perfeccionado a… los tres años. Y Miranda se dio cuenta de que, por mucho que hiciera o dijera, iba a acabar emparejada con Turner.

Y no es que Olivia estuviera consentida, aunque quizá sí que lo estaba, un poco. Es que cualquier intento por parte de Miranda para eludir el asunto se encontraría con un interrogatorio tan preciso y persistente que seguro que acabaría revelándolo todo.

Y, en ese caso, tendría que huir del país. O, al menos, encontrar una cama debajo de la que esconderse. Durante una semana.

Así que suspiró y asintió. Y pensó en aspectos positivos y resquicios de esperanza, y dedujo que no podía esperar ninguna de las dos cosas.

Olivia la tomó de la mano y se la apretó.

—Miranda, ¡gracias!

—Espero que a Turner no le importe —dijo ella, cautelosa.

—No le importará. Seguro que se pondrá de rodillas y dará las gracias a su buena suerte por no tener que pasar toda la tarde conmigo. Cree que soy una mocosa.

—No es verdad.

—Sí que lo es. A menudo me dice que debería parecerme más a ti.

Miranda se volvió, sorprendida.

—¿De veras?

—Mmm-hmm. —Sin embargo, la atención de Olivia estaba puesta en lady Chester, que estaba terminando de emparejar a las señoras con los caballeros. Cuando terminó, los señores se levantaron para ir a buscar a sus parejas.

—¡Miranda y yo hemos hecho un cambio de pareja! —exclamó Olivia cuando Turner se le acercó—. No te importa, ¿verdad?

—Por supuesto que no —respondió, pero Miranda no habría apostado ni un cuarto de penique a que estaba diciendo la verdad. Además, ¿qué otra cosa podía decir?

Lord Westholme llegó poco después y, aunque fue lo suficientemente educado como para ocultarlo, el cambio le pareció de maravilla.

Turner no dijo nada.

Olivia lanzó una mirada de perplejidad a Miranda, que ésta ignoró.

—¡Ahí va la primera pista! —exclamó lady Chester—. ¿Quieren hacer el favor, los caballeros, de venir a recoger sus sobres?

Turner y lord Westholme se acercaron al centro de la sala y, a los pocos segundos, regresaron con un impoluto sobre blanco.

—Vamos a fuera a abrir el nuestro —dijo Olivia a lord Westholme, con una sonrisa pícara hacia Turner y Miranda—. No quisiera que nadie nos copiara la estrategia.

Por lo visto, los demás competidores tuvieron la misma idea porque, al cabo de un momento, Turner y Miranda se quedaron solos.

Él respiró hondo y apoyó las manos en las caderas.

—Yo no he propuesto el cambio —dijo Miranda, enseguida—. Ha sido Olivia.

Él arqueó una ceja.

—¡No he sido yo! —protestó ella—. A Livvy le interesa lord Westholme y cree que piensas que es una cría.

—Es que es una cría.

A Miranda no le apetecía, especialmente, mostrarse en desacuerdo sobre ese asunto, pero, sin embargo, dijo:

—Seguro que ni se imaginaba lo que estaba haciendo cuando nos ha emparejado.

—Podrías haberte opuesto —dijo él, directamente.

—¿Ah, sí? ¿Basándome en qué? —le preguntó Miranda. No tenía por qué estar tan enfadado porque hubieran terminado formando pareja—. ¿Cómo sugieres que le explicara que no debemos pasar la tarde juntos?

Turner no respondió porque no tenía respuesta, imaginó ella. Se limitó a dar media vuelta y a salir del salón.

Miranda lo miró un momento y entonces, cuando le quedó claro que no tenía ninguna intención de esperarla, resopló y lo siguió a paso ligero.

—¡Turner, quieres ir más despacio!

Él se detuvo y sus movimientos exagerados demostraban lo impaciente que estaba con ella.

Cuando Miranda llegó a su lado, la miró con una expresión de aburrimiento y enfado.

—¿Sí?

Ella hizo un esfuerzo por no perder los nervios.

—¿Podemos intentar, al menos, ser civilizados?

—No estoy enfadado contigo, Miranda.

—Pues lo disimulas muy bien.

—Estoy frustrado —dijo, de una forma que ella estaba segura que pretendía sorprenderla. Y luego añadió—: De más formas de las que te imaginarías.

Miranda se las imaginaba, y solía hacerlo, y se sonrojó.

—Abre el sobre, ¿quieres? —farfulló.

Turner se lo entregó y ella lo abrió.

—«Encontrad la siguiente pista debajo de un sol en miniatura» —leyó.

Lo miró. Él ni siquiera la estaba mirando. Aunque tampoco la estaba evitando; sólo tenía la mirada perdida, como si quisiera estar en cualquier otro sitio.

—El invernadero —dijo ella, casi como si no le importara que él participara o no—. Siempre he pensado que las naranjas eran pequeños trozos de sol.

Él asintió con brusquedad y, con el brazo, la invitó a ir la primera. Sin embargo, había algo maleducado y condescendiente en sus movimientos, y tuvo unas ganas terribles de apretar los dientes y rugir mientras empezaba a caminar.

Salió de la casa hacia el invernadero sin decir nada. Realmente Turner no veía el momento de acabar con todo aquello de la búsqueda del tesoro, ¿verdad? Bueno, pues ella estaría encantada de complacerlo. Era bastante lista; seguro que las pistas no eran difíciles de descifrar. Podían estar cada uno en su habitación dentro de una hora.

Por supuesto, encontraron una pila de sobres debajo de un naranjo. Sin decir nada, Turner se agachó, recogió uno y se lo dio.

Igual de callada, Miranda abrió el sobre. Leyó la pista y se lo entregó a Turner.

«LOS ROMANOS PODRÍAN AYUDAROS A ENCONTRAR LA SIGUIENTE PISTA.»

Si le molestaba el tratamiento de silencio que Miranda le estaba aplicando, no lo demostraba. Se limitó a doblar el papel y la miró con una expresión de expectación aburrida.

—Está debajo de un arco —dijo ella, con tono práctico—. Los romanos fueron los primeros que los utilizaron en la arquitectura. En el jardín, hay varios.

Efectivamente, diez minutos después tenían otro sobre en las manos.

—¿Sabes cuántas pistas tenemos que encontrar para terminar? —preguntó Turner.

Era la primera frase que decía desde que habían empezado y hacía referencia a cuándo podría deshacerse de ella. Miranda apretó los dientes ante el insulto, meneó la cabeza y abrió el sobre. Tenía que mantener la calma. Si permitía que Turner abriera una sola grieta en su muro, se derrumbaría. Adoptó un gesto de impasividad, desdobló el papel y leyó:

—«Tendrás que cazar la siguiente pista.»

—Algo relacionado con la caza, imagino —dijo Turner.

Ella arqueó las cejas.

—¿Has decidido participar?

—No seas mezquina, Miranda.

Ella soltó un suspiro irritado y decidió ignorarlo.

—Hay una pequeña cabaña de caza al este. Tardaremos unos quince minutos en llegar.

—¿Y cómo has descubierto esa cabaña?

—He dado muchos paseos.

—Cuando yo estaba en la casa, supongo.

Miranda no vio ningún motivo para desmentirlo.

Turner entrecerró los ojos en dirección al horizonte.

—¿Crees que lady Chester nos enviaría tan lejos de la casa principal?

—Hasta ahora, he acertado en todas —respondió ella.

—Es cierto —dijo él, encogiéndose de hombros—. Adelante.

Llevaban diez minutos caminando por el bosque cuando Turner miró con gesto sospechoso hacia el cielo oscurecido.

—Parece que va a llover —dijo, lacónico.

Miranda miró hacia el cielo. Tenía razón.

—¿Qué quieres hacer?

—¿Ahora mismo?

—No, la semana que viene. Pues claro que ahora mismo, imbécil.

—¿Imbécil? —Sonrió y su dentadura blanca e impoluta casi cegó a Miranda—. Me has herido.

Ella entrecerró los ojos.

—¿Por qué, de repente, eres tan amable conmigo?

—¿Lo soy? —preguntó él, y ella se sintió humillada—. Oh, Miranda —continuó, con un suspiro condescendiente—, quizá me gusta ser amable contigo.

—Quizá no.

—Quizá sí —insistió él—. Y quizás, a veces, me lo pones muy difícil.

—Quizá llueva —respondió ella con igual arrogancia—, y deberíamos ponernos en marcha.

Un trueno silenció su última palabra.

—Quizá tengas razón —respondió el, mientras miraba hacia el cielo con una mueca—. ¿Estamos más cerca de la cabaña o de la casa?

—De la cabaña.

—Entonces, démonos prisa. No me apetece estar en el bosque si estalla una tormenta eléctrica.

Miranda estaba de acuerdo con él, a pesar de su preocupación por la decencia, así que empezó a caminar muy deprisa hacia la cabaña. Pero cuando apenas llevaban diez metros empezaron a caer las primeras gotas. Y, cuando llevaban diez metros más, lo que caía era un aguacero.

Turner la agarró de la mano y echó a correr, arrastrándola por el camino. Miranda iba a trompicones y se preguntaba si servía de algo correr, puesto que ya iban calados hasta los huesos.

Al cabo de unos minutos, llegaron frente a la cabaña de dos habitaciones. Turner giró el pomo, pero la puerta no se abrió.

—Maldita sea —farfulló.

—¿Está cerrada? —preguntó Miranda, con los dientes repiqueteando.

Él asintió.

—¿Y qué vamos a hacer?

La respuesta de Turner fue abalanzarse contra la puerta con todas sus fuerzas.

Miranda se mordió el labio. Aquello había tenido que dolerle. Intentó abrir una ventana. Cerrada.

Turner volvió a golpear la puerta.

Miranda rodeó la casa y probó otra ventana. Con un poco de esfuerzo, consiguió abrirla. En ese preciso momento, oyó que Turner había conseguido abrir la puerta. Se planteó brevemente entrar por la ventana de todos modos, pero al final decidió ser generosa y cerró la ventana. Turner se había esforzado mucho en abrir la puerta. Lo mínimo que podía hacer era dejar que creyera que era su príncipe azul.

—¡Miranda!

Ella llegó corriendo.

—Estoy aquí. —Entró en la cabaña y cerró la puerta.

—¿Qué diablos estabas haciendo ahí fuera?

—Ser mucho mejor persona de lo que te imaginas —murmuró, deseando haber entrado por la ventana.

—¿Eh?

—Echando un vistazo —dijo ella—. ¿Has roto la puerta?

—No demasiado. Aunque el cerrojo ha saltado.

Ella hizo una mueca.

—¿Te has hecho daño en el hombro?

—Estoy bien. —Se quitó el abrigo, que estaba empapado, y lo colgó de la pared—. Quítate la… —le señaló la delicada pelliza—, como quiera que llames a eso.

Miranda pegó los brazos al cuerpo y meneó la cabeza.

Él la miró con impaciencia.

—Es un poco tarde para la modestia mojigata.

—Alguien podría llegar en cualquier momento.

—Lo dudo —dijo él—. Imagino que están todos a cubierto y bien calentitos en el despacho de lord Chester, contemplando embobados todas las cabezas de animales de caza que tiene colgadas en la pared.

Miranda intentó ignorar el nudo que se le había hecho en la garganta. Había olvidado que lord Chester era un cazador consumado. Enseguida recorrió la habitación con los ojos. Turner tenía razón. Ni rastro de ningún sobre blanco. Parecía poco probable que apareciera alguien y, a juzgar por el aspecto del cielo, la lluvia no tenía ninguna intención de aflojar.

—Por favor, dime que no eres una de esas mujeres que antepone el recato a la salud.

—Por supuesto que no. —Miranda se quitó la pelliza y la colgó de la pared, junto a su abrigo—. ¿Sabes encender un fuego? —le preguntó.

—Siempre que haya madera seca.

—Pero tiene que haber. Es una cabaña de caza. —Levantó los ojos y miró a Turner esperanzada—. ¿Acaso a los hombres no les gusta estar calientes mientras cazan?

—Después de cazar —la corrigió él mientras buscaba un poco de madera—. La mayoría de hombres, incluyendo a lord Chester, supongo, son tan perezosos que prefieren recorrer el corto trayecto hasta la casa principal que hacer el esfuerzo de encender un fuego aquí.

—Oh. —Miranda se quedó inmóvil un momento, observándolo mientras él buscaba madera. Y entonces dijo—. Voy a la otra habitación a ver si hay algo de ropa seca que podamos utilizar.

—Buena idea. —Turner le observó la espalda mientras se alejaba. La lluvia le había pegado la falda al cuerpo y, a través de la tela mojada, se le transparentaban los cálidos tonos rosados de la piel. La entrepierna de Turner, que estaba casi congelada por el aguacero, despertó a una velocidad destacable. Maldijo y se golpeó el dedo gordo del pie mientras levantaba la tapa de un baúl de madera buscando troncos.

Dios santo, ¿qué había hecho para merecer eso? Si le hubieran entregado una estilográfica y un papel y le hubieran ordenado que relatara la tortura perfecta, nunca se le habría ocurrido algo así. Y eso que tenía una imaginación muy activa.

—¡He encontrado unos troncos!

Turner siguió el sonido de la voz de Miranda hasta la otra habitación.

—Ahí. —Señaló una pila de troncos que había junto a la chimenea—. Supongo que lord Chester prefiere utilizar ésta cuando está aquí.

Turner se fijó en la enorme cama con las abullonadas colchas y las suaves almohadas. Tenía una idea bastante exacta de por qué lord Chester prefería esa habitación y no implicaba a la corpulenta lady Chester. Enseguida colocó un tronco en el hogar.

—¿No crees que deberíamos usar la de la otra habitación? —preguntó Miranda. Ella también había visto la cama.

—Está claro que ésta se usa con mayor frecuencia. Es peligroso utilizar una chimenea sucia. Podría estar atascada.

Miranda asintió muy despacio y Turner supo que estaba intentando fingir que no estaba incómoda. Siguió buscando ropa seca mientras él se encargaba del fuego, pero sólo encontró unas mantas viejas. La miró mientras se envolvía en una de ellas.

—¿Cachemira? —le preguntó.

Ella abrió los ojos como platos. Turner se dio cuenta de que se había fijado en que la estaba observando. Sonrió o, mejor dicho, le enseñó los dientes. Puede que ella estuviera incómoda, pero él también lo estaba. ¿Acaso pensaba que aquello era fácil para él? Por el amor de Dios, le había dicho que lo quería. ¿Por qué diantres había hecho eso? ¿Es que no sabía nada de los hombres? ¿Era posible que no entendiera que esa frase era la única que lo aterrorizaría?

No quería que le confiara su corazón. No quería esa responsabilidad. Había estado casado. Le habían partido, pisoteado y destrozado el corazón. Lo último que quería era tener la custodia de otro, y menos del de Miranda.

—Coge la colcha de la cama —le dijo, encogiéndose de hombros. Seguro que era más cómoda que lo que había encontrado.

Sin embargo, ella meneó la cabeza.

—No quiero tocar nada. No quiero que nadie sepa que hemos estado aquí.

—Sí, claro —dijo él, muy seco—. Porque entonces tendría que casarme contigo, ¿verdad?

Ella se quedó tan afligida que Turner farfulló una disculpa. Señor, se estaba convirtiendo en alguien que no le gustaba especialmente. No quería hacerle daño. Sólo quería…

Demonios, no sabía lo que quería. Sólo podía pensar en que dentro de diez minutos no podría concentrarse en nada que no fuera mantener las manos en los bolsillos.

Se dedicó al fuego y soltó un gruñido de satisfacción cuando la diminuta llama naranja, por fin, envolvió uno de los troncos.

—Despacio —murmuró, mientras acercaba una rama a la llama—. Ya está, ya está y… ¡sí!

—¿Turner?

—He conseguido encender el fuego —masculló él, sintiéndose un poco estúpido ante su exagerada emoción. Se levantó y se volvió. Ella seguía envuelta en la vieja manta—. No te servirá de nada en cuanto se te empape con la camisa —le comentó.

—No tengo muchas más opciones.

—Eso depende de ti. Yo voy a secarme. —Acercó los dedos a los botones de la camisa.

—Quizá debería irme a la otra habitación —susurró ella.

Turner vio que no se movió ni un centímetro. Se encogió de hombros y se quitó la camisa.

—Debería irme —volvió a susurrar ella.

—Pues vete —dijo él, pero dibujó una sonrisa.

Ella abrió la boca como si quisiera decir algo, pero la cerró.

—Yo… —Dejó la frase en el aire mientras adoptaba un gesto de pánico.

—Tú, ¿qué?

—Debería irme. —Y esta vez lo hizo. Salió de la habitación con presteza.

Turner meneó la cabeza. Mujeres. ¿Había alguien que las entendiera? Primero le decía que lo quería. Luego le decía que quería seducirlo. Luego lo ignoraba durante dos días. Y ahora sufría un ataque de pánico.

Volvió a menear la cabeza, esta vez más deprisa, sacudiéndose el agua del pelo. Se envolvió con una de las mantas, se colocó frente al fuego y se secó. Sin embargo, los pantalones mojados eran muy incómodos. Miró la puerta. Miranda la había cerrado cuando había salido y, teniendo en cuenta su estado actual de bochorno femenino, dudaba que se atreviera a entrar sin llamar.

Se quitó los pantalones muy deprisa. El fuego empezó a calentarlo casi de forma inmediata. Volvió a mirar hacia la puerta. Para asegurarse, se deslizó la manta hasta la cintura y la anudó. En realidad, parecía un kilt.

Recordó la expresión de la cara de Miranda justo antes de salir de la habitación. Bochorno femenino y algo más. ¿Fascinación? ¿Deseo?

¿Y qué había estado a punto de decirle? No era «Debería irme», que es lo que había acabado diciendo.

Si se hubiera acercado a ella, le hubiera tomado la cara entre las manos y le hubiera susurrado «Dímelo», ¿qué le habría dicho?

3 de julio de 1819

He estado a punto de volver a decírselo. Y creo que él lo sabía. Creo que sabía lo que iba a decir.

Capítulo 11

Turner estaba tan ocupado pensando en lo mucho que le gustaría tocar a Miranda, por cualquier parte y por todas partes, que se olvidó por completo de que la chica debía de estar congelándose en la otra habitación. Cuando descubrió que él ya estaba seco y había entrado en calor, recordó que ella no.

Se maldijo cientos de veces por ser un idiota, se levantó y caminó hasta la puerta que ella había cerrado. La abrió y luego soltó otra retahíla de improperios cuando la vio acurrucada en el suelo, temblando casi con violencia.

—Serás tonta —dijo—. ¿Acaso quieres morirte de frío?

Ella levantó la mirada y abrió los ojos como platos cuando lo vio. De repente, Turner recordó que iba prácticamente desnudo.

—¡Maldición! —murmuró para sí mismo, pero meneó la cabeza con exasperación y la levantó del suelo.

Miranda despertó del aturdimiento y empezó a resistirse.

—¿Qué haces?

—Meterte un poco de sensatez en la cabeza.

—Estoy perfectamente —dijo, aunque los temblores demostraban que mentía.

—Ni en sueños. Yo me estoy helando sólo de hablar contigo. Ven junto al fuego.

Ella miró con anhelo las llamas naranjas que crujían en la otra habitación.

—Sólo si tú te quedas aquí.

—De acuerdo —dijo él. Lo que fuera para que entrara en calor. Con un movimiento poco caballeroso, la empujó en la dirección correcta.

Miranda se detuvo cerca del fuego y acercó las manos a las llamas. De la garganta, le salió un gemido de satisfacción que viajó hasta la otra habitación y se clavó en el corazón de Turner.

Él avanzó unos pasos, fascinado por la pálida y casi transparente piel de la nuca de Miranda.

Ella volvió a gemir y se volvió para calentarse la espalda. Cuando vio a Turner tan cerca, dio un respingo.

—Has dicho que te irías —lo acusó.

—Te he mentido. —Se encogió de hombros—. No confío demasiado en que te seques como Dios manda.

—No soy una niña pequeña.

Él deslizó la mirada hasta sus pechos. Llevaba un vestido blanco y, al estar pegado a la piel, se le adivinaban los oscuros pezones.

—Está claro que no.

Ella se cubrió el pecho con los brazos.

—Si no quieres que te mire, date la vuelta.

Ella lo hizo, pero no antes de quedarse boquiabierta ante su audacia.

Turner se quedó un buen rato mirándole la espalda. Era casi tan encantadora como la parte delantera. La piel del cuello era preciosa, y se le habían soltado varios mechones y, con la humedad, se le habían rizado. Olía a rosas frescas y tuvo que hacer un esfuerzo sobrehumano para no alargar la mano y acariciarle el brazo.

No, el brazo no, la cadera. O quizá la pierna. O quizá…

Suspiró de forma entrecortada.

—¿Sucede algo? —Miranda no se volvió, pero parecía nerviosa.

—No. ¿Estás mejor?

—Sí. —Pero, incluso mientras lo decía, se estremeció.

Antes de que Turner pudiera darse la oportunidad de convencerse de lo contrario, alargó la mano y le soltó el cordón de la falda.

Ella emitió un grito ahogado.

—Jamás entrarás en calor con esta cosa colgando a tu alrededor como un carámbano. —Empezó a bajarle la tela.

—No creo que… Sé que… Esto es…

—¿Sí?

—Es una mala idea.

—Seguramente. —La falda cayó al suelo y formó una bola de tela empapada y dejó a Miranda únicamente cubierta por la fina camisola, que se le pegaba al cuerpo como una segunda piel.

—Dios mío. —Intentó taparse, pero estaba claro que no sabía por dónde empezar. Cruzó los brazos sobre el pecho, y luego descendió una mano para taparse la entrepierna. Pero entonces debió de darse cuenta que no estaba de frente a él y bajó las manos para taparse las nalgas.

Turner casi esperaba que se hiciera pequeña.

—¿Quieres hacerme el favor de marcharte? —susurró, mortificada.

Turner quería hacerlo. Jesús, sabía que debería obedecer su súplica. Pero sus piernas se negaban a moverse y no podía apartar la mirada de sus exquisitas y redondeadas nalgas, cubiertas por sus delicadas manos.

Unas manos que todavía temblaban de frío.

Maldijo otra vez y recordó el motivo original por el que le había quitado la falda.

—Acércate más al fuego —le ordenó.

—¡Si me acerco un poco más me quemaré! —exclamó ella—. Márchate.

Él retrocedió. Le gustaba más cuando estaba furiosa.

—¡Fuera!

Turner fue hasta la puerta y la cerró. Miranda se quedó inmóvil unos segundos hasta que, al final, dejó resbalar la manta hasta el suelo y se arrodilló frente al fuego.

A Turner se le aceleró le corazón y latía con tanta fuerza que le sorprendía que no la hubiera alertado de su presencia.

Ella suspiró y se desperezó.

La erección de Turner se endureció todavía más, algo que creía imposible.

Miranda se levantó el pelo, dejando el cuello libre, y giró la cabeza lánguidamente.

Turner gruñó.

Miranda volvió la cabeza.

—¡Serás bellaco! —exclamó, sin taparse.

—¿Bellaco? —Arqueó la ceja ante el anticuado improperio.

—Bellaco, descarado, diablo, como quieras llamarlo.

—Me declaro culpable de todos los cargos.

—Si fueras un caballero, te habrías marchado.

—Pero me quieres —dijo, aunque no estaba seguro de por qué se lo estaba recordando.

—Eres horrible por sacar eso ahora —susurró ella.

—¿Por qué?

Miranda lo miró fijamente, atónita de que lo hubiera preguntado.

—¿Por qué te quiero? No lo sé. Está claro que no te lo mereces.

—No —asintió él.

—Además, da igual. Creo que ya no te quiero —añadió enseguida. Cualquier cosa para proteger su orgullo herido—. Tenías razón. Sólo era un encaprichamiento infantil.

—No lo era. Y no te desenamoras de alguien tan deprisa.

Miranda abrió los ojos. ¿Qué le estaba diciendo? ¿Quería su amor?

—Turner, ¿qué quieres?

—A ti —dijo, en un susurro, porque casi no tenía fuerzas para decirlo.

—No es verdad —respondió ella, más por nervios que por cualquier otra cosa—. Tú mismo lo dijiste.

Él dio un paso adelante. Iría al infierno por esto, pero primero tocaría el cielo.

—Te deseo —dijo. Y la deseaba. La deseaba con más fuerza, pasión e intensidad de la que podía imaginar. Iba más allá del deseo.

Iba más allá de la necesidad.

Era inexplicable y, por mucho que lo intentara, era irracional, pero ahí estaba y no podía negarlo.

Muy despacio, cubrió la distancia que los separaba. Miranda se quedó inmóvil junto al fuego, con los labios separados y la respiración superficial.

—¿Qué vas a hacer? —susurró.

—A estas alturas ya debería ser obvio. —Y, con un movimiento fluido, se agachó y la levantó en brazos.

Miranda no se movió, no se resistió. El calor de su cuerpo era embriagador. La invadía, le derretía los huesos y la hacía sentirse deliciosamente lasciva.

—Oh, Turner —suspiró.

—Oh, sí. —Sus labios siguieron la línea de la mandíbula mientras, con delicadeza y reverencia, la dejaba en la cama.

En aquel último instante antes de que Turner le cubriera el cuerpo con el suyo, Miranda sólo pudo mirarlo y pensar que lo había querido siempre, que todos sus sueños y todos los días que había soñado despierta la habían guiado hasta ese momento. Él todavía no había pronunciado las palabras que harían saltar de alegría a su corazón, pero ahora aquello no parecía tener importancia. Los ojos azules le brillaban con tanta intensidad que ella se dijo que debía de quererla, aunque fuera un poco. Y eso parecía bastar.

Bastaba para hacer realidad ese momento.

Bastaba para que estuviera bien.

Bastaba para que fuera perfecto.

Miranda se hundió en el colchón debajo de su peso. Alargó la mano y le acarició el grueso pelo.

—Es una lástima.

Turner levantó la cabeza y la miró, divertido.

—¿Una lástima?

—En un hombre —respondió ella, con una sonrisa tímida—. Es como las pestañas largas. Las mujeres matarían por ellas.

—Lo harían, ¿verdad? —Le sonrió—. ¿Y qué te parecen las mías?

—Muy, muy largas.

—¿Y tú matarías por unas pestañas largas?

—Mataría por las tuyas.

—¿En serio? ¿No te parecen que son demasiado claras para tu pelo?

Ella le dio un zurriagazo en broma.

—Las quiero acariciándome la piel, no pegadas a mis párpados, tonto.

—¿Me has llamado tonto?

Ella le sonrió.

—Sí.

—¿Te parece esto una tontería? —empezó a subirle la mano por la pierna.

Ella meneó la cabeza. En pocos segundos, se había quedado sin aire.

—¿Y esto? —Colocó una mano encima de un pecho.

Ella gimió de forma incoherente.

—¿Y esto?

—No —consiguió decir.

—¿Qué te parece?

—Bien.

—¿Y ya está?

—Maravilloso.

—¿Y?

Miranda respiró hondo mientras intentaba no concentrarse en su dedo, que estaba dibujando círculos sobre el erecto pezón a través de la seda de la camisola. Y dijo la única palabra que parecía describirlo:

—Centelleante.

Él sonrió, sorprendido.

—¿Centelleante?

Ella sólo pudo asentir. El calor de Turner la cubría por completo, y era tan sólido, fuerte y masculino. Miranda tenía la sensación de resbalar por un precipicio. Caía y caía, pero no quería que la salvaran. Sólo quería llevarse a Turner consigo.

Le estaba mordisqueando la oreja y, segundos después, tenía la boca en el hueco del cuello, tirando de la delicada seda con los dientes.

—¿Cómo estás? —le preguntó, con voz ronca.

—Caliente. —Esa palabra parecía describir cada centímetro de su cuerpo.

—Mmm, perfecto. Así es como me gustas. —Deslizó la mano por debajo de la seda y la colocó encima del pecho desnudo.

—¡Oh, Dios mío! ¡Oh, Turner! —Arqueó la espalda debajo de él, proporcionándole sin querer más piel.

—¿Dios o yo? —preguntó él, en broma.

Miranda respiraba de forma entrecortada.

—No... lo... sé.

Turner deslizó la otra mano por debajo de la camisola y ascendió hasta que llegó a la curvilínea cadera.

—Dadas las circunstancias —murmuró en su cuello—, creo que yo.

Ella sonrió.

—Por favor, nada de religión.

No necesitaba que le recordaran que sus acciones iban en contra de todos los principios que le habían enseñado en la iglesia, en la escuela, en casa y en cualquier otro sitio.

—Con una condición.

Ella abrió los ojos, expectante.

—Tienes que quitarte esta cosa.

—No puedo. —Se atragantó con las palabras.

—Es preciosa y muy suave, y te compraré un centenar, pero si no te la quitas ahora mismo, acabará hecha jirones. —Y, como si quisiera demostrar su urgencia, pegó las caderas contra ella para recordarle la intensidad de su erección.

—Es que no puedo. No sé por qué —dijo, tragando saliva—. Pero tú sí.

Él arqueó la comisura de los labios.

—No es la respuesta que estaba esperando, pero la apruebo. —Se arrodilló frente a ella y subió la camisola hasta que se la quitó por la cabeza.

Miranda notó cómo el aire frío le acariciaba la piel, pero, aunque pareciera extraño, ya no sentía la necesidad de cubrirse. Parecía perfectamente natural que ese hombre pudiera ver y tocar cada centímetro de su cuerpo. Él deslizó la mirada posesiva por su resplandeciente piel y ella se emocionó ante la fiereza de su expresión. Quería ser suya en todos los aspectos en que una mujer podía entregarse a un hombre. Quería perderse en su calor y su fuerza.

Y quería que él se rindiera a ella con la misma plenitud.

Alargó el brazo y apoyó la mano en su pecho, jugueteando con el pezón marrón. Él hizo una mueca.

—¿Te he hecho daño? —susurró ella, ansiosa.

Él meneó la cabeza.

—Otra vez —dijo, con voz áspera.

Imitando sus caricias anteriores, le agarró la cresta del pezón con el pulgar y el índice. Se endureció bajo sus dedos, con lo que ella sonrió complacida. Como una niña con un juguete nuevo, alargó la mano para jugar con el otro. Turner, cuando se dio cuenta de que estaba perdiendo el control muy deprisa bajo los juguetones dedos de Miranda, le agarró la mano y se la inmovilizó. Se la quedó mirando durante un buen rato, con los ojos azul oscuro. Tenía una mirada tan intensa que Miranda tuvo que reprimir la necesidad de mirar a otro lado. Pero se obligó a seguir mirándolo a los ojos. Quería que supiera que no tenía miedo, que no tenía vergüenza y, por encima de todo, que cuando le había dicho que lo quería era verdad.

—Tócame —susurró.

Pero él parecía inmóvil, con la mano todavía sujetando la suya contra su pecho. Estaba extraño, angustiado, casi... asustado.

—No quiero hacerte daño —dijo, con la voz ronca.

Y ella no sabía cómo habían llegado a la situación en que ella tendría que tranquilizarlo a él, pero murmuró:

—No me harás daño.

—Es que...

—Por favor —suplicó. Lo necesitaba. Lo necesitaba ahora.

Aquella apasionada súplica acabó con las dudas de Turner y, con un gemido, la levantó para pegarla a él y darle un beso antes de volver a dejarla en el colchón. Esta vez, descendió con ella, cubriéndola con su cuerpo. La tocó por todas partes, y gemía su nombre, y cada sonido y cada caricia parecían encender más la llama en el interior de Miranda.

Necesitaba sentirlo. Cada centímetro de su cuerpo.

Tiró del kilt que se había fabricado con la manta porque quería eliminar la última barrera que los separaba. Notó cómo, con la fricción, la tela iba desapareciendo hasta que ya no había nada... excepto Turner.

Ella contuvo la respiración cuando vio su erección.

—Dios mío.

Y él se rió.

—No, sólo yo. —Hundió la cabeza en el hueco de su cuello—. Ya te lo he dicho.

—Pero eres tan...

—¿Grande? —Le sonrió—. Es culpa tuya, cariño.

—No. —Se retorció debajo de él—. Yo no he podido hacer esto.

Él se pegó a ella con más firmeza.

—Shhh...

—Pero quiero...

—Lo harás. —La silenció con un apasionado beso, aunque no estaba seguro de lo que acababa de prometerle. Cuando Miranda volvió a gemir, apartó la boca y empezó a descender, dejando un camino de besos hasta el ombligo. Dibujó un círculo húmedo alrededor con la lengua y luego la metió dentro. La tenía agarrada por los muslos y le separó las piernas, preparándola para su invasión.

Quería besarla. Quería devorarla, pero le pareció que ella todavía no estaba preparada para algo tan íntimo, así que, en lugar de bajar la cabeza, subió una mano...

Y la penetró con un dedo.

—¡Turner! —exclamó ella, y él no pudo evitar sonreír de satisfacción. Le acarició los delicados pliegues rosados con el dedo pulgar mientras disfrutaba de cómo ella se retorcía debajo de él. Tuvo que sujetarle las caderas con fuerza con la otra mano para evitar que cayera de la cama.

—Ábrete para mí —jadeó, volviendo a su boca.

Oyó cómo gritaba de placer y casi pareció que sus piernas se derretían mientras se separaban hasta que la punta de la erección estaba pegada a ella, acariciando su suavidad. Turner acercó los labios a su oído y susurró:

—Ahora voy a hacerte el amor.

Ella asintió sin aliento.

—Voy a hacerte mía.

—Sí, por favor.

Él la penetró muy despacio y con paciencia ante su tensa inocencia. Iba a controlarse aunque aquello lo matara. Quería, más que nada, penetrarla con fuerza, pero tendría que esperar a otro día. No en la primera vez de Miranda.

—¿Turner? —susurró ella, y él se dio cuenta de que se había quedado inmóvil varios segundos. Apretó los dientes y retrocedió hasta que sólo quedó dentro la punta.

Miranda se aferró a sus hombros.

—No, Turner. ¡No te vayas!

—Shhh. No te preocupes. Sigo aquí. —Volvió a penetrarla.

—No me dejes —susurró ella.

—No te dejaré. —Llegó al himen y gruñó ante la resistencia—. Esto te va a doler, Miranda.

—Me da igual —suspiró ella.

—Quizá después no te dé igual. —La penetró un poco más, intentando hacerlo lo más suave posible.

Ella arqueó la espalda y gimió su nombre. Lo abrazó y los dedos le apretaban la espalda de forma espasmódica.

—Por favor, Turner —imploró—. Oh, por favor. Por favor, por favor.

Incapaz de controlarse más, Turner la penetró del todo y se estremeció ante la exquisita sensación de verse envuelto por su calidez. Sin embargo, Miranda se tensó y Turner oyó un pequeño grito.

—Lo siento —dijo, enseguida, mientras intentaba mantenerse quieto e ignorar las dolorosas exigencias de su cuerpo—. Lo siento. Lo siento mucho. ¿Te duele?

Ella cerró los ojos y meneó la cabeza.

Él le besó las pequeñas lágrimas que se le habían acumulado en los ojos.

—No mientas.

—Sólo un poco —admitió ella, en un susurro—. Ha sido más la sorpresa que otra cosa.

—Te lo compensaré —dijo él, apasionado—. Te lo prometo. —Apoyó el peso del cuerpo en los codos para liberarla de él y volvió a moverse otra vez, con embistes seguros y lentos, obteniendo una buena dosis de placer con cada uno debido a la deliciosa fricción.

Y, mientras tanto, tenía la mandíbula apretada, concentrado, cada músculo de su cuerpo tenso en un esfuerzo por mantener la calma. «Dentro y fuera, dentro y fuera», se repetía, una y otra vez. Si se saltaba ese ritmo, aunque sólo fuera un segundo, perdería el control. Y tenía que conseguir que fuera agradable para ella. No estaba preocupado por él, porque sabía que tocaría el cielo antes de que terminara la noche.

Pero Miranda… Turner sólo sabía que sentía una enorme responsabilidad por garantizar que ella también alcanzara el orgasmo. Nunca había estado con una virgen, de modo que no sabía si sería posible, pero por Dios que iba a intentarlo. Tenía miedo de que incluso hablar lo desenfrenara, pero consiguió decir:

—¿Cómo estás?

Miranda abrió los ojos y parpadeó.

—Bien —parecía sorprendida—. Ya no me duele.

—¿Ni un poco?

Ella meneó la cabeza.

—Estoy de maravilla. Y... hambrienta. —Le acarició la espalda.

Turner se estremeció ante la delicada caricia de sus dedos y notó cómo perdía el control.

—¿Y tú cómo estás? —le susurró ella—. ¿También tienes hambre?

Él gruñó algo que ella no entendió y empezó a moverse más deprisa. Miranda sintió que algo se aceleraba en su abdomen, y luego un tensión insoportable. Notó un hormigueo en los dedos de las manos y de los pies y, justo cuando estaba segura de que su cuerpo estallaría en mil pedazos, algo en su interior se quebró y levantó las caderas del colchón con tanta fuerza que lo levantó a él también.

—¡Oh, Turner! —gritó—. ¡Ayúdame!

Él siguió embistiéndola sin descanso.

—Te ayudaré —gruñó—. Te lo juro. —Y entonces gritó, y parecía que estaba sufriendo y, al final, respiró y cayó sobre ella.

Se quedaron entrelazados varios minutos, agotados por el esfuerzo. A Miranda le encantaba tener el peso de su cuerpo encima; adoraba aquella sensación de lánguida satisfacción. Le acarició el pelo mientras deseaba que el mundo que los rodeaba desapareciera. ¿Cuánto tiempo podían estar allí, escondidos en la pequeña cabaña de caza, antes de que alguien los extrañara?

—¿Cómo estás? —le preguntó, con suavidad.

Él dibujó una sonrisa juvenil.

—¿Cómo crees que estoy?

—Bien, espero.

Él rodó a un lado, apoyó la cabeza en la mano y le agarró la barbilla con dos dedos.

—Bien, lo sé —dijo, enfatizando la última palabra.

Miranda sonrió. No podía esperar nada más.

—¿Y tú? —le preguntó él, frunciendo el ceño en un gesto de preocupación—. ¿Estás dolorida?

—Creo que no. —Cambió el peso de pierna como si quisiera poner a prueba su cuerpo—. Quizá lo esté después.

—Seguro.

Miranda frunció el ceño. ¿Tanta experiencia tenía desvirgando jóvenes? Había dicho que Leticia estaba embarazada cuando se casaron. Pero luego apartó aquella idea de su cabeza. No quería pensar en Leticia. Ahora no. La esposa difunta de Turner no tenía sitio en la cama con ellos.

Y empezó a soñar con bebés. Pequeños rubios, con los ojos azules y con una sonrisa encantadora. Un Turner en miniatura, eso es lo que quería. Suponía que también podía ser como ella y tener que conformarse con los tonos más comunes suyos, pero, en su cabeza, todo era de Turner, hasta los hoyuelos de las mejillas.

Cuando, por fin, abrió los ojos, vio que la estaba mirando y que le acariciaba la comisura de los labios, que se había curvado.

—¿En qué estabas pensando? —murmuró él, con la voz satisfecha.

Miranda evitó su mirada porque se avergonzaba de lo que había estado imaginando.

—Nada importante —murmuró—. ¿Sigue lloviendo?

—No lo sé —respondió él, y se levantó para asomarse a la ventana.

Miranda se cubrió con la sábana mientras se decía que ojalá no hubiera preguntado por el tiempo. Si había dejado de llover, tendrían que regresar a la casa principal. Seguro que alguien los había echado de menos. Podían decir que habían buscado refugio de la lluvia, pero esa excusa no serviría si no regresaban en cuanto dejara de llover.

Turner volvió a cerrar las cortinas y se volvió hacia ella, y Miranda se quedó sin respiración ante la belleza puramente masculina. Había visto dibujos de estatuas en los numerosos libros de su padre, y en casa incluso había una réplica del David de Miguel Ángel. Sin embargo, nada podía compararse con el hombre de carne y huesos que tenía delante y bajó la mirada al suelo, porque tenía miedo de que aquella visión volviera a excitarla.

—Todavía llueve —dijo él, con serenidad—. Pero muy poco. Deberíamos limpiar… esto y así podremos marcharnos en cuanto pare.

Miranda asintió.

—¿Puedes darme la ropa?

Él arqueó una ceja.

—¿Ahora te has vuelto vergonzosa?

Ella asintió. Quizás era una tontería, después de su actitud libertina, pero no era tan sofisticada como para levantarse desnuda de la cama con otra persona en la misma habitación. Señaló con la cabeza la falda, que estaba en el suelo.

—¿Por favor?

Él la recogió y se la acercó. Todavía estaba húmeda en algunos sitios, puesto que no se habían molestado en tenderla plana, pero, como había estado cerca del fuego, no era terrible. Se vistió muy deprisa y arregló la cama, estirando mucho las sábanas y las colchas, como había visto hacer a las doncellas en casa. Era mucho más difícil de lo que creía, puesto que la cama estaba pegada a la pared.

En cuanto la cabaña y ellos estuvieron presentables, la lluvia se había transformado en una llovizna inofensiva.

—No creo que la ropa se moje más de lo que ya está —dijo Miranda mientras sacaba la mano por la ventana para comprobar la fuerza de la lluvia.

Él asintió y regresaron a la casa principal. Él no dijo nada y Miranda tampoco se atrevió a romper el silencio. ¿Y ahora qué pasaría? ¿Tendría que casarse con ella? Debería, por supuesto, y si era el caballero que ella siempre había creído, lo haría, pero nadie sabía que su reputación había quedado comprometida. Y Turner la conocía demasiado bien para preocuparse de que se lo dijera a alguien sólo para obligarlo a casarse con ella.

Quince minutos después, estaban frente a la escalinata que llevaba hasta la puerta principal de Chester House. Turner se detuvo y miró a Miranda con los ojos serios y directos.

—¿Estarás bien? —le preguntó, con amabilidad.

Ella parpadeó varias veces. ¿Por qué le preguntaba eso ahora?

—Cuando estemos dentro, no podremos hablar —le explicó él.

Ella asintió mientras intentaba ignorar la sensación de ansiedad en el estómago. Había algo que no estaba bien.

Turner se aclaró la garganta y estiró el cuello como si la corbata le apretara demasiado. Volvió a aclararse la garganta y, luego, una tercera vez.

—Me avisarás si se presenta una situación por la que tengamos que actuar con celeridad.

Miranda volvió a asentir mientras intentaba discernir si había sido una afirmación o una pregunta. Decidió que un poco de ambas cosas. Y no estaba segura de por qué importaba.

Turner respiró hondo.

—Necesitaré un poco de tiempo para pensar.

—¿Sobre qué? —preguntó ella antes de pensárselo dos veces. ¿No debería ser todo muy sencillo, ahora? ¿Qué quedaba por debatir?

—Básicamente, sobre mí —dijo, con la voz un poco ronca, y quizás un poco indiferente—. Pero nos veremos dentro de poco, y lo arreglaré todo. No tienes que preocuparte.

Y entonces, como Miranda ya estaba harta de esperar y estaba harta de ser tan asquerosamente práctica, le espetó:

—¿Te casarás conmigo?

Porque, por Dios, era como si ese hombre no supiera hablar claro.

Se quedó sorprendido por la franqueza de la chica, pero, aun así, contestó enseguida y con brusquedad:

—Por supuesto.

Y mientras Miranda esperaba que llegara la alegría que debería sentir, él añadió:

—Pero no veo ningún motivo para apresurar las cosas a menos que aparezca una razón apremiante.

Ella asintió y tragó saliva. Un hijo. Quería casarse con ella sólo si estaba embarazada. Lo haría, sí, pero se tomaría su tiempo.

—Si nos casamos enseguida —añadió él—, será obvio que teníamos que hacerlo.

—Que tú tenías que hacerlo —farfulló ella.

Él inclinó la cabeza.

—¿Cómo?

—Nada. —Porque sería humillante repetirlo. Y porque era humillante que lo hubiera dicho una vez.

—Deberíamos entrar —dijo Turner.

Ella asintió. Se estaba convirtiendo en una experta en asentir.

Todo un caballero, Turner inclinó la cabeza y la tomó del brazo. Luego, la acompañó hasta el salón y se comportó como si no tuviera ni una sola preocupación en el mundo.

3 de julio de 1819

Y, después de que pasara, no me dirigió la palabra ni una sola vez.

Capítulo 12

Al día siguiente, cuando Turner volvió a casa, se encerró en el despacho con una copa de brandy y una mente confusa. La fiesta de campo de lady Chester todavía duraría unos días más, pero él se había inventado una excusa acerca de unos asuntos urgentes que tenía que tratar con sus abogados en la ciudad y se había ido. Estaba seguro de que podía fingir que no había pasado nada, pero no estaba tan convencido de que Miranda pudiera hacerlo. Era una inocente, o al menos lo había sido, y no estaba acostumbrada a fingir. Y, por el bien de su reputación, todo debía parecer escrupulosamente normal.

Se arrepentía de no haberle podido explicar los motivos de su repentina marcha. No creía que se hubiera ofendido; después de todo, le había dicho que necesitaba tiempo para pensar. También le había dicho que se casarían; seguro que ella no dudaría de sus intenciones porque se tomara unos días para reflexionar sobre aquella situación inesperada.

Era consciente de la enormidad de sus actos. Había seducido a una chica joven y soltera. Una chica que apreciaba y respetaba. Una chica que su familia adoraba.

Para ser un hombre que no quería volver a casarse, estaba claro que no había pensado con la cabeza.

Gruñó, se dejó caer en una butaca y recordó las reglas que sus amigos y él habían establecido hacía años cuando salieron de Oxford y se preparaban para los placeres de Londres y las fiestas. Sólo había dos. Nada de mujeres casadas, a menos que fuera obvio que al marido no le importara. Y, sobre todo, nada de vírgenes. Nunca, nunca, nunca seducir a una virgen.

Nunca.

Bebió otro sorbo de brandy. Dios Santo. Si necesitaba una mujer, había decenas que habrían sido más apropiadas. La encantadora condesa viuda hubiera sido perfecta. Katherine habría sido la amante perfecta, y no habría tenido la necesidad de casarse con ella.

Matrimonio.

Lo había hecho una vez, con el corazón enamorado y estrellas en los ojos, y había salido escaldado. En realidad, era gracioso. Las leyes de Inglaterra conferían absoluta autoridad al marido, pero él nunca se había sentido con menos control sobre su vida que cuando estuvo casado.

Leticia le había destrozado el corazón y lo había convertido en un hombre enfadado y desalmado. Estaba contento de que hubiera muerto. «Contento.» ¿En qué clase de hombre lo convertía eso? Cuando el mayordomo entró en el despacho y le informó de que se había producido un accidente y que su mujer estaba muerta, Turner ni siquiera sintió alivio. El alivio, al menos, habría sido una emoción inocente. No, lo primero que pensó fue: «Gracias, Señor».

E, independientemente de lo despreciable que fuera Leticia y de las veces que hubiera deseado no haberse casado con ella, ¿no debería haber sentido algo más compasivo ante su muerte? ¿O, como mínimo, algo que no fuera sólo falta de compasión?

Y ahora… ahora… Bueno, la verdad es que no quería casarse. Es lo que había decidido cuando llevaron el cadáver destrozado de Leticia a casa y es lo que había confirmado cuando estuvo frente a su tumba. Había tenido una esposa y no quería otra. Al menos, no en un periodo breve de tiempo.

Sin embargo, a pesar de los intentos de Leticia, por lo visto no había matado todos sus buenos sentimientos porque ahí estaba, planeando su matrimonio con Miranda.

Sabía que era una buena mujer, y sabía que nunca lo traicionaría, pero podía llegar a ser muy testaruda. Recordó cómo se puso en la librería, atacando al propietario con el bolso. Y ahora iba a ser su esposa. Dependería de él que no se metiera en líos.

Maldijo y bebió otro trago. No quería esa responsabilidad. Era demasiado. Necesitaba un descanso. ¿Era pedir demasiado? Un descanso de la obligación de tener que pensar en otra persona que no fuera él. Un descanso de tener que preocuparse, de tener que protegerse el corazón de otra paliza.

¿Tan egoísta era? Seguramente, pero, después de Leticia, se merecía un poco de egoísmo. Tenía que hacerlo.

Sin embargo, el matrimonio conllevaría algunos beneficios que serían muy bien recibidos. Se le erizó la piel al pensar en Miranda. En la cama. Debajo de él. Y, entonces, empezó a imaginar qué podría depararles el futuro…

Miranda. Otra vez en la cama. Y otra vez en la cama. Y en la cama. Y…

¿Quién lo hubiera dicho? Miranda.

Matrimonio. Con Miranda.

Además, razonó mientras se acababa la bebida; le caía mejor que mucha gente que conocía. Era más interesante y divertida que cualquiera de las otras mujeres. Si tenía que tener una esposa, Miranda era perfecta. Era la mejor opción que había ahí fuera.

Se le ocurrió pensar que no lo estaba examinando desde un punto de vista demasiado romántico. Iba a necesitar más tiempo para pensar. Quizá debería irse a la cama y esperar que, por la mañana, tuviera las ideas más claras. Suspiró, dejó el vaso en la mesa y se levantó, aunque luego se lo pensó mejor y recogió el vaso. Otro brandy quizá le viniera bien.

Por la mañana, le dolía la cabeza y su mente no estaba más predispuesta a tratar el asunto que tenía entre manos que la noche anterior. Por supuesto, seguía decidido a casarse con Miranda; un caballero no comprometía a una dama de buena cuna sin pagar las consecuencias.

Sin embargo, detestaba la sensación de hacerlo con prisas. Daba igual que él lo hubiera provocado todo; necesitaba sentir que lo había solucionado todo a su gusto.

Por eso, cuando bajó a desayunar, la carta de su amigo lord Harry Winthrop supuso un agradable cambio de tema en su mente. Harry estaba pensando comprarse una propiedad en Kent y quería saber si a él le gustaría acompañarlo y darle su opinión.

Turner salió por la puerta en menos de una hora. Sólo serían unos días. Se encargaría de Miranda cuando regresara.

A Miranda no le importó demasiado que Turner se hubiera marchado antes de la fiesta. Si ella hubiera podido, habría hecho lo mismo. Además, podía pensar mejor sin tenerlo cerca y, aunque tampoco había mucho que pensar, porque había ido en contra de todos los principios en los que la habían educado y, si no se casaba con él, quedaría deshonrada para siempre, suponía un ligero alivio tener la sensación de controlar sus emociones.

A los pocos días, cuando regresaron a Londres, Miranda esperaba que Turner apareciera enseguida. No quería obligarlo a casarse con ella, pero un caballero era un caballero y una dama era una dama, y, cuando se unían, lo siguiente solía ser una boda. Y él lo sabía. Le había dicho que se casaría con ella.

Y seguro que quería hacerlo. Ella se había quedado muy emocionada con su encuentro íntimo y seguro que él también había sentido algo. No podía ser sólo por una parte. Al menos, no del todo.

Consiguió hablar en un tono neutro cuando le preguntó a lady Rudland dónde estaba, pero la señora respondió que no tenía ni la menor idea. Que sólo sabía que no estaba en la ciudad. Miranda notó una tensión en el pecho y dijo algo como «Oh», o «Entiendo», o algo así antes de subir hacia su habitación, donde lloró intentando no hacer ruido.

Sin embargo, enseguida afloró su lado optimista y decidió que quizá lo habían necesitado en su finca del campo para un asunto urgente. Northumberland estaba muy lejos. Seguramente, estaría fuera una semana.

Pasó una semana y la frustración se hizo un hueco junto a la desesperación en el corazón de Miranda. No podía preguntar por él, porque nadie en la familia Bevelstoke sabía que se llevaban tan bien. Siempre la habían considerado amiga de Olivia, no de Turner. Y si preguntaba repetidamente dónde estaba, levantaría sospechas. Y sobraba decir que Miranda no podía tener ningún motivo lógico a los ojos de los demás para ir a casa de Turner y preguntar por él ella misma. Aquello arruinaría por completo su reputación. Al menos, ahora su desgracia era algo privado.

Sin embargo, cuando pasó otra semana decidió que no podía quedarse más tiempo en Londres. Se inventó una enfermedad de su padre y explicó a los Bevelstoke que tenía que regresar a Cumberland de inmediato para cuidarlo. Todos se quedaron muy preocupados y Miranda se sintió un poco culpable cuando lady Rudland insistió en que viajara en su carruaje con dos escoltas y una doncella.

Pero tenía que hacerlo. No podía quedarse más tiempo en Londres. Dolía demasiado.

Unos días después, estaba en casa. Su padre se quedó perplejo. No sabía mucho sobre las chicas jóvenes, pero le habían asegurado que todas querían vivir la temporada en Londres. Pero no le importaba; Miranda nunca era una molestia. La mitad del tiempo, ni siquiera sabía que estaba allí. Así que le dio unas palmaditas en la mano y volvió a sus manuscritos.

En cuanto a ella, casi se convenció de que se alegraba de estar en casa. Había añorado los campos verdes y el aire fresco de los Lagos, el ritmo sedante del pueblo, el hecho de levantarse temprano y acostarse temprano. Bueno, lo último quizá no porque, sin obligaciones ni nada que hacer, dormía hasta mediodía y se quedaba despierta hasta altas horas de la madrugada escribiendo en su diario.

Dos días después de su llegada, recibió una carta de Olivia. Miranda sonrió mientras la abría; Olivia era tan impaciente que le había enviado una carta en cuanto había salido por la puerta. Ella pasó la vista por encima de la carta buscando el nombre de Turner, pero no aparecía. Sin decidir si estaba decepcionada o aliviada, regresó al principio y la leyó. Olivia había escrito que Londres era muy aburrido sin ella. Que no se había dado cuenta de lo mucho que disfrutaba con sus irónicos comentarios acerca de la sociedad hasta que no los tuvo. ¿Cuándo pensaba volver a casa? ¿Su padre estaba mejor? Si no, ¿estaba mejorando? (Subrayado tres veces, muy típico de Olivia.) Miranda leyó esas frases con un peso en la consciencia. Su padre estaba abajo en su despacho trabajando en sus manuscritos sin estar siquiera resfriado.

Suspiró, dejó de lado su conciencia, dobló la carta de Olivia y la guardó en el cajón de su mesa. Decidió que una mentira no siempre era pecado. Seguro que sus acciones para alejarse de Londres estaban justificadas, pues allí sólo podía sentarse, esperar y desear que Turner apareciera.

Por supuesto, en el campo se pasaba el día sentada pensando en él. Una noche, se entretuvo en contar cuántas veces aparecía su nombre en la entrada del diario y, para su mayor disgusto, la cifra ascendía a treinta y siete.

Estaba claro que aquel viaje al campo no le estaba aclarando las ideas.

Y entonces, una semana y media después, Olivia se presentó en una visita sorpresa.

—Livvy, ¿qué estás haciendo aquí? —preguntó Miranda, cuando entró en el salón donde su amiga la esperaba—. ¿Alguien está herido? ¿Ha pasado algo?

—No —respondió la chica, alegremente—. Sólo he venido a buscarte. Alguien te necesita desesperadamente en Londres.

A Miranda se le aceleró el corazón.

—¿Quién?

—¡Yo! —Olivia la agarró del brazo y se fueron a una salita—. Madre mía, sin ti soy un absoluto desastre.

—¿Tu madre te ha dejado que te marcharas de la ciudad en plena temporada? No me lo puedo creer.

—Prácticamente me ha sacado a patadas. Mi comportamiento es espantoso desde que te fuiste.

Miranda se rió, aunque no estaba de humor.

—Seguro que no ha sido tan malo.

—No es broma. Mamá siempre me decía que eras una buena influencia, pero creo que no se dio cuenta de hasta qué punto hasta que te fuiste. —Olivia dibujó una sonrisa de culpabilidad—. Por lo visto, no puedo dominar mi vocabulario.

—Nunca has podido. —Miranda sonrió y la acompañó hasta un sofá—. ¿Te apetece una taza de té?

Olivia asintió.

—No entiendo cómo puedo meterme en tantos líos. Casi todo lo que digo no es ni la mitad de malo que lo que dices tú. Tienes la lengua más afilada de Londres.

Miranda tiró del cordón de la campana para avisar a una doncella.

—No es verdad.

—Sí que lo es. Eres la peor. Y sé que lo sabes. Y tú nunca te metes en ningún lío. Es terriblemente injusto.

—Ya, bueno, quizá no digo las cosas tan a gritos como tú —respondió Miranda, reprimiendo una sonrisa.

—Tienes razón —suspiró Olivia—. Sé que tienes razón, pero, aún así, me molesta mucho. Realmente tienes un sentido del humor muy ácido.

—Venga ya, no soy tan mala.

Olivia se rió.

—Sí que lo eres. Además, no soy la única que lo piensa porque Turner siempre lo dice, también.

Miranda se tragó el nudo que se le había formado en la garganta ante la mención del nombre de Turner.

—¿Ya ha vuelto a la ciudad? —preguntó, como si nada.

—No. Hace siglos que no lo veo. Está en algún rincón de Kent con sus amigos.

¿Kent? Nadie puede alejarse más de Cumberland sin salir de Inglaterra, pensó Miranda con resquemor.

—Ya hace días que se marchó.

—Sí, ¿verdad? Pero claro, se marchó con lord Harry Winthrop y Harry siempre ha sido un poco salvaje, si sabes lo que quiero decir.

Miranda se temía que sí que lo sabía.

—Estoy segura de que se han dejado llevar por el vino, las mujeres y otros vicios —continuó Olivia—. Estoy segura de que no habrá ninguna dama decente en sus reuniones.

El nudo en la garganta de Miranda reapareció enseguida. La idea de Turner con otra mujer le resultaba violentamente dolorosa, y más ahora que sabía lo cerca que podían estar un hombre y una mujer. Se había inventado todo tipo de razones para justificar su ausencia; de hecho, sus días estaban llenos de razonamientos y excusas en nombre de Turner. En realidad, se dijo con amargura, era su único pasatiempo.

Sin embargo, nunca se le había ocurrido pensar que pudiera estar con otra mujer. Él sabía lo mucho que dolía la traición. ¿Cómo podía hacerle lo mismo a ella?

No la quería. La verdad escocía, golpeaba y le clavaba las afiladas uñas en el corazón.

No la quería, y ella lo seguía queriendo mucho, y le dolía. Era algo físico. Lo notaba, asfixiándola y pellizcándola, y gracias a Dios que Olivia estaba observando el adorado jarrón griego de su padre, porque no creía ser capaz de ocultar la agonía de su rostro.

Con una especie de comentario gruñido que no pretendía que nadie entendiera, Miranda se levantó, se acercó a la ventana y fingió mirar al horizonte.

—Bueno, se lo debe de estar pasando muy bien —consiguió decir.

—¿Turner? —Oyó a sus espaldas—. Seguro, o no se habría quedado tanto tiempo. Mamá está desesperada, o lo estaría si no estuviera tan ocupada desesperándose conmigo. ¿Te importa que me quede aquí contigo? Haverbreaks es muy grande y frío cuando no hay nadie en casa.

—Claro que no me importa. —Miranda se quedó frente a la ventana unos segundos más, hasta que creyó que podía mirar a Olivia sin echarse a llorar. Últimamente, estaba muy sensible.

—Será un regalo. Me he sentido un poco sola aquí con papá.

—Uy, es verdad. ¿Cómo está? Mejor, espero.

—¿Papá? —Miranda agradeció la interrupción de la doncella, que acudía por la campana. Le pidió que les preparara el té y luego se volvió hacia Olivia—. Ejem, sí. Está mucho mejor.

—Tendré que ir a verlo y decirle que se mejore. Mamá me ha pedido que le dé recuerdos de su parte.

—Oh, no. No deberías hacerlo —respondió Miranda, enseguida—. No le gusta que le recuerden lo de su enfermedad. Es muy orgulloso.

Olivia, que nunca había tenido pelos en la lengua, dijo:

—Qué extraño.

—Sí, bueno, es que se trata de una dolencia masculina —improvisó Miranda. Siempre había oído hablar de las dolencias femeninas; seguro que también existían dolencias que afectaban exclusivamente a los hombres. Y, si no era así, no imaginaba que Olivia lo supiera.

No obstante, no había contado con la insaciable curiosidad de su amiga.

—¿De veras? —dijo, en voz baja, mientras se inclinaba hacia delante—. ¿Qué es, exactamente, una dolencia masculina?

—No debería hablar de eso —dijo Miranda, enseguida, disculpándose en silencio con su padre—. Lo avergonzaría mucho.

—Pero…

—Y tu madre se enfurecería conmigo. No es algo apropiado para oídos tiernos como los tuyos.

—¿Oídos tiernos? —se burló Olivia—. Como si tus oídos fueran menos tiernos que los míos.

Los oídos quizá no, pero el resto de su cuerpo sí, se dijo Miranda, con amargura.

—No se hable más del asunto —dijo, con firmeza—. Lo dejaré en manos de tu magnífica imaginación.

Olivia se quejó un poco pero, al final, suspiró y preguntó:

—¿Cuándo volverás a casa?

—Ya estoy en casa —le recordó Miranda.

—Sí, sí, claro. Ésta es tu casa oficial, lo sé, pero te aseguro que toda la familia Bevelstoke te echa mucho de menos. ¿Cuándo volverás a Londres?

Miranda se mordió el labio inferior. Obviamente, no toda la familia Bevelstoke la echaba de menos porque, si no, cierto miembro no se habría quedado tanto tiempo en Kent. Sin embargo, regresar a Londres era la única opción que tenía para luchar por su felicidad, ya que quedarse allí sentada en Cumberland, llorando sobre su diario y mirando malhumoradamente por la venta, la hacía sentirse como una imbécil invertebrada.

—Si soy una imbécil —farfulló, para sí misma—, al menos seré una imbécil vertebrada.

—¿Qué has dicho?

—He dicho que regresaré a Londres —dijo Miranda, con gran determinación—. Papá ya está bien y puede arreglárselas sin mí.

—Magnífico. ¿Cuándo nos vamos?

—Bueno, en dos o tres días, supongo. —Miranda no era tan valiente como para no querer retrasar lo inevitable unos días más—. Tengo que hacer las maletas y seguro que tú estarás cansada después de haber cruzado el país.

—Un poco, sí. Quizá deberíamos quedarnos una semana. Siempre que no nos cansemos de la vida de campo. No me importaría tomarme una pausa del ajetreo de Londres.

—No, no. Perfecto —le aseguró Miranda. Turner podía esperar. Seguro que no se casaría con otra en una semana y ella aprovecharía los días para hacer acopio de valor.

—Perfecto. En tal caso, ¿podemos ir a montar esta tarde? Me muero de ganas de galopar un buen rato.

—Me parece muy buena idea. —Trajeron el té y Miranda lo sirvió—. Creo que una semana es perfecto.

Una semana después, Miranda estaba más que convencida de que no podía volver a Londres. Nunca. El periodo, que en su caso era muy regular, se le había retrasado. Debería haberle venido unos días antes de la llegada de Olivia. Había conseguido aplazar las preocupaciones durante los primeros días intentando convencerse de que estaba muy sensible. Y luego, en medio de la emoción por la llegada de Olivia, se había olvidado por completo. Pero ahora ya acumulaba más de una semana de retraso. Y vomitaba cada mañana. A lo largo de su vida había salido poco del pueblo, pero era una chica de campo y sabía lo que eso significaba.

Dios mío, un bebé. ¿Qué iba a hacer? Tenía que decírselo a Turner; aquello era inevitable. Y, aunque no pretendía aprovecharse de una vida inocente para forzar un matrimonio que no estaba predestinado a suceder, ¿cómo podía negarle a su hijo sus derechos? Sin embargo, la idea de viajar a Londres era una agonía. Y estaba harta de perseguirlo, esperar y rezar para que algún día la quisiera. Por una vez, podría ser él quien acudiera a ella.

Y acudiría, ¿verdad? Era un caballero. Puede que no la quisiera, pero seguro que ella no lo había juzgado tan mal. No ignoraría su deber.

Miranda dibujó una débil sonrisa. De modo que había acabado así. Era un deber. Tendría a Turner; después de tantos años soñando con eso, finalmente se convertiría en lady Turner, pero no sería más que un deber. Se colocó la mano en el estómago. Debería ser un momento de júbilo, pero sólo tenía ganas de llorar.

Alguien llamó a la puerta de su habitación. Miranda levantó la cabeza con expresión de sorpresa y no dijo nada.

—¡Miranda! —La voz de Olivia era persistente—. Abre la puerta. Sé que estás llorando.

Miranda respiró hondo y fue hacia la puerta. No sería fácil ocultarle el secreto a Olivia, pero tenía que intentarlo. Su amiga era muy leal y jamás traicionaría su confianza, pero, a pesar de todo, Turner era su hermano. Era imposible prever lo que haría. Miranda no descartaba que lo amenazara con una pistola y lo obligara a viajar al norte ella misma.

Se miró en el espejo antes de abrir. Podía secarse las lágrimas, pero no podía esconder la rojez de los ojos. Respiró hondo varias veces, dibujó la sonrisa más amplia que pudo y abrió la puerta.

No engañó a Olivia ni un minuto.

—Cielo santo, Miranda —dijo, mientras la abrazaba enseguida—. ¿Qué te ha pasado?

—Estoy bien —le aseguró Miranda—. En esta época del año, los ojos siempre me pican mucho.

Olivia retrocedió, la miró de arriba abajo y cerró la puerta.

—Pero estás muy pálida.

A Miranda se le revolvió el estómago y tragó saliva de forma compulsiva.

—Creo que he debido de coger algún tipo de… —Agitó la mano en el aire, con la esperanza de que sirviera para terminar la frase—. Quizá debería sentarme.

—No puede haber sido la comida —dijo Olivia, mientras la acompañaba hasta la cama—. Ayer casi no comiste y, en cualquier caso, yo comí lo mismo que tú, y más cantidad. —Le dio un codazo mientras ahuecaba las almohadas—. Y estoy perfecta.

—Seguramente sea un resfriado —farfulló Miranda—. Deberías regresar a Londres sin mí. No querría contagiarte.

—Bobadas. No pienso dejarte sola en estas condiciones.

—No estoy sola. Está mi padre.

Olivia le lanzó una mirada de incredulidad.

—Sabes que nunca se me ocurriría menospreciar a tu padre, pero dudo que sepa qué hacer con una enferma. La mitad del tiempo dudo que sepa que estamos aquí.

Miranda cerró los ojos y se dejó caer en las almohadas. Por supuesto, Olivia tenía razón. Adoraba a su padre, pero, sinceramente, cuando se trataba de interactuar con otros seres humanos, era un caso perdido.

Olivia se sentó al borde de la cama, el colchón gimoteó y Miranda intentó ignorarla, intentó fingir que no sabía, aún teniendo los ojos cerrados, que Olivia la estaba mirando y estaba esperando que reaccionara ante su presencia.

—Miranda, por favor, dime qué te pasa —dijo Olivia, con dulzura—. ¿Es tu padre?

Miranda meneó la cabeza, pero, justo en ese momento, Olivia cambió de postura. El colchón se onduló bajo sus cuerpos y, aunque Miranda nunca se había mareado en los barcos, se le revolvió el estómago y, de repente, era imperativo que…

Saltó de la cama y tiró a Olivia al suelo. Llegó al orinal justo a tiempo.

—Santo Dios —dijo Olivia, a una respetuosa y protectora distancia—. ¿Cuánto tiempo llevas así?

Miranda prefirió no responder. Sin embargo, su estómago respondió con otra arcada.

Olivia retrocedió.

—Eh… ¿Puedo hacer algo por ti?

Miranda meneó la cabeza y dio gracias de llevar el pelo recogido.

Olivia la observó unos instantes más, y luego se acercó al lavamanos y mojó un paño.

—Toma —dijo, estirando el brazo y ofreciéndoselo a su amiga.

Miranda lo aceptó encantada.

—Gracias —susurró, mientras se limpiaba la cara.

—No creo que sea un resfriado —dijo Olivia.

Miranda meneó la cabeza.

—Estoy casi convencida de que el pescado de anoche estaba bueno y no sé qué puede…

A Miranda no le hizo falta ver la cara de Olivia para interpretar su exclamación. Lo sabía. Puede que todavía no se lo creyera, pero lo sabía.

—¿Miranda?

Miranda permaneció inmóvil, agachada en una posición patética frente al orinal.

—¿Estás… Has…?

Miranda tragó saliva y asintió.

—Dios mío. Dios mío. Oh, oh, oh, oh, oh.

Quizás era la primera vez en su vida que Miranda veía a Olivia sin palabras. Acabó de limpiarse la boca y, cuando pareció que el estómago se le calmaba un poco, se incorporó.

Olivia la estaba mirando como si hubiera visto una aparición.

—¿Cómo? —le preguntó, al final.

—De la manera habitual —respondió Miranda—. Te aseguro que no hay motivo para alertar a la Iglesia.

—Lo siento. Lo siento. Lo siento —se apresuró a decir Olivia—. No quería molestarte. Es sólo que… bueno… tienes que saber que… bueno… es una sorpresa.

—Para mí también lo ha sido —respondió Miranda con la voz plana.

—Es lo último que podía imaginarme —dijo Olivia, sin pensar—. Quiero decir que si habías hecho… si habías estado… —Dejó la frase en el aire cuando se dio cuenta de que todavía lo estaba empeorando más.

—Igualmente ha sido una sorpresa, Olivia.

Olivia se quedó en silencio unos minutos mientras absorbía la sorpresa.

—Miranda, tengo que preguntártelo…

—¡No! —la advirtió Miranda—. Por favor, no me preguntes de quién es.

—¿Fue Winston?

—¡No! —respondió, enseguida. Y luego murmuró—. Santo Dios.

—Entonces, ¿quién?

—No puedo decírtelo —dijo Miranda, con la voz rota—. Fue… Fue alguien totalmente inapropiado. No… No sé en qué estaba pensando, pero por favor no vuelvas a preguntármelo. No quiero hablar de eso.

—De acuerdo —dijo Olivia, porque se dio cuenta que no sería sensato seguir insistiendo—. No te lo preguntaré más, te lo prometo. Pero ¿qué vamos a hacer?

Miranda no pudo evitar estar agradecida ante el uso implícito del «nosotras».

—Quiero decir, ¿seguro que estás embarazada? —preguntó Olivia, de repente, con los ojos brillantes de esperanza—. Podría ser un retraso natural. A mí siempre se me retrasa.

Miranda lanzó una elocuente mirada al orinal y luego meneó la cabeza y dijo:

—A mí nunca se me retrasa. Nunca.

—Tendrás que ir a algún sitio —dijo Olivia—. El escándalo será considerable.

Miranda asintió. Tenía la intención de enviar una carta a Turner, pero no podía decírselo a Olivia.

—Probablemente, lo mejor sería sacarte del país. Al continente, quizá. ¿Qué tal tu francés?

—Pésimo.

Olivia suspiró con desaliento.

—Nunca se te han dado demasiado bien los idiomas.

—A ti tampoco —respondió Miranda, irritada.

Olivia decidió no responder y, en lugar de eso, sugirió:

—¿Por qué no te vas a Escocia?

—¿Con mis abuelos?

—Sí. No me digas que te echarán por tu estado. Siempre estás hablando de lo amables que son.

Escocia. Sí, era la solución perfecta. Lo notificaría a Turner y él podía reunirse con ella allí. Podrían casarse sin hacer mucho ruido y luego todo estaría, si no bien, al menos arreglado.

—Te acompañaré —dijo Olivia, decidida—. Me quedaré contigo todo lo que pueda.

—¿Y qué dirá tu madre?

—Ah, le diré que alguien se ha puesto enfermo. La primera vez funcionó, ¿no? —Lanzó una mirada perspicaz a Miranda, con lo que daba a entender que sabía que se había inventado la enfermedad de su padre.

—Eso supone mucha gente enferma.

Olivia se encogió de hombros.

—Es una epidemia. Motivo de más para que ella no se mueva de Londres. ¿Y a tu padre qué le dirás?

—Ah, nada —se limitó a responder Miranda—. No presta demasiada atención a lo que hago.

—Bueno, por una vez es una ventaja. Nos marcharemos hoy mismo.

—¿Hoy? —repitió Miranda, en voz baja.

—Ya tenemos las maletas hechas, y no tenemos tiempo que perder.

Miranda se miró el estómago plano.

—No, supongo que no.

13 de agosto de 1819

Olivia y yo hemos llegado hoy a Edimburgo. Los abuelos se han sorprendido mucho de verme, aunque todavía se han sorprendido más cuando les he explicado el motivo de mi visita. Se han quedado callados y muy serios, pero en ningún momento me han hecho pensar que estaban decepcionados o avergonzados de mí. Los querré siempre por eso.

Livvy ha enviado una nota a sus padres informándolos de que me había acompañado a Escocia. Cada mañana me pregunta si me ha venido el periodo. Y, como yo suponía, la respuesta es no. Me miro constantemente la barriga. No sé qué espero ver. Seguro que no sale de un día para otro, y menos tan temprano.

Tengo que decírselo a Turner. Sé que tengo que hacerlo, pero, por lo visto, no puedo despistar a Olivia ni escribir la carta en su presencia. Aunque la adoro, tendré que mandarla a casa. Está claro que no puede estar aquí cuando Turner llegue, y llegará en cuanto reciba mi misiva, siempre que pueda enviarla, claro.

Oh, por Dios, ya vuelve Olivia.

Capítulo 13

Turner no estaba seguro de por qué se había quedado tanto tiempo en Kent. El viaje de dos días enseguida se prolongó cuando lord Harry decidió que quería comprarse la propiedad y, además, quería reunir a todos sus amigos para una estridente fiesta de inmediato. Él no tenía forma de librarse de forma educada y, sinceramente, no quería marcharse, no cuando eso significaba tener que volver a Londres y hacer frente a sus responsabilidades.

Y no es que estuviera intentando evitar casarse con Miranda. En realidad, todo lo contrario. Cuando se resignó a la idea de volver a casarse, ya no le pareció un destino tan terrible.

Sin embargo, tenía sus dudas a la hora de volver. Si no se hubiera marchado de la ciudad con la excusa más débil del mundo, habría podido solucionarlo todo allí mismo. Pero, cuanto más esperaba, más quería seguir esperando. ¿Cómo demonios explicaría su ausencia?

Y así, el viaje de dos días se convirtió en una fiesta de una semana, que luego se transformó en tres semanas de libertad absoluta para cazar, hacer carreras y disfrutar de las mujeres libertinas que corrían a su aire por la casa. Turner disfrutó de todo menos de las mujeres. Puede que estuviera esquivando su responsabilidad con Miranda, pero lo mínimo que podía hacer era serle fiel.

Y luego Winston llegó a Kent y se añadió a la fiesta de buen grado y se abandonó a los placeres de tal forma que Turner se vio obligado a quedarse y ofrecerle consejo fraternal. Eso le robó dos semanas más de su tiempo, que entregó sin reparos, porque así aplacaba parte de la culpa que había estado sintiendo. No podía abandonar a su hermano, ¿verdad? Si no vigilaba a Winston, el pobre acabaría con un cuadro grave de sífilis.

Sin embargo, al final se dio cuenta de que no podía posponer más lo inevitable y volvió a Londres sintiéndose un estúpido. Miranda debía de estar subiéndose por las paredes. Tendría suerte si aceptaba su proposición. Y así, sin el más mínimo temor, subió las escaleras de casa de sus padres y entró.

El mayordomo apareció enseguida.

—Huntley —dijo Turner, en forma de saludo—. ¿Está la señorita Cheever o mi hermana?

—No, milord.

—Hmmm. ¿Y cuándo volverán?

—No lo sé, milord.

—¿Esta tarde? ¿A la hora de la cena?

—Imagino que dentro de varias semanas.

—¡Varias semanas! —Aquello sí que era una sorpresa—. ¿Y dónde diablos están?

Huntley se tensó ante el vocabulario de Turner.

—En Escocia, milord.

—¿Escocia? —Maldición. ¿Qué diablos estaban haciendo allí arriba? Miranda tenía familia en Edimburgo; pero, si tenían planificado ir a visitarlos, nadie lo había informado.

Un momento, Miranda no estaría prometida con algún caballero escocés relacionado con sus abuelos, ¿verdad? De ser así, seguro que alguien se lo habría dicho. En primer lugar, Miranda. Y el Señor sabía que Olivia no sabía guardar un secreto.

Turner se colocó a los pies de la escalera y empezó a gritar:

—¡Madre! ¡Madre! —Se volvió hacia Huntley—. Imagino que mi madre no está en Escocia, ¿verdad?

—No, está en la casa, milord.

—¡Madre!

Lady Rudland acudió corriendo.

—Turner, ¿qué pasa? ¿Y dónde has estado? Marcharte así a Kent sin avisarnos.

—¿Por qué están Olivia y Miranda en Escocia?

Lady Rudland arqueó las cejas ante aquella pregunta de su hijo.

—Enfermedad en la familia. En la familia de Miranda, claro.

Turner decidió no comentar que era obvio, puesto que los Bevelstoke no tenían familia en Escocia.

—¿Y Olivia ha ido con ella?

—Bueno, ya sabes lo mucho que se quieren.

—¿Y cuándo regresarán?

—No puedo hablar por Miranda, pero ya le he escrito a Olivia insistiendo para que vuelva. Supongo que llegará dentro de unos días.

—Perfecto —farfulló Turner.

—Seguro que estará encantada por tu devoción fraternal.

Turner entrecerró los ojos. ¿Era una nota de sarcasmo lo que había oído en la voz de su madre? No estaba seguro.

—Te veré pronto, madre.

—Seguro que sí. Ah, y Turner.

—Dime.

—¿Por qué no procuras pasar más tiempo con tu ayuda de cámara? Estás hecho un andrajoso.

Turner salió de la casa gruñendo.

Dos días después, informaron a Turner de que su hermana había regresado a Londres. Corrió a su encuentro de inmediato. Si había una cosa que odiaba en el mundo era esperar. Y si había otra cosa que odiaba más era sentirse culpable.

Y se sentía terriblemente culpable por haber hecho esperar a Miranda más de seis semanas.

Cuando llegó, Olivia estaba en su habitación. En lugar de esperarla en el salón, subió las escaleras de dos en dos y llamó a la puerta.

—¡Turner! —exclamó Olivia—. ¡Dios mío! ¿Qué haces aquí arriba?

—Olivia, querida, antes vivía aquí, ¿recuerdas?

—Sí, sí, por supuesto. —Sonrió y volvió a sentarse—. ¿A qué debo este honor?

Turner abrió la boca y luego la cerró, porque no estaba seguro de qué quería preguntarle. Sabía que no estaría bien decirle: «Seduje a tu mejor amiga y ahora necesito hacer lo correcto, así que, ¿crees que sería apropiado que fuera a buscarla a casa de sus abuelos mientras uno de ellos está enfermo?»

Volvió a abrir la boca.

—¿Sí, Turner?

La cerró, sintiéndose idiota.

—¿Querías preguntarme algo?

—¿Cómo ha ido por Escocia? —le espetó.

—Muy bien. ¿Has estado alguna vez?

—No. ¿Y Miranda?

Olivia dudó unos segundos antes de responder.

—Bien. Te manda saludos.

Turner lo dudaba. Respiró hondo. Tenía que ir con pies de plomo.

—¿Está contenta?

—Ehhh… sí. Muy contenta.

—¿Y no le ha dolido perderse el resto de la temporada?

—No, claro que no. Para empezar, nunca le gustó. Ya lo sabes.

—Claro. —Turner se volvió hacia la ventana, repiqueteando los dedos incesantemente contra el muslo—. ¿Y volverá pronto?

—No hasta dentro de unos meses, supongo.

—Entonces, su abuela está bastante enferma.

—Sí.

—Tendré que enviarle mis condolencias.

—Todavía no han llegado a eso —añadió Olivia enseguida—. El doctor dice que tardará unos meses, al menos medio año, o un poco más, pero cree que se recuperará.

—Entiendo. ¿Y qué le pasa?

—Una dolencia femenina —respondió Olivia, quizás un tanto descarada.

Turner arqueó una ceja. ¿Una dolencia femenina en una señora mayor? Qué curioso. Y sospechoso. Turner se volvió hacia su hermana.

—Espero que no sea contagioso. No quisiera que Miranda enfermara también.

—Uy, no. La… enfermedad de esa casa no es contagiosa, seguro. —Cuando Turner la siguió mirando directamente a los ojos, añadió—. Mírame a mí. He estado allí quince días y estoy fuerte como un roble.

—Es cierto. Pero debo admitir que estoy preocupado por Miranda.

—Pues no lo estés —insistió Olivia—. Está bien, de veras.

Turner entrecerró los ojos. Su hermana se había sonrojado ligeramente.

—Me estás ocultando algo.

—No... No sé de qué me estás hablando —tartamudeó ella—. ¿Y por qué me haces tantas preguntas sobre Miranda?

—Porque también es una buena amiga mía —respondió él, con delicadeza—. Y te sugiero que me cuentes la verdad.

Olivia se colocó al otro lado de la cama cuando su hermano se dirigió hacia ella.

—No sé de qué me estás hablando.

—¿Está con un hombre? —le preguntó él—. ¿Lo está? ¿Es por eso que te has inventado esta historia más que obvia acerca de la abuela enferma?

—No es una historia —protestó ella.

—¡Dime la verdad!

Ella apretó los labios.

—Olivia —dijo, amenazante.

—¡Turner! —exclamó, asustada—. No me gusta cómo me estás mirando. Voy a llamar a mamá.

—Mamá me llega al codo. No podrá evitar que te estrangule, mocosa.

Ella abrió los ojos como platos.

—Turner, te has vuelto loco.

—¿Quién es él?

—¡No lo sé! —exclamó ella—. No lo sé.

—Entonces, hay alguien.

—¡Sí! ¡No! ¡Ya no!

—¿Qué diablos está pasando? —Los celos, puros y crudos, se apoderaron de él.

—¡Nada!

—Dime qué le ha pasado a Miranda. —Rodeó la cama hasta que tuvo a su hermana arrinconada. Un miedo muy primitivo le recorrió el cuerpo. Miedo de perder a Miranda y miedo de que estuviera herida. ¿Y si le había pasado algo? Nunca se habría imagino que el bienestar de Miranda pudiera provocarle aquel nudo de preocupación en la garganta, pero lo tenía y, Jesús, era horrible. Nunca había querido apreciarla tanto.

Olivia meneó la cabeza de un lado a otro, buscando una escapatoria.

—Está bien, Turner. Te lo juro.

La agarró por los hombros con sus enormes manos.

—Olivia —dijo, en voz baja, y con los ojos azules llenos de furia y miedo—. Sólo te lo pienso decir una vez. Cuando éramos pequeños, no te pegué ni una sola vez, a pesar de tener motivos de sobra. —Hizo una pausa, y se inclinó sobre ella, amenazante—. Pero no soy contrario a empezar ahora.

El labio inferior de Olivia empezó a temblar.

—Si no me dices ahora mismo en qué lío se ha metido Miranda, te prometo que lo lamentarás.

La expresión de Olivia reflejó cientos de emociones, casi todas relacionadas con el pánico o el miedo.

—Turner —le suplicó—, es mi mejor amiga. No puedo traicionar su confianza.

—¿Qué le pasa? —gruñó él.

—Turner…

—¡Dímelo!

—No, no puedo. No… —Olivia palideció—. Oh, Dios mío.

—¿Qué?

—Oh, Dios mío —susurró—. Eres tú.

Vio una mirada que jamás había visto, ni en su hermana ni en ninguna otra persona, y entonces…

—¿Cómo pudiste? —exclamó ella, golpeándole en el pecho con los puños—. ¿Cómo pudiste? Eres un animal, ¿me oyes? ¡Un animal! Y es espantoso que la dejaras así.

Turner permaneció rígido durante la diatriba, intentando entender sus palabras y su ira.

—Olivia —dijo, muy despacio—, ¿de qué estás hablando?

—Miranda está embarazada —dijo, entre dientes—. Embarazada.

—Oh, Dios mío. —Turner dejó caer las manos y se sentó en la cama, atónito.

—Imagino que eres el padre —dijo ella, con frialdad—. Es asqueroso. Por el amor de Dios, Turner, prácticamente eres su hermano.

Él hinchó los orificios nasales.

—Lo dudo.

—Eres mayor que ella, y tienes más experiencia. No deberías haberte aprovechado de ella.

—No voy a justificar mis actos delante de ti —dijo él, con frialdad.

Olivia se rió.

—¿Por qué no me lo dijo? —preguntó Turner.

—Estabas en Kent, ¿recuerdas? Bebiendo, yendo con mujeres…

—No he ido con mujeres —la interrumpió él—. No he estado con otra mujer desde Miranda.

—Discúlpame si me cuesta creerlo, hermano mayor. Eres despreciable. Sal de mi habitación.

—Embarazada —repitió la palabra, como si eso lo ayudara a creérselo—. Miranda. Un hijo. Dios mío.

—Es un poco tarde para implorar a Dios —dijo Olivia, distante—. Tu comportamiento ha sido peor que censurable.

—No sabía que estaba embarazada.

—¿Importa?

Turner no respondió. No podía. No cuando sabía que se había equivocado. Escondió la cara tras las manos, con la mente todavía aturdida. Dios santo, cuando pensaba en lo egoísta que había sido… Había pospuesto la confrontación con Miranda porque era un perezoso. Había dado por sentado que estaría aquí esperándolo cuando volviera. Porque… porque…

Porque es lo que hacía Miranda. ¿Acaso no lo había estado esperando durante años? ¿Acaso no había dicho que…?

Era un imbécil. No podía haber otra explicación o excusa. Había dado por sentado… y luego se había aprovechado… y…

Ni en sus peores pesadillas había imaginado que ella estaría a tres mil kilómetros al norte, enfrentándose a un embarazo inesperado que pronto podría convertirse en un hijo ilegítimo.

Le había pedido que, si eso sucedía, se lo notificara. ¿Por qué no había escrito? ¿Por qué no le había dicho nada?

Bajó la mirada hasta las manos. Parecían extrañas, y ajenas, y cuando doblaba los dedos, notaba los músculos tensos y acartonados.

—¿Turner?

Oía a su hermana susurrar su nombre, pero no podía responderle. Notaba cómo movía la garganta, pero no podía hablar, ni siquiera podía respirar. Sólo podía quedarse allí sentado como un imbécil, pensando en Miranda.

Sola.

Estaba sola y, seguramente, aterrada. Estaba sola cuando debería haber estado casada y cómodamente instalada en su casa de Northumberland, con aire fresco, mucha comida y donde él pudiera vigilarla.

Un hijo.

Es curioso cómo siempre había imaginado que cedería a Winston la responsabilidad de seguir con el apellido de la familia, porque ahora lo que más deseaba era acariciar la barriga de Miranda y tener a ese bebé en los brazos. Ojalá fuera una niña. Ojalá tuviera los ojos marrones. Ya tendría un heredero más adelante. Con Miranda en la cama, no estaba preocupado por volver a concebir.

—¿Qué vas a hacer? —preguntó Olivia.

Turner levantó la cabeza muy despacio. Su hermana estaba de pie frente a él de forma combativa y con las manos en las caderas.

—¿Qué crees que voy a hacer? —respondió él.

—No lo sé, Turner. —Y, por una vez, la voz de Olivia no fue mordaz. Turner se dio cuenta de que no era una réplica. No era un desafío. Olivia dudaba, sinceramente, que tuviera la intención de hacer lo correcto y casarse con Miranda.

Nunca se había sentido menos hombre.

Respiró hondo, se estremeció, se levantó y se aclaró la garganta.

—Olivia, ¿serías tan amable de darme la dirección de Miranda en Escocia?

—Encantada. —La chica se acercó a su mesa, arrancó un papel y garabateó unas palabras—. Aquí la tienes.

Turner tomó el trozo de papel, lo dobló y se lo guardó en el bolsillo.

—Gracias.

Olivia no respondió a propósito.

—Imagino que no te veré durante un tiempo.

—Espero que, al menos, hasta dentro de unos siete meses —respondió ella.

Turner cruzó Inglaterra dirección a Edimburgo, completando el trayecto en un tiempo récord de cuatro días y medio. Cuando llegó a la capital escocesa, estaba cansado y lleno de polvo, pero daba igual. Cada día que Miranda estaba sola, era otro día que podía… Demonios, no sabía qué podía hacer, pero quería averiguarlo.

Comprobó la dirección una última vez antes de subir las escaleras. Los abuelos de Miranda vivían en una casa bastante nueva en una zona privilegiada de Edimburgo. Un día había oído que pertenecían a la pequeña aristocracia y que tenían tierras más al norte. Turner suspiró aliviado de que estuvieran pasando el verano al sur, más cerca de la frontera. No le hubiera hecho ninguna gracia tener que continuar el viaje hasta los Highlands. Ya había sido agotador llegar a Edimburgo.

Llamó a la puerta con firmeza. Abrió el mayordomo y lo saludó con un acento tan elegante como el que se podría encontrar en la residencia de un duque.

—He venido a ver a la señorita Cheever —dijo Turner, con brevedad.

El mayordomo miró con desdén su ropa polvorienta.

—No está en casa.

—¿De veras? —El tono de Turner implicaba que no se lo creía. No le sorprendería que Miranda hubiera dado su descripción a todo el servicio y les hubiera dicho que no lo dejaran pasar.

—Tendrá que volver más tarde. Sin embargo, estaré encantado de darle un mensaje si...

—Esperaré. —Turner pasó por delante del mayordomo y entró en un pequeño salón que había justo a la entrada de la casa.

—¡Un momento, señor! —protestó el mayordomo.

Turner sacó una de sus tarjetas y se la entregó. El mayordomo miró el nombre, lo miró a él, y volvió a leer el nombre. Seguro que no esperaba que un vizconde tuviera aquel aspecto tan desaliñado. Turner sonrió con ironía. A veces, un título podía ir de maravilla.

—Si quiere esperar, milord —dijo el mayordomo, en un tono más suave—. Diré a una doncella que le traiga una taza de té.

—Por favor.

Cuando el mayordomo salió por la puerta, Turner empezó a pasearse por el salón, examinando cuidadosamente todos los detalles. Estaba claro que los abuelos de Miranda tenían buen gusto. Los muebles eran sencillos y de líneas clásicas, de los que nunca pasaban de moda. Mientras observaba el cuadro de un paisaje se preguntó, como había hecho miles de veces desde que había salido de Londres, qué iba a decirle a Miranda. El mayordomo no había llamado al guardia en cuanto había leído su nombre. Era una buena señal... suponía.

El té llegó al cabo de unos minutos y, cuando Miranda no apareció, Turner se dijo que el mayordomo no le había mentido al decirle que no estaba. Daba igual. Esperaría el tiempo que fuera necesario. Al final, se acabaría saliendo con la suya; de eso no tenía ninguna duda.

Miranda era una chica sensata. Sabía que el mundo era un lugar frío y cruel para los hijos ilegítimos. Y sus madres. Por muy enfadada que estuviera con él, y estaría enfadada, sin duda, seguro que no quería una vida tan difícil para su hijo.

Además, también era hijo suyo. Se merecía la protección de su apellido. Igual que Miranda. No le gustaba la idea de que pasara más tiempo sola, aunque sus abuelos hubieran accedido a que se quedara en su casa durante aquel duro trance.

Turner se sentó con la taza de té en la mano durante media hora, y se comió al menos seis de los bollos que le habían traído con el té. El trayecto desde Londres había sido largo y no se había parado a comer muy a menudo. Estaba maravillado de lo buenos que estaban, mucho mejor que cualquiera que se hubiera comido en Inglaterra, cuando oyó que la puerta principal se abría.

—¡MacDownes!

La voz de Miranda. Turner se levantó, con un bollo a medias en la mano. Oyó pasos en el recibidor, presumiblemente del mayordomo.

—¿Podrías ayudarme con estos paquetes? Sé que debería haber dicho que me los enviaran a casa, pero estaba demasiado impaciente.

Turner oyó el ruido de paquetes cambiando de manos y, después, la voz del mayordomo.

—Señorita Cheever, debo informarla que tiene una visita esperándola en el salón.

—¿Una visita? ¿Yo? Qué extraño. Será algún miembro de la familia Maclean. Siempre me he relacionado con ellos cuando he estado en Escocia y han debido de enterarse que estoy en la ciudad.

—No creo que sea escocés, señorita.

—¿De veras? ¿Y, entonces, quién…?

Turner estuvo a punto de sonreír cuando Miranda dejó la frase inacabada. Se la imaginaba con la boca abierta.

—Ha insistido mucho, señorita —continuó MacDownes—. Tengo su tarjeta aquí mismo.

Y luego se produjo un largo silencio hasta que Miranda dijo:

—Dile, por favor, que no puedo recibirle. —Le tembló la voz con la última palabra, y luego subió las escaleras corriendo.

Turner salió al pasillo justo a tiempo de chocar contra Mac-Downes, que seguramente se estaba relamiendo con la idea de echarlo.

—No quiere verlo, milord —dijo el mayordomo, con una pequeña sonrisa.

Turner lo apartó.

—Pues me verá.

—No lo creo, milord. —MacDownes lo agarró por el abrigo.

—Mire —dijo Turner, mientras intentaba ser frío y conciliador al mismo tiempo, si es que era posible—, no me importará pegarle.

—Y a mí tampoco.

Turner lo miró de arriba abajo con desdén.

—Apártese de mi camino.

El mayordomo se cruzó de brazos y se mantuvo firme.

Turner hizo una mueca, tiró del abrigo para soltarse y fue hasta el pie de la escalera.

—¡Miranda! —gritó—. ¡Baja ahora mismo! ¡Ahora mismo! Tenemos cosas que dis...

¡Pam!

Santo Dios, el mayordomo le había dado un puñetazo en la mandíbula. Atónito, Turner se llevó la mano a la cara.

—¿Se ha vuelto loco?

—En absoluto, milord. Me tomo muy en serio mi trabajo.

El mayordomo había adoptado una postura de lucha con la gracia y elegancia de un profesional. Típico de Miranda contratar a un púgil como mayordomo.

—Mire —dijo Turner, en tono conciliador—. Tengo que hablar con ella enseguida. Es de vital importancia. El honor de la señorita está en juego.

¡Pam! Turner se tambaleó después de un segundo puñetazo.

—Eso, milord, es por insinuar que la señorita Cheever no es honorable.

Turner entrecerró los ojos, amenazante, pero decidió que no tendría ninguna posibilidad ante el mayordomo loco de Miranda, y menos cuando ya había recibido dos golpes que lo habían desorientado bastante.

—Dígale a la señorita Cheever —dijo, con mordacidad—, que volveré y que será mejor que me reciba. —Y, con eso, salió enfurecido de la casa y bajó las escaleras.

Tremendamente furioso porque la chica hubiera rechazado verlo, se volvió para mirar la casa. Miranda estaba detrás de una ventana abierta del primer piso, tapándose la boca con los dedos temblorosos. Turner le hizo una mueca y, entonces, se dio cuenta de que todavía llevaba en la mano el medio bollo.

Lo lanzó con fuerza hacia la ventana y le dio en todo el pecho. Hacer diana le proporcionó una pequeña satisfacción.

24 de agosto de 1819

Madre mía.

Nunca envié la carta, claro. Tardé un día entero en escribirla y, cuando la tuve lista para enviarla, ya no era necesario.

No sabía si llorar de pena o de alegría.

Y ahora Turner está aquí. Seguro que le sonsacó la verdad a la fuerza a Olivia. O, bueno, lo que había sido la verdad. Si no, Olivia no me habría traicionado. Pobre Livvy. Turner puede ser aterrador cuando está furioso.

Y, por lo visto, todavía lo está. Me ha tirado un bollo. ¡Un bollo! Un gesto difícil de interpretar.

Capítulo 14

Dos horas después, Turner hizo otra aparición en casa de los abuelos de Miranda. Esta vez, la chica lo estaba esperando.

Le abrió la puerta antes incluso de que llamara. Sin embargo, él no dio un traspié, sino que se quedó allí delante con su postura perfecta, con el brazo doblado, el puño cerrado y dispuesto a llamar a la puerta.

—Oh, por el amor de Dios —dijo ella, irritada—. Pasa.

Turner arqueó las cejas.

—¿Me estabas esperando?

—Por supuesto.

Y, como sabía que no podía seguir con aquello eternamente, se dirigió hacia el salón sin volver la vista atrás.

Turner la seguiría.

—¿Qué quieres? —le preguntó.

—Un recibimiento de lo más cordial, Miranda —respondió él, con suavidad y con un aspecto limpio, aseado, apuesto y tremendamente tranquilo y… ¡Oh! Miranda quería matarlo—. ¿Quién te ha enseñado modales? —continuó él—. ¿Atila el Huno?

Ella apretó los dientes y repitió la pregunta.

—¿Qué quieres?

—¿Qué? Pues casarme contigo, claro.

Obviamente, era lo único que Miranda había esperado desde el día en que lo vio por primera vez. Y jamás había estado tan orgullosa de sí misma como cuando respondió:

—No, gracias.

—No… ¿Gracias?

—No, gracias —repitió ella, con descaro—. Si eso es todo, te acompañaré a la puerta.

Pero, cuando ella se dirigía hacia el pasillo, él la agarró por la muñeca.

—No tan deprisa.

Miranda podía hacerlo. Lo sabía. Tenía su orgullo y ya no había ningún motivo que la obligara a casarse con él. Y no debería hacerlo. Independientemente de lo mucho que le doliera el corazón, no podía ceder. Turner no la quería. Ni siquiera la apreciaba lo suficiente como para tomarse la molestia de ponerse en contacto con ella en el mes y medio que había pasado desde su encuentro en la cabaña.

Puede que, un día, Turner fuera un caballero, pero ya no lo era.

—Miranda —dijo él, con suavidad, y ella sabía que estaba intentando seducirla y, si no podía llevársela a la cama, quería su consentimiento.

Ella respiró hondo.

—Has venido hasta aquí, has hecho lo correcto y yo he rechazado tu ofrecimiento. Ya no tienes por qué sentirte culpable, de modo que puedes volver a Inglaterra con la conciencia tranquila. Adiós, Turner.

—Te equivocas, Miranda —dijo él, agarrándola con más fuerza—. Tú y yo tenemos mucho de qué hablar.

—Eh… no mucho, en realidad. Aunque te agradezco tu preocupación. —Notaba un hormigueo en la zona del brazo donde estaba su mano y sabía que, si quería mantenerse firme en su postura, tenía que liberarse de él lo antes posible.

Turner cerró la puerta de una patada.

—No estoy de acuerdo.

—¡Turner, no! —Miranda se soltó el brazo e intentó llegar a la puerta para volver a abrirla, pero Turner le bloqueó el paso—. Ésta es la casa de mis abuelos. No permitiré que los avergüences con tu comportamiento inapropiado.

—Diría que deberías preocuparte más de si escuchan lo que tengo que decirte.

Miranda observó su expresión implacable y cerró la boca.

—Está bien. Di lo que hayas venido a decir.

El dedo de Turner dibujó círculos en la palma de su mano.

—He estado pensando en ti, Miranda.

—¿De veras? Es muy halagador.

Turner ignoró su tono escéptico y se acercó a ella.

—¿Y tú has pensado en mí?

«Dios mío, si él supiera.»

—Ocasionalmente.

—¿Sólo ocasionalmente?

—De vez en cuando.

Él la atrajo hacia su pecho y le acarició sinuosamente el brazo.

—¿Con qué frecuencia? —murmuró.

—Casi nunca. —Pero la voz de Miranda sonaba cada vez más débil, y menos segura.

—¿De verdad? —Arqueó una ceja en expresión de incredulidad—. Creo que toda esta comida escocesa te ha debilitado el cerebro. ¿Has comido haggis?

—¿Haggis? —repitió ella, casi sin aliento. Notaba cómo se le aflojaba el pecho, como si el aire la intoxicara, como si estuviera ebria, por el mero hecho de respirar en su presencia.

—Exacto. Una comida horrible, en mi opinión.

—No... No está tan malo. —¿De qué estaba hablando? ¿Y por qué la estaba mirando de aquella manera? Sus ojos parecían zafiros. No, un cielo bañado por la luz de la luna. Ay, Dios. ¿Lo que salía volando por la ventana era su resolución?

Turner sonrió con indulgencia.

—Tu memoria ha empeorado, querida. Creo que necesitas un recordatorio. —Descendió los labios suavemente hasta los suyos y le encendió todos los rincones de su cuerpo. Ella se sacudió contra él y susurró su nombre.

Él la pegó más a su cuerpo, presionándola con la fuerza de su erección.

—¿Ves lo que me haces? —le susurró—. ¿Lo notas?

Miranda asintió con sacudidas de cabeza, casi sin recordar que estaba en medio del salón de casa de sus abuelos.

—Sólo tú me haces esto, Miranda —murmuró él, con brusquedad—. Sólo tú.

Aquel comentario despertó una luz de alarma en el cerebro de Miranda y se tensó en sus brazos. ¿Acaso no se había pasado más de un mes en Kent con su amigo lord Harry como se llame? ¿Y acaso Olivia no la había informado alegremente de que las fiestas habrían incluido vino, alcohol y mujeres? Mujeres promiscuas. Muchas.

—¿Qué te pasa, cariño?

Se lo susurró contra la piel y una parte de Miranda quería derretirse junto a él. Pero no iba a seducirla. Esta vez, no. Antes de cambiar de opinión, apoyó las palmas de las manos en su pecho y lo separó.

—No intentes hacerme esto —le advirtió.

—¿Hacerte el qué? —Su cara era la imagen perfecta de la inocencia.

Si Miranda hubiera tenido un jarrón en las manos, se lo habría lanzado a la cara. No, mejor todavía, medio bollo.

—Seducirme hasta que acceda a tu voluntad.

—¿Por qué no?

—¿Por qué no? —repitió ella, incrédula—. ¿Por qué no? Porque yo… Porque tú…

—¿Porque qué? —Se estaba riendo.

—Porque… ¡Ah! —Apretó los puños y golpeó el suelo con un pie. Cosa que la enfureció todavía más. Verse reducida a eso… Era humillante.

—Venga, venga, Miranda.

—No me digas «Venga, venga», despótico, condescendiente…

—Entiendo que estés enfadada conmigo.

Ella entrecerró los ojos.

—Siempre fuiste un chico listo, Turner.

Él ignoró la nota de sarcasmo.

—Bueno, pues ahí va. Lo siento. Nunca pretendí quedarme tanto tiempo en Kent. No sé por qué lo hice, pero así fue, y lo siento. Se suponía que tenía que ser una visita de dos días.

—¿Una visita de dos días que se ha alargado casi dos meses? —se mofó ella—. Discúlpame si me cuesta creerlo.

—No he estado en Kent los dos meses enteros. Cuando regresé a Londres, mi madre me dijo que estabas cuidando de un familiar enfermo. Y no supe la verdad hasta que Olivia regresó.

—Me da igual el tiempo que estuvieras en... ¡donde quiera que estuvieras! —gritó ella, mientras se cruzaba de brazos—. No deberías haberme abandonado de esa manera. Puedo entender que necesitaras tiempo para pensar, porque sé que nunca quisiste casarte conmigo, pero, por el amor de Dios, Turner, ¿necesitabas siete semanas? ¡No puedes tratar así a una mujer! Es cruel, inadmisible y... ¡poco digno de un caballero!

¿Aquello era lo peor que se le ocurría? Turner contuvo las ganas de reír. La cosa no pintaba tan mal como él creía.

—Tienes razón —dijo, muy despacio.

—Además... ¿Qué? —Ella parpadeó.

—Que tienes razón.

—¿Sí?

—¿No quieres tener razón?

Miranda abrió la boca, la cerró y luego dijo:

—Deja de intentar confundirme.

—Yo no hago nada. Por si no te has dado cuenta, te he dado la razón. —Le ofreció su sonrisa más maravillosa—. ¿Disculpas aceptadas?

Miranda suspiró. Debería ser ilegal que un hombre fuera tan encantador.

—De acuerdo, sí. Disculpas aceptadas. Pero —añadió, con recelo—, ¿qué has estado haciendo en Kent?

—Básicamente, emborracharme.

—¿Y nada más?

—También he cazado.

—¿Y?

—E hice lo que pude para mantener a Winston lejos de los problemas cuando vino de Oxford. Esa tarea me entretuvo quince días más, por si quieres saberlo.

—¿Y?

—¿Estás intentando preguntarme si había mujeres?

Ella apartó la mirada.

—Quizá.

—Las había.

Miranda intentó tragarse el enorme nudo que, de repente, se le formó en la garganta mientras se apartaba para dejarle el camino libre hasta la puerta.

—Creo que deberías marcharte —dijo, muy despacio.

Él la agarró por los brazos y la obligó a mirarlo.

—No he tocado a ninguna, Miranda. A ninguna.

La intensidad de su voz bastaba para que ella quisiera echarse a llorar.

—¿Por qué no? —susurró.

—Sabía que iba a casarme contigo. Y sé lo que se siente cuando te traicionan. —Se aclaró la garganta—. Y nunca te haría eso.

—¿Por qué no? —Prácticamente lo susurró.

—Porque me preocupo por tus sentimientos. Y porque te aprecio mucho.

Ella se separó de él y se fue hasta la ventana. Era tarde, pero durante los veranos escoceses el día se alargaba mucho. El sol todavía estaba alto y la gente iba y venía por la calle, haciendo sus recados como si no tuvieran ninguna preocupación. Miranda quería ser una de ellos, quería alejarse de los problemas calle abajo y no volver jamás.

Turner quería casarse con ella. Le había sido fiel. Debería estar dando saltos de alegría. Sin embargo, no podía olvidarse de la sensación de que lo estaba haciendo por obligación, no por amor o cariño hacia ella. Bueno, deseo sí que había. Estaba claro que la deseaba.

Una lágrima le resbaló por la mejilla. No bastaba. Si ella no lo quisiera tanto, quizá sí, pero aquello... Estaba demasiado desequilibrado. La destrozaría muy despacio hasta que sólo quedara una triste y solitaria cáscara.

—Turner... Te agradezco que hayas venido hasta aquí para verme. Sé que ha sido un viaje muy largo. Y ha sido muy... —buscó la palabra correcta—, honorable por tu parte haberte mantenido alejado de todas esas mujeres en Kent. Estoy segura de que eran muy guapas.

—Ni la mitad que tú —susurró él.

Ella tragó saliva de forma compulsiva. Aquello se complicaba cada vez más. Se agarró al alféizar de la ventana.

—No puedo casarme contigo.

Silencio sepulcral. Miranda no se volvió. No veía a Turner, pero notaba la rabia que emanaba de su cuerpo. «Por favor, por favor, márchate del salón —suplicó en silencio—. No te acerques. Y por favor, por favor, no me toques.»

Sus plegarias quedaron sin respuesta y él la agarró con fuerza por los hombros y la obligó a mirarlo.

—¿Qué has dicho?

—He dicho que no puedo casarme contigo —respondió ella, temblorosa. Deslizó la mirada hasta el suelo. Los ojos azules de Turner la estaban atravesando.

—¡Mírame, maldita sea! ¿En qué estás pensando? Tienes que casarte conmigo.

Ella meneó la cabeza.

—Serás estúpida.

Miranda no sabía cómo responder a eso, así que no dijo nada.

—¿Acaso te has olvidado de esto? —La pegó a él y le dio un beso—. ¿Lo has olvidado?

—No.

—Entonces, ¿te has olvidado de que me dijiste que me querías? —preguntó él.

Miranda quería morirse allí mismo.

—No.

—Eso debería contar para algo —le dijo él, sacudiéndola hasta que se le soltaron unos mechones de pelo—. ¿No crees?

—¿Y alguna vez me has dicho que me quieres? —replicó ella.

Él se la quedó mirando en silencio.

—¿Me quieres? —Estaba sonrojada de la rabia y la vergüenza—. Responde.

Turner tragó saliva porque, de repente, tenía la sensación de que se estaba ahogando. Parecía que el salón era más pequeño y no podía decir nada, no podía vocalizar las palabras que ella quería oír.

—Ya veo —dijo ella, en voz baja.

Un músculo del cuello de Turner tembló de forma espasmódica. ¿Por qué no podía decirlo? No estaba seguro de si la quería, pero tampoco estaba seguro de no quererla. Pero lo que no quería por nada del mundo era hacerle daño. Entonces, ¿por qué no podía decir esas dos palabras que tan feliz la harían?

Le había dicho a Leticia que la quería.

—Miranda —dijo, titubeante—. Te…

—¡No lo digas si no es verdad! —exclamó ella, con la voz ahogada.

Turner giró sobre sí mismo y cruzó la habitación hasta donde había visto un decantador de brandy. Debajo, había una botella de whisky y, sin pedir permiso, se sirvió un vaso. Se lo bebió de golpe, aunque ni siquiera eso consiguió que se sintiera mejor.

—Miranda —dijo, deseando que su voz fuera más firme—. No soy perfecto.

—¡Se suponía que tenías que serlo! —gritó ella—. ¿Sabes lo maravilloso que eras conmigo cuando era pequeña? Y ni siquiera te esforzabas en serlo. Sólo eras… tú mismo. Y me hacías sentir que no era tan rara. Y, de repente, cambiaste, pero creí que podría volver a cambiarte. Y lo he intentado, vaya si lo he intentado, pero no es suficiente. Yo no soy suficiente.

—Miranda, no eres tú…

—¡No te inventes excusas para mí! ¡No puedo ser lo que necesitas y te odio por eso! ¿Me oyes? ¡Te odio! —Superada por las emociones, se volvió y se abrazó a sí misma para intentar controlar los temblores que la sacudían.

—No me odias. —Turner habló con voz suave y tranquila.

—No —respondió ella, tragándose un sollozo—. No te odio. Pero a Leticia sí. Si no estuviera muerta, la mataría yo misma.

Turner arqueó la comisura de los labios en una sonrisa irónica.

—Lo haría lenta y dolorosamente.

—Tienes un punto despiadado, minina —dijo él, ofreciéndole un sonrisa zalamera.

Ella intentó sonreír, pero sus labios no la obedecían.

Se produjo una larga pausa antes de que Turner volviera a hablar.

—Intentaré hacerte feliz, pero no puedo ser todo lo que quieres.

—Lo sé —replicó ella, con tristeza—. Pensé que podías, pero me equivoqué.

—Igualmente podríamos disfrutar de un buen matrimonio, Miranda. Mejor que la mayoría.

«Mejor que la mayoría» puede que sólo significara que se hablarían, al menos, una vez al día. Sí, quizá tuvieran un buen matrimonio. Bueno, pero vacío. No creía que pudiera vivir con él sin su amor. Meneó la cabeza.

—¡Maldita sea! ¡Tienes que casarte conmigo! —Cuando ella no reaccionó ante su explosión, gritó—. ¡Por el amor de Dios, estás embarazada y el hijo es mío!

Ya estaba. Sabía que aquel tenía que ser el motivo por el que había recorrido tantos kilómetros, y con un único propósito. Y, aunque apreciaba su sentido del honor, por tardío que hubiera sido, no había forma de ignorar el hecho de que el bebé ya no estaba. Había sangrado, su apetito había vuelto y el orinal de la habitación había pasado a cumplir su misión habitual.

Su madre le había hablado de esas situaciones, le dijo que ella había pasado exactamente por lo mismo dos veces antes de tenerla y después, tres veces más. Quizá no fuera un asunto apropiado para hablar con una chica joven que ni siquiera había terminado la escuela, pero lady Cheever sabía que se estaba muriendo y deseaba transmitirle a su hija la máxima cantidad de conocimiento femenino como le fuera posible. Le había dicho que, si a ella le pasaba lo mismo, no llorara, que ella siempre había tenido la sensación de que esos bebés no estaban predestinados a vivir.

Miranda se humedeció los labios y tragó saliva. Y entonces, con una voz débil y solemne, dijo:

—No estoy embarazada. Lo estaba, pero ya no.

Turner no dijo nada. Y entonces:

—No te creo.

Ella se quedó atónita.

—¿Cómo dices?

Él se encogió de hombros.

—No te creo. Olivia me dijo que estabas embarazada.

—Y lo estaba, cuando Olivia estuvo aquí.

—¿Cómo sé que no estás intentando deshacerte de mí?

—Porque no soy idiota —le espetó ella—. ¿Crees que rechazaría casarme contigo si estuviera embarazada?

Turner consideró aquella reflexión un momento y luego se cruzó de brazos.

—Bueno, sigues estando en situación comprometida, y te casarás conmigo.

—No —respondió ella, con tono burlón—. No lo haré.

—Claro que lo harás —dijo, con un brillo despiadado en los ojos—. Lo que pasa es que todavía no lo sabes.

Ella se alejó de él.

—No veo cómo vas a obligarme.

Él dio un paso adelante.

—No veo cómo vas a detenerme.

—Llamaré a Macdownes a gritos.

—No creo que lo hagas.

—Lo haré. Lo juro. —Abrió la boca y lo miró de reojo a ver cómo reaccionaba ante la advertencia.

—Adelante —dijo él, encogiéndose de hombros—. Esta vez no me pillará desprevenido.

—¡Mac…!

Él le tapó la boca con la mano a una velocidad sorprendente.

—Serás burra. Aparte de que no me apetece que el púgil de tu mayordomo interrumpa mi privacidad, ¿te has parado a pensar que su aparición sólo aceleraría nuestro matrimonio?

No querrías que nos sorprendiera en una posición comprometida, ¿verdad?

Miranda gimoteó algo contra su mano y le dio golpes en la cadera hasta que la liberó. Sin embargo, no volvió a llamar a Macdownes. Por muy reacia que fuera a admitirlo, Turner tenía razón.

—Entonces, ¿por qué no me has dejado gritar? —lo desafió ella—. ¿Eh? ¿No es lo que quieres? ¿Casarte?

—Sí, pero creí que querrías llegar al matrimonio con un poco de dignidad.

Miranda no tenía una respuesta preparada, así que se cruzó de brazos.

—Ahora quiero que me escuches —le dijo Turner, en voz baja, mientras la agarraba por la barbilla y la obligaba a mirarlo—. Y escúchame bien, porque sólo voy a decirlo una vez. Te casarás conmigo antes de que acabe la semana. Puesto que has huido a Escocia, no necesitamos una licencia especial. Tienes suerte de que no te lleve a rastras hasta una iglesia ahora mismo. Búscate un vestido y un ramo de flores porque, cariño, vas a cambiar de apellido.

Miranda le lanzó una mirada feroz, pues no se le ocurría ninguna palabra capaz de expresar su furia.

—Y ni si te ocurra volver a huir —añadió él, muy despacio—. Para tu información, he alquilado varias habitaciones dos puertas más abajo y tengo la casa vigilada las veinticuatro horas del día. No llegarías ni al final de la calle.

—Dios mío —suspiró ella—. Estás loco.

Él se rió.

—Piénsalo un momento. Si traigo a diez personas y les explico que te desvirgué, que te he pedido que te cases conmigo y que has rechazado el ofrecimiento, ¿quién crees que dirán que está loco?

Miranda estaba tan furiosa que iba a estallar.

—¡Yo no! —exclamó Turner, contento—. Venga anímate, minina, y mira el lado positivo. Concebiremos más bebés y nos lo pasaremos de maravilla haciéndolo. Prometo no pegarte ni prohibirte nada que no sea una auténtica estupidez y, al final, conseguirás ser hermana de Olivia. ¿Qué más podrías querer?

«Amor.» Pero no podía decir esa palabra.

—En realidad, Miranda, podrías estar mucho peor.

Ella seguía callada.

—Muchas mujeres se pondrían en tu lugar encantadas.

Miranda se preguntó si habría alguna forma de borrarle aquella expresión de engreído de la cara sin provocarle daños permanentes.

Turner se inclinó hacia delante, muy seductor.

—Y te prometo que prestaré mucha, mucha atención a tus necesidades.

Miranda entrelazó las manos a la espalda porque le empezaban a temblar de rabia y frustración.

—Algún día me lo agradecerás.

Hasta aquí.

—¡Aaahhh! —gritó ella, abalanzándose sobre él.

—¿Qué diablos…? —Turner se volvió e intentó apartar a la chica y sus decididos puños de su cuerpo.

—¡Nunca jamás vuelvas a decirme «Algún día me lo agradecerás»! ¿Me has entendido? ¡Nunca!

—Estate quieta. ¡Por Dios, te has vuelto loca! —Levantó los brazos para protegerse la cara. Aquella posición era un tanto cobarde, en su opinión, pero la alternativa era dejar que, accidentalmente, le pusiera el ojo morado. No podía hacer mucho, puesto que no quería usar la fuerza para defenderse. Nunca le había levantado la mano a una mujer, y no iba a hacerlo ahora.

—Y no vuelvas a usar ese tono condescendiente conmigo —le exigió, clavándole el dedo en el pecho.

—Cálmate, querida. Te prometo que nunca volveré a usar ese tono condescendiente contigo.

—Lo estás haciendo ahora mismo —gruñó ella.

—Ni por asomo.

—Sí que lo has hecho.

—No.

—Sí.

Madre mía, aquello iba a ser eterno.

—Miranda, nos estamos comportando como niños pequeños.

Miranda pareció crecer unos centímetros y su mirada adquirió una fiereza que debería haber asustado a Turner. Y, mientras meneaba la cabeza, le espetó:

—Me da igual.

—Bueno, quizá si empezaras a comportarte como una persona adulta, dejaría de utilizar ese tono que tú llamas condescendiente.

Ella entrecerró los ojos y gruñó desde lo más profundo de su ser.

—¿Sabes una cosa, Turner? A veces te comportas como un auténtico imbécil. —Y cerró el puño, echó el brazo hacia atrás y le golpeó.

—¡Joder! —Se llevó la mano al ojo y se tocó la piel ardiendo con incredulidad—. ¿Quién diablos te ha enseñado a pegar así?

Ella sonrió con engreimiento.

—MacDownes.

24 de agosto de 1819. Por la tarde.

MacDownes ha informado a los abuelos de mi visita y enseguida han adivinado quién es. El abuelo ha echado bravatas durante diez minutos sobre cómo ese hijo de algo que ni siquiera puedo escribir se había atrevido a venir, hasta que la abuela le ha pedido que se calmara y me ha preguntado a qué había venido.

No puedo mentirles. Nunca he podido. Les he dicho la verdad: que ha venido a casarse conmigo. Los dos han reaccionado con gran alegría y todavía más alivio, hasta que les he dicho que he rechazado su ofrecimiento. El abuelo ha soltado otra diatriba, aunque esta vez el objeto de su ira era yo y mi poco sentido común. O, al menos, es lo que creo que ha dicho. Es de los Highlands y, a pesar de que habla con un perfecto acento, cuando se enfada le salen los orígenes.

Y, por lo visto, estaba muy enfadado.

Así que ahora los tengo a los tres alineados en mi contra. Me temo que me presento a una batalla imposible de ganar.

Capítulo 15

Teniendo en cuenta la oposición que tenía, fue de admirar que Miranda aguantara tanto. Tres días.

Su abuela lanzó el primer ataque, recurriendo a la dulzura y la sensatez.

—Querida —le dijo—, entiendo que lord Turner ha sido un tanto tardío en sus atenciones, pero ha venido a cumplir con su deber y, bueno, tú hiciste...

—No tienes que decirlo —respondió Miranda, sonrojándose con furia.

—Ya, pero lo hiciste.

—Lo sé. —Por todos los cielos, lo sabía. Casi no podía pensar en otra cosa.

—Pero, cariño, ¿qué tiene de malo el vizconde? Parece un chico agradable, y nos ha asegurado que puede mantenerte y cuidarte como Dios manda.

Miranda apretó los dientes. Turner había ido a casa la noche anterior para presentarse a sus abuelos. Típico de él haber conseguido, en menos de una hora, que su abuela se enamorara de él. A ese hombre deberían prohibirle acercarse a cualquier mujer, de cualquier edad.

—Y es bastante apuesto, ¿no crees? —continuó su abuela—. ¿No crees? Claro que sí. Al fin y al cabo, no tiene una de ésas caras que unos consideran bonitas y otros no. Es el tipo de hombre que todo el mundo está de acuerdo en afirmar que es apuesto. ¿No te parece?

Miranda estaba de acuerdo, pero no estaba dispuesta a admitirlo.

—Por supuesto, una cara bonita sólo es eso y hay muchas caras bonitas con una mente retorcida.

Miranda ni siquiera iba a responder a eso.

—Sin embargo, parece un chico sensato y bastante afable. Pensándolo bien, Miranda, podrías haber acabado mucho peor. —Cuando la nieta no respondió, la abuela añadió, con una severidad poco característica—. Y no creo que puedas acabar mejor.

Dolió, pero era verdad. Sin embargo, Miranda dijo:

—Podría quedarme soltera.

Puesto que su abuela no contemplaba aquella opción como algo viable, ni se molestó en comentarla.

—Y no hablo del título —dijo, con dureza—. Ni de su fortuna. Seguiría siendo un buen partido aunque no tuviera ni un penique.

Miranda consiguió responder con un sonido gutural indefinido, una sacudida de cabeza y con los hombros encogidos. Y esperaba que bastara.

Pero no. El final de aquel ataque ni siquiera estaba cerca. Turner cogió el testigo intentando apelar a su naturaleza romántica. Cada dos o tres horas llegaban unos enormes ramos de flores a casa, y cada uno de ellos llevaba una nota que ponía: «Miranda, cásate conmigo».

Miranda hizo lo que pudo para ignorarlos, aunque no fue fácil, porque enseguida llenaron todos los rincones de la casa.

Sin embargo, Turner sí que hizo grandes avances con la abuela, que dobló su empeño para ver a su Miranda casada con el encantador y generoso vizconde.

Su abuelo fue el siguiente, aunque con una táctica considerablemente más agresiva.

—Por el amor de Dios, jovencita —gruñó—. ¿Acaso te has vuelto loca?

Y, como Miranda ya no estaba segura de cuál era la respuesta a esa pregunta, no dijo nada.

Turner fue el siguiente, aunque esta vez cometió un error táctico. Le envió una nota diciendo: «Te perdono por haberme pegado». Al principio, Miranda se enfureció. Era ese mismo tono condescendiente el que había provocado que le pegara. Pero luego reconoció el mensaje entre líneas de la nota: una delicada advertencia. No iba a soportar su testarudez mucho tiempo más.

Al segundo día de sitio, decidió que necesitaba un poco de aire fresco; el olor de todas esas flores era realmente empalagoso. Así que cogió el sombrero y se dirigió hacia el cercano jardín de Queen Street Garden.

Turner la siguió de inmediato. No mentía cuando le había dicho que iba a tener la casa vigilada, aunque no se molestó en comentarle que no había contratado a ningún profesional. Su pobre y atormentado ayuda de cámara había sido la persona elegida y, después de pasarse ocho horas seguidas mirando por la ventana, se alegró mucho cuando vio a la dama en cuestión salir por la puerta, porque eso significaba que podría descansar.

Turner sonrió mientras observaba cómo Miranda se dirigía hacia el parque con pasos rápidos y eficaces, aunque luego frunció el ceño cuando se dio cuenta de que no se había llevado a ninguna dama de compañía. Edimburgo no era tan peligroso como Londres, pero seguro que una dama no solía salir sola. Ese tipo de comportamiento tendría que cambiar cuando estuvieran casados.

Y estarían casados. Fin de la discusión.

Sin embargo, sabía que tendría que abordar el asunto con unas dosis de delicadeza. Mirando hacia atrás, seguramente la nota donde le decía que la perdonaba había sido un error. Sabía que la enfurecería incluso mientras la escribía, pero no pudo evitarlo. No cuando cada vez que se miraba al espejo veía su ojo morado.

Miranda entró en el parque y caminó varios minutos hasta que encontró un banco libre. Lo limpió un poco, se sentó y sacó un libro de la bolsa que llevaba en la mano.

Turner sonrió desde su lugar estratégico a unos cincuenta metros de ella. Le gustaba mirarla. Le sorprendía lo contento que estaba allí, debajo de un árbol, observando a Miranda leer un libro. Arqueaba los dedos con delicadeza cuando pasaba las páginas. De repente, tuvo la visión de la chica sentada en el despacho que había junto a su habitación en Northumberland. Estaba escribiendo una carta, seguramente a Olivia, relatándole los acontecimientos del día.

De repente, Turner se dio cuenta de que ese matrimonio no sólo era lo correcto, sino que también era algo bueno, y que sería feliz con ella.

Silbando por dentro, se acercó hasta donde estaba ella y se colocó a su lado.

—Hola, minina.

Ella levantó la mirada y suspiró.

—Ah, eres tú.

—Espero que nadie más se dirija a ti de esa forma.

Miranda hizo una mueca cuando le vio la cara.

—Siento mucho lo de tu ojo.

—Ah, ya te he perdonado, ¿recuerdas?

Ella se tensó.

—Sí.

—Ya —murmuró él—. Me imaginaba que lo recordarías.

Ella esperó un momento, básicamente a que Turner se marchara. Luego, dirigió la mirada hacia el libro y anunció:

—Intento leer.

—Ya lo veo. Y me alegro. Me gustan las mujeres que cultivan su intelecto. —Le quitó el libro de las manos y lo giró para ver el título—. *Orgullo y prejuicio*. ¿Te gusta?

—Me gustaba.

Turner ignoró su indirecta mientras lo abría por la primera página y leía la primera frase.

—«Es una verdad universalmente reconocida —leyó en voz alta—, que un hombre soltero con una buena fortuna debe buscar una esposa.»

Miranda intentó recuperar el libro, pero él lo alejó de su alcance.

—Vaya —pensó Turner, en voz alta—. Una idea muy interesante. Yo busco esposa.

—Pues vete a Londres —le respondió ella—. Allí encontrarás muchas mujeres solteras.

—Y tengo una buena fortuna. —Se inclinó hacia delante y le sonrió—. Por si no te habías dado cuenta.

—No sabes cuánto me alegro de saber que no te vas a morir de hambre.

Él se rió.

—Venga, Miranda, ¿por qué no lo dejas ya? Sabes que no vas a ganar.

—No creo que haya demasiados curas que accedan a casar a una pareja sin el consentimiento de la mujer.

—Lo consentirás —dijo él, muy tranquilo.

—¿Sí?

—Me quieres, ¿recuerdas?

Miranda apretó los labios.

—Eso era hace mucho tiempo.

—¿Hace qué? ¿Dos, tres meses? No es tanto tiempo. Ya volverá.

—No si te sigues comportando de esta forma.

—Una lengua muy afilada —dijo él, con una sonrisa pícara. Y luego se inclinó hacia delante—. Si quieres saberlo, es una de las cosas que más me gustan de ti.

Miranda tuvo que flexionar los dedos para no aferrarlos a su cuello y estrangularlo.

—Creo que ya he tenido suficiente aire fresco —anunció, mientras pegaba el libro al pecho y se levantaba—. Me voy a casa.

Él se levantó de inmediato.

—En tal caso, te acompañaré, lady Turner.

Ella se volvió de golpe.

—¿Cómo me has llamado?

—Sólo probaba el nombre —murmuró él—. Suena bastante bien, ¿no crees? Será mejor que te acostumbres lo antes posible.

Miranda meneó la cabeza y empezó a caminar hacia su casa. Intentó ir unos pasos por delante de él, pero las piernas de Turner eran mucho más largas y no le costaba seguir su paso.

—¿Sabes una cosa, Miranda? —dijo él, con afabilidad—. Si pudieras darme un buen motivo por el que no deberíamos casarnos, te dejaría en paz.

—No me gustas.

—Eso es mentira, así que no cuenta.

Ella siguió pensando, mientras caminaba lo más rápido posible.

—No necesito tu dinero.

—Claro que no. El año pasado Olivia me dijo que tu madre te dejó un pequeño legado. Suficiente para vivir. Pero negarte a casarte con alguien porque no quieres tener más dinero me parece propio de alguien corto de miras, ¿no crees?

Ella apretó los dientes y siguió caminando. Llegaron a las escaleras de la casa de los abuelos de Miranda y ella las subió. Sin embargo, antes de que pudiera entrar, Turner la agarró por la muñeca con la fuerza suficiente como para que ella supiera que se le había agotado la paciencia.

Aunque no borró la sonrisa de su cara cuando dijo:

—¿Lo ves? Ni un solo buen motivo.

Miranda debería estar nerviosa.

—Quizá no —dijo, muy fría—, pero tampoco los hay para hacerlo.

—¿Tu reputación no es motivo de sobra? —preguntó él.

Ella lo miró a los ojos con cautela.

—Pero mi reputación no está en peligro.

—¿No?

Miranda contuvo el aliento.

—No lo harías.

Él se encogió de hombros, un leve movimiento que la estremeció.

—No se me suele considerar una persona despiadada, pero no me subestimes, Miranda. Me casaré contigo.

—Pero ¿por qué quieres hacerlo? —exclamó ella. No tenía que hacerlo. Nadie lo estaba obligando. Miranda prácticamente le había ofrecido una escapatoria en bandeja de plata.

—Soy un caballero —replicó él—. Y me encargo de mis transgresiones.

—¿Soy una transgresión? —susurró ella, porque se había quedado sin aire en los pulmones. Sólo podía susurrar.

Él se colocó delante de ella, más incómodo que nunca.

—No debí haberte seducido. Debí habérmelo pensado antes. Y, después, no debí haberte abandonado durante tantas semanas. Por eso, no tengo excusa, sólo mis defectos. Pero no ignoraré mi honor. Y te casarás conmigo.

—¿Me quieres a mí o a tu honor? —susurró Miranda.

Él la miró como si no hubiera entendido algo importante. Y luego dijo:

—Es lo mismo.

28 de agosto de 1819

Me he casado con él.

La boda fue discreta. Ha pasado desapercibida, en realidad, porque los únicos invitados fueron los abuelos de Miranda, la mujer del cura y, a petición de Miranda, MacDownes.

A petición de Turner, se marcharon hacia su casa de Northumberland inmediatamente después de la ceremonia que, también a petición de Turner, se había celebrado a una hora extrañamente temprana para que la pareja tuviera el día por delante para viajar hasta Rosedale, la mansión de la época de la Restauración que sería el hogar del nuevo matrimonio.

Cuando Miranda se hubo despedido, Turner la ayudó a subir al carruaje y la agarró por la cintura antes de ayudarla y darle el último impulso. Lo invadió una emoción extraña y desconocida, y se quedó algo aturdido al darse cuenta de que era satisfacción.

El matrimonio con Leticia le había traído muchas cosas, pero nunca paz. Turner había acudido a la unión con una vertiginosa necesidad de deseo y emoción que rápidamente se convirtieron en desilusión y en una aplastante sensación de pérdida. Y, cuando el matrimonio terminó, sólo le quedó rabia.

Le gustaba la idea de estar casado con Miranda. Era una persona en quien se podía confiar. Nunca lo traicionaría, ni con su cuerpo ni con sus palabras. Y, a pesar de que no estaba tan obsesionado como con Leticia, la deseaba con una intensidad que todavía no se acababa de creer. Cada vez que la veía, la olía, oía su voz… la deseaba. Quería acariciarle el brazo, sentir el calor de su cuerpo. Quería rozarla, respirarla cuando se cruzaban.

Cada vez que cerraba los ojos, volvía a estar en la cabaña, cubriendo su cuerpo con el suyo, movido por algo muy profundo de su ser, algo primitivo y posesivo, y un poco salvaje.

Era suya. Y volvería a serlo.

Subió al carruaje detrás de ella y se sentó en el mismo banco, aunque no directamente a su lado. Lo que más quería era colocarse junto a ella y sentarla en su regazo, pero sabía que ella necesitaba un poco de tiempo.

Se pasarían muchas horas allí dentro, así que podía permitirse dejarle su espacio.

La observó durante varios minutos mientras el carruaje atravesaba las calles de Edimburgo. Agarraba con fuerza los pliegues de su vestido de boda, de color verde menta. Tenía los nudillos casi blancos, muestra de lo nerviosa que estaba. Turner alargó la mano dos veces para acariciarla, pero la retiró enseguida porque no estaba seguro de que su gesto fuera bien recibido. Sin embargo, al cabo de unos minutos más, dijo:

—Si quieres llorar, no te juzgaré.

Ella no se volvió.

—Estoy bien.

—¿Sí?

Ella tragó saliva.

—Pues claro. Acabo de casarme, ¿no? ¿No es eso lo que toda mujer quiere?

—¿Es lo que tú quieres?

—Ya es un poco tarde para preocuparte por eso, ¿no crees?

Él sonrió con ironía.

—No soy tan horrible, Miranda.

Ella se rió con nerviosismo.

—Claro que no. Eres lo que siempre he querido. Llevas días diciéndomelo, ¿no es verdad? Siempre te he querido.

Turner deseó que sus palabras no encerraran tanta mofa.

—Ven aquí —dijo, agarrándola por el brazo y arrastrándola hasta su lado del carruaje.

—Estoy bien aquí… Espera… ¡Oh! —Quedó pegada a su costado y rodeada por el brazo de acero de Turner.

—Así está mucho mejor, ¿no te parece?

—Ahora no puedo mirar por la ventana —dijo ella, con amargura.

—No hay nada que no hayas visto antes. —Corrió la cortina y se asomó—. A ver, árboles, hierba, una o dos casas. Todo bastante normal. —La tomó de la mano y le acarició los dedos—. ¿Te gusta el anillo? —le preguntó—. Es bastante sencillo, lo sé, pero en mi familia es tradición casarse con un aro de oro.

La respiración de Miranda se aceleró a medida que las manos de Turner iban calentando las suyas.

—Es precioso. No… No me hubiera gustado algo ostentoso.

—Ya me lo imaginé. Eres una criatura bastante elegante.

Ella se sonrojó y no dejó de juguetear con el anillo.

—Bueno, Olivia escoge todos mis vestidos.

—Bobadas. Estoy seguro de que no dejarías que eligiera algo llamativo o estridente.

Miranda lo miró. Le estaba sonriendo con amabilidad, casi con benevolencia, pero sus dedos le estaban haciendo cosas muy extrañas en las muñecas que hacían saltar chispas en su interior. Y entonces le levantó la mano y le dio un beso increíblemente delicado en la parte interior de la muñeca.

—Tengo algo más para ti —murmuró.

Ella no se atrevió a volver a mirarlo. No, si quería mantener la compostura.

—Mírame —le ordenó, con suavidad. Le colocó dos dedos debajo de la barbilla y le giró la cabeza hacia él. Metió la mano en el bolsillo y sacó una cajita de terciopelo.

—Con todas las prisas de la semana, no he tenido tiempo de darte un anillo de compromiso.

—No es necesario —respondió ella, enseguida, aunque no lo pensaba.

—Cállate, minina —dijo él, con una sonrisa—. Y acepta tu regalo de buen grado.

—Sí, señor —murmuró ella, mientras levantaba la tapa. En el interior, había un resplandeciente diamante oval flanqueado por dos pequeños zafiros—. Es precioso, Turner —suspiró—. Va a juego con tus ojos.

—Te prometo que no fue mi intención —dijo él, con la voz ronca. Cogió el anillo y se lo colocó en el dedo—. ¿Te va bien?

—Perfecto.

—¿Seguro?

—Seguro, Turner. Yo… Gracias. Has sido muy amable. —Y antes de pensárselo dos veces, se acercó y le dio un beso en la mejilla.

Turner le tomó la cara entre las manos.

—No voy a ser un marido tan horrible, ya lo verás. —Acercó la cara a ella hasta que le dio un delicado beso en los labios. Ella se acercó a él, seducida por su calidez y el delicado murmullo de su voz—. Tan suave —susurró él, quitándole las horquillas para poder acariciarle el pelo suelto—. Tan suave, y tan dulce. Nunca soñé…

Miranda echó la cabeza hacia atrás para permitirle un mejor acceso a sus labios.

—¿Nunca soñaste el qué?

Los labios de Turner se deslizaron por su piel.

—Que serías así. Que te desearía así. Que podía ser así.

—Yo siempre lo supe. Siempre lo supe. —Pronunció las palabras antes de valorar si era sensato decirlas, y luego decidió que no le importaba. No cuando él la estaba besando de aquella forma ni cuando respiraba de forma entrecortada, igual que ella.

—Siempre has sido muy lista, tú —murmuró él—. Debí hacerte caso hace mucho tiempo. —Empezó a aflojarle el vestido por los hombros, luego la rozó con los labios en el pecho y el fuego que provocó resultó ser demasiado para Miranda. Arqueó la espalda y cuando él deslizó los dedos hasta los botones del vestido, no opuso resistencia. A los pocos segundos, el vestido resbaló por su cuerpo y la boca de Turner localizó la cresta del pecho.

Miranda gimió ante la sorpresa y el placer.

—Oh, Turner, yo… —Suspiró—. Más.

—Una orden que estoy encantado de acatar. —Deslizó los labios hasta el otro pecho, donde repitió la misma tortura.

La besó y succionó y, mientras tanto, las manos le recorrían el cuerpo entero. Subían por la pierna, rodeaban la cintura… era como si estuviera intentando marcarla, hacerla suya para siempre.

Miranda se sentía disipada. Se sentía femenina. Y sentía una necesidad que ardía en algún lugar extraño y salvaje, en el interior de su ser.

—Te quiero —suspiró, agarrándolo por el pelo—. Quiero…

Los dedos de Turner siguieron subiendo hasta los pliegues más tiernos.

—Quiero esto.

Él se rió contra su cuello.

—A tu servicio, lady Turner.

Ni siquiera tuvo tiempo para sorprenderse ante su nuevo nombre. Le estaba haciendo algo, madre mía, ni siquiera sabía qué era, y era lo único que podía hacer para no gritar.

Y entonces, Turner se separó. Los dedos no, porque Miranda lo habría matado si lo hubiera intentado. Separó la cabeza, sólo lo suficiente para mirarla con una deliciosa sonrisa.

—Sé hacer otra cosa que también te gustará —dijo, jocoso.

Miranda separó los labios, sorprendida, cuando lo vio arrodillarse en el carruaje.

—¿Turner? —susurró, porque estaba convencida de que no podría hacerle nada desde allí abajo. Seguro que no…

Gritó cuando él escondió la cabeza debajo de la falda.

Y luego volvió a gritar cuando lo notó, ardiente y apasionado, dejar un rastro de besos por su muslo.

Y luego ya no había ninguna duda acerca de cuáles eran sus intenciones. Los dedos, que habían hecho muy buen trabajo al excitarla, cambiaron de posición. Ahora la estaban abriendo, separándola, preparándola para…

Los labios de Turner.

Después de aquello, poco pensamiento racional. Independientemente de lo que sintiera la primera vez, y había estado muy bien, no podía compararse con esto. La boca de Turner era experta y ella estaba cautivada. Y, cuando se sacudió, lo hizo con cada centímetro de su cuerpo y con cada gota de su alma.

«Cielo santo —pensó, mientras intentaba recuperar la respiración—, ¿cómo es posible que alguien sobreviva a esto?»

De repente, la cara sonriente de Turner apareció frente a la suya.

—Tu primer regalo de boda —dijo.

—Yo… Yo…

—Un «Gracias» bastará —dijo él, descarado como siempre.

—Gracias —suspiró ella.

Turner le dio un delicado beso en la boca.

—De nada. Un placer.

Miranda lo miró mientras le arreglaba el vestido, la tapaba cuidadosamente y terminaba la tarea con una platónica palmadita en el brazo. Por lo visto, su pasión se había enfriado por completo, mientras ella todavía notaba como si una lengua de fuego la estuviera lamiendo por dentro.

—¿Tú no…? No has…

Turner dibujó una sonrisa irónica.

—No hay nada que desee más, pero, a menos que quieras que tu noche de bodas sea en un carruaje en marcha, encontraré la forma de abstenerme.

—¿Esto no ha sido la noche de bodas? —preguntó ella, poco convencida.

Él meneó la cabeza.

—Sólo un regalo para ti.

—Oh, —Miranda estaba intentando recordar por qué se había opuesto a ese matrimonio con tanto empeño. Una vida llena de regalos así parecía espléndida.

Agotada, notó cómo una languidez se apoderaba de su cuerpo, y se apoyó en el costado de Turner.

—¿Volveremos a hacerlo? —farfulló, acurrucándose contra su calidez.

—Sí —murmuró él, sonriendo por dentro mientras la veía dormirse—. Te lo prometo.

Capítulo 16

Rosedale era, según los estándares aristocráticos, una casa de dimensiones modestas. Aquella construcción cálida y elegante pertenecía a los Bevelstoke desde hacía varias generaciones, y era costumbre que el hijo mayor la utilizara como casa de campo mientras no accedía al condado y a la mucho más espaciosa Haverbreaks. A Turner le encantaba Rosedale, le encantaban las sencillas paredes de piedra y los tejados almenados. Y, sobre todo, le encantaba el paisaje salvaje, únicamente domesticado por los cientos de rosas que se habían plantado sin seguir ningún patrón alrededor de la casa.

Llegaron bastante tarde, porque se habían detenido cerca de la frontera a comer algo. Miranda se había dormido hacía unas horas; ya le había advertido que el movimiento del carruaje la hacía quedarse adormilada, pero a Turner no le importaba. Le gustaba el silencio de la noche, roto únicamente por los cascos de los caballos y el viento. Le gustaba la luz de la luna que entraba por las ventanas. Y le gustaba mirar a su nueva esposa, que tenía un dormir poco elegante, porque lo hacía con la boca abierta y, para ser sincero, roncaba un poco. Pero le gustaba. No sabía por qué, pero le gustaba.

Y le gustaba saberlo.

Salió del carruaje, se acercó un dedo a los labios cuando uno de los escoltas se acercó a ayudarlo, y luego alargó los brazos hacia el interior de la cabina y sacó a Miranda. Ella nunca había estado en Rosedale, a pesar de que no estaba lejos de los Lagos. Esperaba que le gustara tanto como a él. Creía que así sería. Empezaba a darse cuenta de que la conocía bien. No estaba seguro de cuándo había pasado, pero ahora podía mirar algo y pensar: «A Miranda le gustaría».

Turner había hecho una pausa aquí en su camino hacia Escocia y había dado instrucciones al personal para que tuvieran la casa lista. Y lo estaba, a pesar de que no les había dicho cuándo llegaría, con lo que nadie los estaba esperando en la puerta para conocer a la nueva vizcondesa. Turner lo prefería así; no le habría hecho ninguna gracia tener que despertar a Miranda.

Cuando entró en su habitación, vio que el fuego estaba encendido y lo agradeció. Puede que fuera agosto, pero las noches de Northumberland eran particularmente frías. Mientras dejaba a Miranda en la cama, un par de lacayos entraron su escaso equipaje. Turner le susurró al mayordomo que su esposa conocería al personal de la casa por la mañana, o quizá por la tarde, y cerró la puerta.

Miranda, que había pasado de los ronquidos a los inquietos murmureos, cambió de posición y abrazó una almohada. Turner volvió a su lado y le susurró algo al oído. Ella pareció reconocer su voz en sueños, porque suspiró satisfecha y se volvió hacia él.

—No te duermas todavía —le murmuró él—. Antes tengo que quitarte la ropa. —Miranda estaba de lado, así que empezó a desabotonarle el vestido por la espalda—. ¿Puedes sentarte un momento, para que pueda quitarte el vestido?

Como una niña somnolienta, dejó que la sentara.

—¿Dónde estamos? —bostezó ella, sin despertarse.

—En Rosedale. Tu nuevo hogar. —Turner le subió la falda y se la quitó por la cabeza.

—Es bonito —volvió a caer en el colchón.

Él sonrió con indulgencia y volvió a incorporarla.

—Unos segundos más. —Con un movimiento hábil, le sacó el vestido por la cabeza y la dejó con la camisola.

—Bien —murmuró Miranda, mientras intentaba meterse debajo de la colcha.

—No tan deprisa. —La sujetó por el tobillo—. En esta casa no dormimos con la ropa puesta. —La camisola fue a parar al suelo, junto al vestido. Miranda, que no se dio cuenta de que estaba desnuda, consiguió meterse debajo de la colcha, suspiró satisfecha y se durmió enseguida.

Turner se rió y meneó la cabeza mientras miraba a su mujer. ¿Se había fijado alguna vez en que tenía las pestañas tan largas? Quizá sólo era un efecto de la luz de las velas. Él también estaba cansado, así que se desvistió con movimientos rápidos y eficaces y se metió en la cama. Miranda estaba de lado, acurrucada como una niña pequeña, de modo que le rodeó la cintura con un brazo y la atrajo hacia la mitad de la cama, donde podían estar en contacto. Tenía una piel increíblemente suave y le acarició el estómago. Debió de hacerle cosquillas, porque Miranda soltó un pequeño grito y se dio la vuelta.

—Todo saldrá bien —suspiró él. Tenían afecto y atracción, y eso ya era más de lo que compartían la mayor parte de las parejas. Se inclinó para darle un delicado beso en los labios, recorriendo las comisuras con la lengua.

—Debes de ser la Bella Durmiente —murmuró—. Despertada con un beso.

—¿Dónde estamos? —preguntó ella, somnolienta.

—En Rosedale. Ya me lo has preguntado.

—¿Ah, sí? No me acuerdo.

Incapaz de controlarse, Turner se inclinó hacia delante y le dio otro beso.

—Miranda, eres tan dulce.

Ella suspiró, satisfecha ante su beso, aunque era obvio que le costaba mantener los ojos abiertos.

—¿Turner?

—Dime, minina.

—Lo siento.

—¿El qué?

—Lo siento. Pero es que no puedo... es que estoy muy cansada —bostezó—. No puedo cumplir con mi deber.

Él sonrió con picardía y la abrazó.

—Shhh —suspiró, mientras inclinaba la cabeza y le daba un beso en la sien—. No lo veas como un deber. Es demasiado espléndido para eso. Y no soy tan insensible como para forzar a una mujer agotada. Tenemos todo el tiempo del mundo. No te preocupes.

Pero Miranda ya estaba dormida.

Acercó la boca a su pelo.

—Tenemos toda la vida.

Miranda se despertó primero por la mañana y bostezó ampliamente mientras abría los ojos. La luz del día entraba por el borde de las cortinas, pero decidió que su cama era cálida y agradable por otro motivo ajeno al sol. En algún momento de la noche, Turner le había rodeado la cintura con el brazo y ahora estaba acurrucada contra él. Señor, ese hombre irradiaba calor.

Se separó un poco para verlo mejor mientras dormía. Su rostro siempre tenía un aire juvenil, pero, dormido, el efecto era exagerado. Parecía un ángel, sin rastro del cinismo que a veces se apoderaba de sus ojos.

—Tenemos que agradecérselo a Leticia —murmuró Miranda mientras le acariciaba la mejilla.

Turner se movió y balbuceó algo en sueños.

—Todavía no, amor mío —susurró ella, que se atrevía a utilizar palabras cariñosas cuando sabía que él no la oía—. Me gusta verte dormir.

Turner siguió durmiendo y ella lo escuchó respirar.

Estaba en el cielo.

Al final, Turner se estiró y se desperezó antes de abrir los ojos. Y allí lo tenía, mirándola con los ojos dormidos y sonriendo.

—Buenos días —dijo, adormilado.

—Buenos días.

Bostezó.

—¿Llevas mucho tiempo despierta?

—Un poco.

—¿Tienes hambre? Puedo pedir que nos suban el desayuno.

Ella meneó la cabeza.

Turner bostezó otra vez y le sonrió.

—Estás sonrosada por la mañana.

—¿Sonrosada? —No pudo evitar sentirse intrigada.

—Sí. Tu piel… resplandece.

—No es verdad.

—Sí que lo es. Confía en mí.

—Mi madre siempre me dijo que desconfiara de los hombres que dicen «Confía en mí».

—Ya, bueno, pero tu madre nunca me conoció demasiado bien —dijo, en tono desenfadado. Le acarició los labios con el dedo índice—. Éstos también están sonrosados.

—¿Sí? —suspiró ella.

—Sí. Muy sonrosados. Aunque creo que no tanto como otras partes de tu cuerpo.

Miranda se sonrojó.

—Como éstos, por ejemplo —murmuró mientras le acariciaba los pezones con la palma de la mano. Subió la mano hasta la cara y le rozó la mejilla—. Anoche estabas muy cansada.

—Sí.

—Demasiado para atender algunos asuntos importantes.

Miranda tragó saliva, nerviosa, e intentó no gemir mientras él deslizaba la mano hasta su espalda.

—Creo que ya va siendo hora de que consumemos este matrimonio —murmuró él, con la boca pegada a la oreja de la chica. Y entonces la pegó a él y Miranda descubrió el poco tiempo que quería perder para ocuparse de eso.

Ella le lanzó una amplia sonrisa cargada de reprobación humorística.

—Ya nos encargamos de eso hace tiempo. Fue un poco prematuro, si te acuerdas.

—Eso no cuenta —respondió él, alegremente, ignorando su comentario—. No estábamos casados.

—Si no contara, no estaríamos casados.

Turner recibió su comentario con una pícara sonrisa.

—Bueno, supongo que tienes razón. Pero, al final, todo ha salido bien. No creo que puedas enfadarte conmigo por ser tan tremendamente viril.

Puede que Miranda fuera bastante inocente, pero sabía lo suficiente como para poner los ojos en blanco. Sin embargo, no pudo hacer ningún comentario, porque la mano de Turner se deslizó hasta su pecho y le estaba haciendo algo en el pezón que ella juraría que estaba notando en la entrepierna.

Notó que resbalaba, que se despegaba de la almohada y caía sobre la espalda, y que resbalaba también por dentro mientras sus caricias parecían derretir otro centímetro de su piel. Le besó los pechos, el estómago y las piernas. Parecía que no había un rincón de su cuerpo que no le interesara. Ella no sabía qué hacer. Estaba tendida sobre la espalda debajo de las manos y la boca exploradoras de Turner, retorciéndose y gimiendo a medida que las sensaciones se iban apoderando de ella.

—¿Te gusta esto? —murmuró él mientras inspeccionaba la parte posterior de las rodillas con los labios.

—Me gusta todo —dijo ella, con la respiración entrecortada.

Turner ascendió hasta su boca y le dio un beso.

—No puedo expresarte lo mucho que me complace oírte decir eso.

—Esto no puede ser decente.

Él sonrió.

—No menos que lo que te hice en el carruaje.

Ella se sonrojó al recordarlo, y luego se mordió el labio para evitar pedirle que se lo hiciera otra vez.

Sin embargo, Turner le leyó el pensamiento o, al menos, la cara, y ronroneó de placer mientras descendía, dejando un rastro de besos, hasta su entrepierna. Primero le acarició la parte interna de un muslo, y luego el otro.

—Oh, sí —suspiró ella, olvidándose de cualquier vergüenza. Le daba igual si aquello la convertía en una fresca descarada. Sólo ansiaba el placer.

—Muy dulce —murmuró él, mientras colocaba las manos encima del triángulo de pelo y la abría un poco más. Su cálido aliento le acarició la piel y ella tensó las piernas, a pesar de que sabía que era lo que quería—. No, no, no —dijo él, divertido, mientras le separaba las piernas con suavidad. Y luego descendió la cabeza y le besó aquel sensible botón.

Miranda, incapaz de decir algo coherente, gritó de la emoción que le provocaban sus besos. ¿Era placer o dolor? No estaba segura. Tenía los puños apretados, pero relajó los dedos y descendió las manos hasta aferrarlas al pelo de Turner. Cuando empezó a mover las caderas, él hizo un intento por levantarse, pero ella lo sujetó ahí abajo. Al final, él consiguió liberarse y colocó los labios a la altura de la boca de Miranda.

—Pensaba que no me ibas a dejar subir para respirar —murmuró.

Aunque a Miranda pudiera parecerle imposible en su posición, se sonrojó.

Él le mordisqueó la oreja.

—¿Te ha gustado?

Ella asintió, porque era incapaz de articular palabra.

—Todavía hay muchas cosas que tienes que aprender.

—¿Puedo…? —¿Cómo pedírselo?

Él le sonrió con indulgencia.

—¿Puedo tocarte?

A modo de respuesta, él le tomó la mano y se la llevó hasta debajo de la sábana. Cuando llegaron a su verga, ella apartó la mano. Estaba mucho más caliente de lo que se esperaba, y mucho, mucho más dura. Turner volvió a tomarle la mano con paciencia y la acercó a su miembro y, esta vez, Miranda lo acarició varias veces, maravillada por lo suave que era la piel.

—Es tan distinta —dijo, asombrada—. Tan extraña.

Él se rió, en parte porque era la única manera de contener el deseo que se estaba apoderando de él.

—A mí nunca me ha parecido extraña.

—Quiero verla.

—Dios, Miranda —dijo él, entre dientes.

—No, quiero verla. —Apartó las sábanas hasta que lo tuvo frente a sus ojos—. Dios mío —suspiró. ¿Eso había entrado en su interior? Apenas podía creérselo. Con curiosidad, la envolvió con las manos y apretó ligeramente.

Turner dio un brinco saltando casi de la cama.

Ella lo soltó inmediatamente.

—¿Te he hecho daño?

—No —dijo él, con voz áspera—. Hazlo otra vez.

Miranda dibujó una sonrisa femenina de satisfacción mientras repetía la caricia.

—¿Puedo besarte?

—Será mejor que no —dijo él, con voz ronca.

—Ah, pensaba que como tú me habías besado a mí…

Turner soltó un gruñido primitivo, la tendió encima del colchón y se situó entre sus muslos.

—Después. Puedes hacerlo después. —Incapaz de controlar su pasión por más tiempo, le dio un apasionado beso para hacerla suya. Le separó el muslo con la rodilla para obligarla a dejarle más espacio.

Instintivamente, Miranda levantó las caderas para facilitarle el acceso. Él se introdujo en su interior sin ningún esfuerzo, y ella se asombró de que su cuerpo se abriera para acogerlo de forma tan perfecta. Él empezó a moverse despacio, hacia delante y hacia atrás, a un ritmo lento pero firme.

—Oh, Miranda —gimió—. Oh, Dios mío.

—Lo sé, lo sé. —ella movía la cabeza de un lado a otro. El peso de Turner la clavaba en el colchón, pero, aún así, no podía quedarse quieta.

—Eres mía —gruñó, acelerando el ritmo—. Mía.

La respuesta de Miranda fue un gemido.

Él se quedó quieto, con una mirada extraña y penetrante mientras decía:

—Dilo.

—Soy tuya —susurró ella.

—Cada centímetro de tu cuerpo. Cada delicioso centímetro de tu cuerpo. Desde aquí —le tomó un pecho en la mano—, hasta aquí —le acarició la mejilla—, y hasta aquí —se retiró casi por completo, hasta que sólo la punta de la verga estaba en su interior, y entonces la penetró hasta el fondo.

—Oh, Dios, sí, Turner. Lo que tú quieras.

—Te quiero a ti.

—Soy tuya. Lo juro.

—Nadie más, Miranda. Prométemelo. —Volvió a retirarse.

Ella se sentía vacía sin él y estuvo a punto de gritar.

—Te lo prometo —jadeó—. Por favor… vuelve conmigo.

Él volvió a penetrarla, provocando un suspiro de alivio y un jadeo de placer.

—No habrá otros hombres. ¿Me oyes?

Miranda sabía que aquellas palabras urgentes nacían de la traición de Leticia, pero estaba demasiado implicada en la pasión del momento para echarle en cara que la comparara con su primera esposa.

—¡Ninguno, lo juro! Nunca he querido a nadie más.

—Y nunca lo harás —dijo él, con firmeza, como si con decirlo pudiera hacerlo realidad.

—¡Nunca! Por favor, Turner, por favor… Te necesito. Necesito…

—Ya sé lo que necesitas. —Le tomó un pezón en la boca mientras aceleraba el ritmo de las embestidas. Ella notó cómo la presión se apoderaba de su cuerpo. Notó los espasmos de placer en el estómago, en los brazos y en las piernas. Y, de repente, supo que si aguantaba un segundo más moriría, así que todo su cuerpo se convulsionó y se aferró a su verga como un guante de seda. Gritó su nombre, se agarró a sus brazos y levantó los hombros por la fuerza del clímax.

La sensualidad de su orgasmo pudo con Turner y gritó con aspereza mientras la penetraba por última vez y alcanzaba el cielo. El placer fue intenso y no podía creerse la velocidad con que se derramó en su interior. Se dejó caer encima de ella, exhausto. Nunca había disfrutado tanto; nunca. Ni siquiera la última vez con Miranda. Era como si cada movimiento y cada caricia se intensificaran ahora que sabía que era suya y sólo suya. Le sorprendió aquel sentido de la posesión, lo dejó pasmado la forma en que le había hecho jurar fidelidad, y le disgustaba el hecho de haber manipulado la pasión de Miranda para satisfacer sus necesidades infantiles.

¿Estaba enfadada? ¿Lo odiaba por eso? Levantó la cabeza y la miró a la cara. Tenía los ojos cerrados y los labios dibujaban una medio sonrisa. Parecía una mujer satisfecha y él decidió que, si no se había ofendido por sus acciones o preguntas, no iba a planteárselo.

—Estás sonrosada, minina —murmuró mientras le acariciaba la mejilla.

—¿Todavía? —preguntó ella, perezosa, sin ni siquiera abrir los ojos.

—Más aún.

Turner sonrió y se apoyó en los codos para liberarla de parte de su peso. Le acarició la curva de la mejilla con los dedos, empezando por la comisura de los labios y ascendiendo hasta el ojo. Le frotó las pestañas.

—Ábrete.

Ella abrió los ojos.

—Buenos días.

—Y tan buenos. —Sonrió como un niño.

Ella se retorció bajo su intensa mirada.

—¿No estás incómodo?

—Me gusta estar aquí arriba.

—Pero los brazos…

—Son lo suficientemente fuertes como para aguantar mi peso un poco más. Además, me gusta mirarte.

Ella apartó la mirada con timidez.

—No, no, no. No hay escapatoria. Mírame. —La agarró por la barbilla y la obligó a mirarlo—. Eres preciosa, ¿lo sabes?

—No es verdad —dijo ella, con una voz que implicaba que sabía que estaba mintiendo.

—¿Quieres dejar de discutir conmigo sobre esto? Soy mayor que tú y he visto a muchas mujeres.

—¿Visto? —preguntó ella, con recelo.

—Eso, querida esposa, es otro tema del que no vamos a hablar. Sólo quería destacar que, seguramente, soy más entendido que tú y que deberías confiar en mi opinión. Si digo que eres preciosa, eres preciosa.

—De veras, Turner, eres muy dulce...

Descendió hasta que sus narices estuvieron en contacto.

—Estás empezando a irritarme, mujer.

—Santo cielo, no querría hacerlo por nada del mundo.

—Eso creía.

Ella dibujó una pícara sonrisa.

—Eres muy guapo.

—Gracias —respondió él, magnánimamente—. ¿Has visto con qué elegancia he aceptado tu cumplido?

—De hecho, has arruinado el efecto al destacar tus buenos modales.

Él meneó la cabeza.

—Menuda boquita que tienes. Voy a tener que hacer algo al respeto.

—¿Besarla? —propuso ella, esperanzada.

—Mmm, ningún problema. —Sacó la lengua y le recorrió el perfil de los labios—. Muy bonitos. Y muy sabrosos.

—No soy una tartaleta de fruta, ¿sabes? —respondió ella.

—Ya empezamos otra vez —dijo él, en un suspiro.

—Imagino que tendrás que seguir besándome.

Turner suspiró como si besarla fuera una tarea muy pesada.

—De acuerdo. —Esta vez le abrió la boca y le acarició los dientes con la lengua. Cuando volvió a levantar la cabeza y la miró, resplandecía. Parecía la única palabra para describir el brillo que emanaba de su piel—. Dios mío, Miranda —dijo, con voz ronca—, realmente eres preciosa.

Se dejó caer, rodó a un lado y la tomó entre sus brazos.

—Nunca he visto a nadie tener el aspecto que tú tienes ahora mismo —murmuró, pegándola todavía más a él—. Vamos a quedarnos así un ratito.

Se durmió pensando que era una forma excelente de estrenar un matrimonio.

6 de noviembre de 1819

Hoy hace diez semanas que me casé, y tres desde que me tenía que haber venido el periodo. No debería sorprenderme haber vuelto a concebir tan deprisa. Turner es un marido muy atento.
No me quejo.

12 de enero de 1820

Esta noche, cuando he entrado en el baño, habría jurado que me he visto la barriga un poco hinchada. Ahora ya me lo creo. Ya me creo que está aquí para quedarse.
30 de abril de 1820

Estoy enorme, y todavía me quedan casi tres meses. Por lo visto, a Turner le encantan mis redondeces. Está convencido de que será una niña. Susurra «Te quiero» a la barriga.

Pero sólo a la barriga. No a mí. Para ser justos, yo tampoco he pronunciado las palabras, pero estoy segura

de que él sabe que le quiero. Al fin y al cabo, se lo dije an-
tes de casarnos y, un día, él me dijo que uno no se desena-
mora con tanta facilidad.

Sé que me aprecia. ¿Por qué no puede quererme? O, si
me quiere, ¿por qué no puede decirlo?

Capítulo 17

Los meses fueron pasando y los recién casados establecieron una rutina agradable y afectiva. Turner, que había vivido una experiencia infernal con Leticia, estaba constantemente sorprendido de lo bonito que podía ser el matrimonio si se compartía con la persona adecuada. Miranda era un encanto con él. Le gustaba mirarla mientras leía un libro, se peinaba, daba instrucciones al ama de llaves; le gustaba mirarla mientras hacía cualquier cosa. Y descubrió que siempre buscaba una excusa para tocarla. Se inventaba una mota de polvo inexistente en el vestido y la sacudía. O le murmuraba que se le había soltado un mechón de pelo mientras se lo colocaba bien.

Y, por lo visto, a ella nunca le importaba. A veces, si estaba ocupada con algo, le apartaba la mano, pero casi siempre se limitaba a sonreír y, en ocasiones, movía la cabeza sólo un poco, lo suficiente para rozarle la mano con la mejilla.

Sin embargo, otras veces, cuando ella no se daba cuenta de que la estaba observando, la veía mirarlo con añoranza. Ella siempre apartaba la mirada tan deprisa que, a menudo, él ni siquiera podía estar seguro de si había pasado. Pero sabía que sí porque, por la noche, cuando cerraba los ojos, veía los suyos con aquella nota de tristeza que le partía el corazón.

Sabía lo que quería. Debería haber sido muy fácil. Dos sencillas palabras. De hecho, ¿no debería decirlas y zanjar el asunto? Aunque no fueran verdad, ¿no valdría la pena, sólo para verla feliz?

Algunas veces había intentado decirlas, había intentado que su boca las pronunciara, pero siempre lo invadía aquella sensación de ahogo, como si se quedara sin aire en los pulmones.

Y lo más irónico era que creía que la quería. Sabía que se sentiría vacío si le pasara algo. Sin embargo, también creyó querer a Leticia y ya sabía cómo había acabado. Le gustaba todo de Miranda, desde la forma respingona de su nariz hasta la agudeza irónica que siempre le demostraba. Pero ¿era eso lo mismo que querer a alguien?

Además, si la quisiera, ¿cómo lo sabría? Esta vez quería estar seguro. Quería algún tipo de prueba científica. Ya había querido basándose en la fe una vez, creyendo que aquella mezcla de deseo y obsesión tenía que ser amor. Porque, ¿qué otra cosa podía ser?

Pero ahora era mayor. Y más sabio, que era algo positivo, y más cínico, que no era tan positivo.

La mayor parte del tiempo conseguía apartar estas preocupaciones de su mente. Era un hombre y, sinceramente, es lo que hacían los hombres. Las mujeres podían hablar y rumiar (y, seguramente, volver a hablar) todo lo que quisieran. Él prefería analizar algo una vez, quizá dos, y solucionarlo.

Y por eso era especialmente mortificante que, por lo visto, fuera incapaz de solucionar este problema en concreto. Su vida era encantadora. Feliz. Apacible. No debería gastar pensamientos y energías analizando el estado de su corazón. Debería ser capaz de disfrutar de sus bendiciones y no tener que pensar en ellas.

Y estaba haciendo exactamente eso, concentrándose en por qué no quería pensar en todo eso, cuando alguien llamó a la puerta de su despacho.

—¡Adelante!

Miranda asomó la cabeza.

—¿Te molesto?

—No, por supuesto que no. Pasa.

Miranda acabó de abrir la puerta y entró. Turner tuvo que reprimir una sonrisa cuando la vio. Últimamente, parecía que la barriga entraba en las habitaciones cinco segundos antes que el resto del cuerpo. Ella vio la sonrisa y se miró con tristeza.

—Estoy enorme, ¿verdad?

—Sí.

Ella suspiró.

—Podrías haber mentido para no herirme los sentimientos y haber dicho que no estoy tan gorda. Las mujeres en mi estado están muy sensibles, ¿sabes? —Se acercó a una silla que había frente a la mesa y colocó la mano en el reposabrazos para sentarse.

Turner saltó de la silla de inmediato para ayudarla a sentarse.

—Creo que me gustas así.

Ella se rió.

—A ti te gusta ver una prueba tangible de tu virilidad.

Turner sonrió.

—¿Te ha dado alguna patada nuestra pequeña?

—No, y no estoy tan segura de que sea niña.

—Por supuesto que es niña. Es perfectamente obvio.

—Supongo que abrirás una consulta de partería.

Él arqueó las cejas.

—Esa boquita, mujer.

Miranda puso los ojos en blanco y le entregó un papel.

—He recibido una carta de tu madre. He pensado que querrías leerla.

Turner cogió la carta y empezó a pasear por el despacho mientras la leía. Había retrasado lo máximo posible el momento de informar a su familia sobre su matrimonio, pero, después de dos meses, Miranda lo había convencido de que no podía seguir evitándolo. Como era de esperar, fue una sorpresa para todos (excepto para Olivia, que tenía una vaga idea de lo que estaba pasando) y acudieron enseguida a Rosedale para inspeccionar la situación. La madre de Turner murmuró: «Nunca habría soñado…» varios cientos de veces y a Winston se le bajaron un poco los humos, pero, en resumen, la transición de Cheever a Bevelstoke había sido tranquila. Al fin y al cabo, ya era prácticamente de la familia antes de casarse con Turner.

—Winston se ha metido en algunos líos en Oxford —murmuró Turner, leyendo muy deprisa las palabras de su madre.

—Ya, bueno, supongo que era de esperar.

Él la miró con una expresión curiosa.

—¿Qué significa eso?

—No creas que no he oído hablar de tus hazañas en la universidad.

Él sonrió.

—Ahora soy mucho más maduro.

—Eso espero.

Turner se acercó a ella y le dio un beso en la nariz y luego en la barriga.

—Ojalá hubiera podido ir a Oxford —dijo ella, con anhelo—. Me habría encantado escuchar todas esas clases.

—Todas no. Confía en mí, algunas eran deprimentes.

—Creo que igualmente me habría gustado ir.

Él se encogió de hombros.

—Quizá. Te aseguro que eres mucho más inteligente que muchos de los hombres que conocí allí.

—Después de pasar casi una temporada en Londres, debo decir que no es demasiado difícil ser más inteligente que la mayor parte de los hombres de la alta sociedad.

—Mejorando lo presente, espero.

Ella realizó una reverencia.

—Por supuesto.

Turner meneó la cabeza mientras regresaba detrás de la mesa. Es lo que más le gustaba de estar casado con ella, esas peculiares conversaciones que llenaban sus días. Se sentó y cogió el documento que había estado estudiando antes de que ella llegara.

—Parece que tendré que ir a Londres.

—¿Ahora? ¿Queda alguien en la ciudad?

—Muy poca gente —admitió él. El parlamento estaba cerrado y casi toda la alta sociedad se había marchado a las casas de campo—. Pero hay un amigo mío que necesita mi apoyo para un negocio.

—¿Quieres que te acompañe?

—Nada me gustaría más, pero no te haré viajar en tu estado.

—Me siento perfectamente.

—Y te creo, pero no me parece sensato correr riesgos innecesarios. Y debo añadir que cada día estás más… —se aclaró la garganta—, difícil de manejar.

Miranda hizo una mueca.

—Me pregunto qué otra cosa habrías podido decir que me hiciera sentir menos atractiva.

Él apretó los labios, se inclinó hacia delante y le dio un beso en la mejilla.

—No estaré fuera mucho tiempo. Creo que, como máximo, quince días.

—¿Quince días? —repitió ella, con tristeza.

—Tardaré, al menos, cuatro días en ir y cuatro en volver. Con lo que ha llovido últimamente, los caminos estarán fatal.

—Te echaré de menos.

Él hizo una pausa antes de responder.

—Yo también te echaré de menos.

Al principio, Miranda no dijo nada y luego suspiró; un pequeño y soñador suspiro que encogió el corazón de Turner. Sin embargo, después su ánimo cambió y parecía algo más contenta.

—Imagino que hay muchas cosas con las que mantenerme ocupada —dijo, suspirando—. Me gustaría redecorar el salón del ala oeste. La tapicería está muy descolorida. Quizás invite a Olivia a que me haga una visita. Estas cosas se le dan muy bien.

Turner le dedicó una cálida sonrisa. Se alegraba de que ella empezara a querer tanto esa casa como él.

—Confío en tu criterio. No necesitas a Olivia.

—Ya, pero me gustará disfrutar de su compañía mientras tú no estás.

—En tal caso, invítala. —Miró la hora—. ¿Tienes hambre? Ya son las doce pasadas.

Ella se frotó el estómago.

—No demasiado, pero comería algo.

—Más que algo —dijo él, con firmeza—. Ahora comes por dos, ya lo sabes.

Miranda bajó la mirada hasta la enorme barriga.

—Créeme, lo sé.

Turner se levantó y fue hacia la puerta.

—Iré a la cocina a buscar algo.

—Podrías tocar la campana.

—No, no. Así será mucho más rápido.

—Pero si no… —Era demasiado tarde. Ya había salido por la puerta y no la oía. Sonrió mientras se sentaba y colocaba las piernas debajo del cuerpo. Nadie podía dudar de la preocupación de Turner por el bienestar de su mujer y su hijo. Era evidente en cómo le abullonaba las almohadas antes de que se acostara, en cómo se aseguraba de que comiera sano y, sobre todo, en cómo insistía para pegar la oreja a la barriga cada noche para oír los movimientos del bebé.

«—¡Creo que ha dado una patada! —exclamó un día, muy emocionado.

—Seguramente ha sido un eructo —bromeó ella.

Turner se lo tomó en serio y levantó la cabeza, con gesto de preocupación.

—¿Puede eructar ahí dentro? ¿Es normal?

Ella se rió de forma suave e indulgente.

—No lo sé.

—Quizá debería preguntárselo al doctor.

Ella lo tomó de la mano y tiró hasta que lo tuvo tendido a su lado.

—Estoy segura de que todo está bien.

—Pero…

—Si haces llamar al doctor, creerá que estás loco.

—Pero…

—Vamos a dormir. Eso es, abrázame. Más fuerte. —Suspiró y se pegó a él—. Así. Ahora ya puedo dormir.»

En el estudio, Miranda se rió mientras recordaba la conversación. Turner hacía cosas así cientos de veces al día, demostrando lo mucho que la quería. ¿Verdad? ¿Cómo podía mirarla con tanta ternura y no quererla? ¿Por qué estaba tan poco segura de sus sentimientos hacia ella?

En silencio, ella misma se respondió: porque nunca los expresaba en voz alta. Sí, la halagaba y solía hacer comentarios sobre lo contento que estaba de haberse casado con ella.

Era la tortura más cruel, y no tenía ni idea de estar infligiéndola. Él creía que era amable y atento, y lo era.

Sin embargo, cada vez que la miraba y le sonreía de aquella forma cálida y cómplice, ella pensaba… Por un segundo, pensaba que se inclinaría hacia delante y le susurraría… «Te quiero»… pero cada vez, cuando eso no pasaba, y él sólo le daba un beso en la mejilla, o le acariciaba el pelo, o le preguntaba si le había gustado el maldito pudín, notaba que algo en su interior se rompía. Notaba una tensión y otra arruga que se formaba, pero iba sumando pliegues a su corazón y cada día le costaba más fingir que su vida era como a ella le gustaría.

Intentó ser paciente. Lo último que quería de él era falsedad. Un «Te quiero» era devastador cuando detrás no había ningún sentimiento.

Pero no quería pensar en eso. Ahora no, no cuando Turner era tan dulce y atento y ella debería estar total y absolutamente feliz.

Y lo estaba. De veras. Casi. Sólo era una pequeña parte de ella que seguía insistiendo, y empezaba a ser molesto, porque no quería dedicar todos sus pensamientos y energías a darle vueltas a algo sobre lo que no tenía ningún control.

Sólo quería vivir el momento y disfrutar de sus numerosas bendiciones sin tener que pensar en todo eso.

Turner regresó justo a tiempo y le dio un suave beso en la cabeza.

—La señora Hingham dice que enviará una bandeja de comida dentro de unos minutos.

—Ya te he dicho que no te molestaras en bajar —lo riñó Miranda—. Sabía que no tendría nada preparado.

—Si no hubiera bajado yo mismo —dijo él, en tono práctico—, tendría que haberme esperado a que subiera una doncella y nos preguntara qué queríamos. Y luego tendría que haber esperado a que bajara a la cocina, y luego tendríamos que haber esperado igualmente mientras la señora Hingham preparaba la comida y luego...

Miranda levantó la mano.

—¡Basta! Ya lo he entendido.

—Así llegará antes. —Se inclinó hacia delante con una sonrisa pícara—. No soy una persona paciente.

Yo tampoco, se dijo Miranda, con tristeza.

Pero su marido, ajeno a sus pensamientos alterados, sólo sonrió y miró por la ventana. Los árboles estaban cubiertos por una fina capa de nieve.

Enseguida llegaron un lacayo y una doncella con la comida y la dejaron encima de la mesa de Turner.

—¿No te preocupa que se manchen los papeles? —preguntó Miranda.

—No les pasará nada —respondió él, mientras los apilaba en un rincón.

—Pero ¿no se desordenarán?

Él se encogió de hombros.

—Tengo hambre. Eso es más importante. Tú eres más importante.

La doncella suspiró ante tan románticas palabras. Miranda dibujó una sonrisa forzada. Seguro que el servicio creía que Turner le declaraba su amor cuando estaban a solas.

—Perfecto —dijo él, resoluto—. Minina, aquí tienes un estofado de ternera y verduras. Quiero que te lo comas todo.

Miranda miró con recelo la sopera que le había colocado delante. Necesitaría un ejército de embarazadas para terminárselo.

—Estás de broma —dijo ella.

—Para nada. —Turner llenó la cuchara y se la colocó delante de la boca.

—De veras, Turner, no puedo…

Le metió la cuchara en la boca.

Ella tosió un momento por la sorpresa, pero luego masticó y tragó.

—Puedo comer sola.

—Pero así es más divertido.

—Para ti, quiz…

Otra cucharada.

Miranda tragó.

—Esto es ridículo.

—En absoluto.

—¿Es un método para enseñarme a no hablar tanto?

—No, aunque he perdido una gran oportunidad con esta última frase.

—Turner, eres incorr…

Otra cucharada.

—¿Incorregible?

—Sí —balbuceó ella.

—Oh, querida —dijo él—. Tienes un poco de salsa en la barbilla.

—Tú tienes la cuchara.

—No te muevas. —Se inclinó hacia delante y le lamió la salsa—. Mmm, deliciosa.

—Pruébalo —dijo ella, inexpresiva—. Hay de sobra.

—Pero no querría privarte de tantos nutrientes.

Ella se rió.

—Toma otra cucharada… Oh, querida, parece que no he acertado, otra vez. —Sacó la lengua y la relamió.

—¡Lo has hecho a propósito! —lo acusó ella.

—¿Y tirar a propósito comida que podría alimentar a mi esposa embarazada? —Se cubrió el pecho con la mano, en gesto ofendido—. Debes creer que soy un canalla.

—Un canalla quizá no, pero sí un pequeño descarado y…

—¡Victoria!

Ella lo señaló con el dedo.

—Mmph grmphng gtrmph.

—No hables con la boca llena. Es de muy mala educación.

Miranda se tragó la comida.

—He dicho que me vengaré… —Dejó la frase en el aire cuando la cuchara chocó contra su nariz.

—Mira lo que has hecho —dijo él, meneando la cabeza de forma exagerada—. Te estabas moviendo tanto que no he acertado en la boca. No te muevas.

Ella apretó los labios, pero no pudo evitar dibujar una sonrisa.

—Buena chica —murmuró él, mientras se inclinaba hacia delante. Le tomó la punta de la nariz entre los labios y succionó hasta que desapareció toda la salsa.

—¡Turner!

—La única mujer del mundo con cosquillas en la nariz. —Se rió—. Y tuve la sensatez de casarme con ella.

—Para, para.

—¿De mancharte de salsa o de besarte?

Ella contuvo la respiración.

—De mancharme la cara. No necesitas una excusa para besarme.

Él se inclinó hacia delante.

—¿No?

—No.

—No te imaginas el alivio que siento. —Le acarició la nariz con la suya.

—¿Turner?

—Dime.

—Si no me besas pronto, creo que enloqueceré.

Él coqueteó con ella y le dio varios besos delicados.

—¿Esto servirá?

Ella meneó la cabeza.

Él la besó con un poco más de intensidad.

—¿Y esto?

—Me temo que no.

—¿Qué necesitas? —le susurró, con la boca pegada a sus labios.

—¿Qué necesitas tú? —respondió ella. Colocó las manos en sus hombros y, de repente, se los empezó a masajear.

E, instantáneamente, hizo desaparecer la pasión.

—Oh, Dios, Miranda —gimió, relajando el cuerpo—, es maravilloso. No, no pares. Por favor, no pares.

—Es increíble —dijo ella, con una sonrisa—. Eres como un muñeco en mis manos.

—Lo que tú quieras —siguió gimiendo él—. Pero no pares.

—¿Por qué estás tan tenso?

Él abrió los ojos y le lanzó una mirada cargada de ironía.

—Lo sabes perfectamente.

Ella se sonrojó. En la última visita, el doctor les había dicho que debían interrumpir las relaciones íntimas. Turner se pasó una semana gruñendo.

—Me niego a creer —dijo ella, mientras levantaba las manos y sonreía cuando él se quejó—, que yo soy la única causa de tus horribles dolores de espalda.

—El estrés por no poder hacer el amor contigo, el agotamiento físico por tener que cargar con tu enorme cuerpo por las escaleras…

—¡No me has subido en brazos ni una sola vez!

—Sí, bueno, pero lo pensé y eso bastó para provocarme dolor de espalda. Justo… —retorció el brazo y se señaló un punto en la espalda— aquí.

Miranda apretó los labios, pero, aún así, empezó a frotarle donde le había dicho.

—Milord, eres un niño grande.

—Mmm-hmm —asintió él, con la cabeza prácticamente colgando hacia un lado—. ¿Te importa si me estiro en el suelo? Te resultará más fácil.

Miranda se preguntó cómo había conseguido manipularla para que le hiciera un masaje en la espalda encima de la alfombra. Aunque a ella también le gustaba. Le encantaba tocarlo, le encantaba memorizar las formas de su cuerpo. Sonriendo, le sacó la camisa de la cintura de los pantalones y deslizó las manos debajo para acariciarle la piel. Era cálida y sedosa, y ella no pudo evitar rozarlo, sólo para sentir aquella suavidad dorada que era tan propia de él.

—Ojalá me masajearas la espalda —se oyó decir en voz alta. Hacía semanas que no se tendía sobre el estómago.

Turner volvió la cabeza para que Miranda le viera la cara y sonrió. Y luego, con un pequeño gruñido, se sentó.

—Siéntate —le dijo, con suavidad, mientras la giraba para poder masajearle la espalda.

Era una sensación celestial.

—Oh, Turner —suspiró—. Me encanta.

Él hizo un ruido extraño, y ella se volvió lo mejor que pudo para verle la cara.

—Lo siento —dijo, con una mueca, cuando vio el deseo y la contención en sus ojos—. Si te sirve de consuelo, yo también te echo de menos.

Él la abrazó, con toda la fuerza posible sin hacerle daño en la barriga.

—No es culpa tuya, minina.

—No, ya lo sé, pero igualmente lo siento. Te echo mucho de menos. —Bajó la voz—. A veces, estás tan dentro de mí que es como si me estuvieras acariciando el corazón. Es lo que más echo de menos.

—No digas esas cosas —dijo él, con un tono áspero.

—Lo siento.

—Y, por el amor de Dios, deja de disculparte.

Miranda casi se echó a reír.

—Lo… No, lo retiro. No lo siento. Pero sí que siento que…
que estés en este estado. No me parece justo.

—Es más que justo. De este modo, tendré una esposa sana
y un bebé precioso. Y sólo tengo que aguantarme unos meses.

—Pero no deberías tener que hacerlo —murmuró ella, su-
gerente, deslizando la mano hasta los botones de los pantalones—. No deberías tener que hacerlo.

—Miranda, para. No podré soportarlo.

—No deberías tener que hacerlo —repitió ella, mientras le
levantaba la camisa, dejaba el pecho al descubierto y le besaba
el estómago.

—¿Qué…? Oh, Dios, Miranda —gimió Turner.

Ella deslizó los labios más abajo.

—¡Oh, Dios! ¡Miranda!

7 de mayo de 1820

Soy una descarada.
    Pero mi marido no se queja.

Capítulo 18

Al día siguiente, Turner plantó un delicado beso en la frente de su esposa.

—¿Seguro que estarás bien sin mí?

Miranda tragó saliva y asintió, mientras contenía las lágrimas que había jurado que no derramaría. El cielo todavía estaba oscuro, pero Turner había decidido marcharse pronto a Londres. Ella estaba sentada en la cama, con las manos apoyadas en la barriga mientras lo miraba vestirse.

—Tu ayuda de cámara se enfurecerá —dijo ella, intentando tomarle el pelo—. Sabes que piensa que no sabes vestirte solo.

Vestido únicamente con los pantalones, Turner se acercó a ella y se sentó en el borde de la cama.

—¿Estás segura de que no te importa que me vaya?

—Claro que me importa. Preferiría tenerte aquí. —Dibujó una sonrisa insegura—. Pero estaré bien. Y seguramente haré muchas más cosas sin ti aquí distrayéndome.

—¿Ah, sí? ¿Tanto te distraigo?

—Mucho, aunque… —Sonrió, tímida—. Últimamente no puedo «distraerme» demasiado.

—Mmm. Triste, pero cierto. Por desgracia, yo estoy distraído todo el tiempo. —Le tomó la barbilla entre los dedos y le dio un beso tierno y apasionado—. Cada vez que te veo —murmuró.

—¿Cada vez? —preguntó ella, recelosa.

Él asintió con solemnidad.

—Pero si parezco una vaca.

—Mmm-hmm. —No separó los labios de ella—. Pero una vaca muy atractiva.

—¡Serás malo! —Ella se separó y le dio un puñetazo en el hombro.

Él sonrió como un niño travieso.

—Por lo visto, este viaje a Londres será beneficioso para mi salud. O, al menos, para mi cuerpo. Suerte que no me salen moretones con facilidad.

Ella hizo pucheros y le sacó la lengua.

Él chasqueó la lengua antes de levantarse y cruzar la habitación.

—Veo que la maternidad no conlleva madurez.

La almohada de Miranda voló por los aires.

Turner volvió a su lado en un instante y se tendió junto a ella, pegado a su cuerpo.

—Quizá debería quedarme, aunque sólo sea para controlarte.

—Quizá sí que deberías.

Turner le dio un beso, esta vez sin esconder la pasión y la emoción.

—¿Te he dicho —murmuró mientras sus labios exploraban las llanuras de su rostro—, lo mucho que adoro estar casado contigo?

—Ho-Hoy no.

—Todavía es pronto. Seguro que me disculpas por el lapsus. —Le tomó el lóbulo de la oreja entre los dientes—. Estoy seguro de que ayer te lo dije.

Y el día anterior, se dijo Miranda con amargura. Y el otro también, pero nunca le había dicho que la quería. ¿Por qué siempre era «Me encanta estar contigo» y «Me gusta hacer cosas contigo» y nunca «Te quiero»? De hecho, ni siquiera se atrevía a decir «Te adoro». Obviamente, «Adoro estar casado contigo» era mucho más seguro.

Turner reconoció la melancolía en su mirada.

—¿Pasa algo, minina?

—No, no —mintió ella—. Nada. Es que… Te echaré de menos, eso es todo.

—Yo también te echaré de menos. —Le dio un último beso y se levantó para ponerse la camisa.

Miranda lo observó mientras iba de un lado a otro de la habitación, recogiendo sus cosas. Debajo de la colcha, tenía los puños cerrados retorciendo la sábana. Turner no iba a decir nada a menos que ella lo dijera antes. ¿Por qué iba a hacerlo? Estaba perfectamente contento con el estado actual de las cosas. Ella tendría que forzar el asunto, pero tenía tanto miedo… tanto miedo de que no la abrazara y le dijera que tenía tantas ganas de que le volviera a decir que lo quería. Pero, sobre todo, temía que él tragara saliva, incómodo, y dijera algo que empezara por: «Ya sabes lo mucho que me gustas, Miranda…»

La idea era tan aterradora que se estremeció y suspiró temerosa.

—¿Seguro que estás bien? —le preguntó Turner, preocupado.

Sería tan fácil mentirle. Unas palabras y se quedaría a su lado, abrazándola por la noche y besándola con tanta ternura que casi podía engañarse y creer que la quería. Pero si había algo que querían establecer entre ellos era la verdad, así que asintió.

—Estoy bien, Turner. Me he estremecido porque me he despertado muy temprano. Creo que todavía tengo el cuerpo dormido.

—Es que deberías estar durmiendo. No quiero que hagas ningún esfuerzo mientras no esté. Darás a luz en menos de dos meses.

Ella sonrió con ironía.

—Dudo que pueda olvidarlo, te lo aseguro.

—Perfecto. Al fin y al cabo, ahí dentro está mi hijo. —Turner se puso el abrigo y se inclinó para darle un beso de despedida.

—También es mi hijo.

—Mmm, ya lo sé. —Se irguió, listo para marcharse—. Por eso ya quiero tanto a nuestra hija.

—¡Turner!

Él se volvió. La voz de Miranda había sonado extraña, casi temerosa.

—¿Qué pasa, Miranda?

—Sólo quería decirte… Bueno, que quería que supieras…

—¿Qué, Miranda?

—Sólo quería que supieras que te quiero. —Las palabras le salieron de la boca casi a trompicones, como si tuviera miedo de que, si iba más despacio, se echaría atrás.

Turner se quedó inmóvil y tuvo la sensación de que su cuerpo no era suyo. Lo había estado esperando, ¿no? ¿Y no era algo bueno? ¿No quería su amor?

La miró a los ojos y podía oír lo que Miranda estaba pensando… «No me rompas el corazón, Turner. Por favor, no me rompas el corazón.»

Turner abrió la boca. Durante los últimos meses, se había dicho que quería que Miranda volviera a decírselo, pero ahora que lo había hecho, notaba como un nudo alrededor de la garganta. No podía respirar. No podía pensar. Y estaba claro que no podía ver con claridad, porque lo único que veía eran esos enormes ojos marrones que lo estaban mirando desesperados.

—Miranda, yo… —Se atragantó con sus propias palabras. ¿Por qué no podía decirlo? ¿Acaso no lo sentía? ¿Por qué era tan difícil?

—Turner, no —dijo ella, con la voz temblorosa—. No digas nada. Olvídalo.

Turner tenía un nudo en la garganta, pero consiguió decir:

—Sabes lo mucho que te aprecio.

—Pásatelo bien en Londres.

La voz de Miranda fue devastadoramente inexpresiva, y Turner sabía que no podía dejarla así.

—Miranda, por favor.

—¡No me hables! —gritó ella—. ¡No quiero oír tus excusas, ni tus tópicos! ¡No quiero oír nada!

«Excepto "Te quiero".»

Aquellas palabras implícitas quedaron en el aire, flotando entre ellos. Turner notaba que Miranda se alejaba cada vez más de él y se sentía impotente a la hora de detener el abismo que se estaba abriendo entre ellos. Sabía lo que tenía que hacer, y no debería ser tan difícil. Sólo eran dos palabras, por el amor de Dios. Y quería decirlas. Y, aunque sabía que estaba al borde del precipicio, no se atrevía a dar ese paso adelante.

No era racional. No tenía sentido. No sabía si tenía miedo de quererla o de que ella lo quisiera. De hecho, no sabía ni si estaba asustado. Quizá sólo estaba muerto por dentro;

quizá su corazón había quedado demasiado destrozado después de su primer matrimonio y no podía comportarse de forma lógica y normal.

—Cariño —empezó a decir, mientras intentaba pensar en algo que la pudiera volver a hacer feliz. O, si era imposible, al menos disipar un poco la devastación de su mirada.

—No me llames así —dijo, en voz tan baja que Turner casi no la oyó—. Llámame por mi nombre.

Turner quería gritar. Quería chillar. Quería sacudirla por los hombros y hacerle entender que él no lo entendía. Sin embargo, como no sabía hacer nada de eso, se limitó a asentir y dijo:

—Te veré dentro de unas semanas.

Ella asintió. Una vez. Y luego apartó la mirada.

—Eso espero.

—Adiós —dijo él, en voz baja. Salió de la habitación y cerró la puerta.

—Puedes hacer muchas cosas con el verde —dijo Olivia, mientras acariciaba las cortinas deshilachadas del salón del ala oeste—. Es un color que siempre te ha quedado bien.

—No pienso ponerme las cortinas —respondió Miranda.

—Lo sé, pero una siempre quiere tener el mejor aspecto posible en el salón de una, ¿no crees?

—Sí, imagino que es lo que una quiere —respondió Miranda, burlándose del tono elegante de Olivia.

—Para. Si no querías mi consejo, no deberías haberme invitado. —Olivia dibujó una sonrisa burlona—. Pero me alegro de que lo hicieras. Te he echado muchísimo de menos, Miranda.

Haverbreaks es muy aburrido en invierno. Fiona Bennet no deja de enviarme invitaciones.

—Algo terrible —asintió Miranda.

—Estoy tentada de aceptar alguna de ellas, aunque sólo sea por aburrimiento.

—No lo hagas.

—¿Todavía estás enfadada con ella por el incidente con la cinta del pelo en la fiesta de mi décimo primer cumpleaños?

Miranda levantó la mano y acercó los dedos pulgar e índice, de modo que casi se tocaban.

—Sólo un poquito.

—Dios mío, olvídate ya de eso. Al fin y al cabo, te has quedado con Turner. Y delante de nuestras narices. —Olivia todavía estaba un poco resentida por el hecho de que su hermano y su mejor amiga hubieran establecido una relación sin que ella lo supiera—. Aunque debo añadir que es muy desconsiderado por su parte marcharse a Londres y dejarte aquí sola.

Miranda dibujó una sonrisa forzada mientras retorcía la tela de la falda.

—No es tan terrible —murmuró.

—Pero sales de cuentas dentro de muy poco —protestó Olivia—. No debería haberte dejado sola.

—No lo ha hecho —añadió Miranda, con firmeza, para intentar cambiar de tema—. Estás aquí, ¿no?

—Sí, claro, y me quedaría hasta el parto, si pudiera, pero mamá dice que no es adecuado para una señorita soltera.

—No se me ocurre nada más adecuado —respondió Miranda—. Te encontrarás en esta misma situación dentro de unos años.

—Antes necesito un marido —le recordó Olivia.

—No creo que tengas muchos problemas. ¿Cuántas proposiciones has recibido este año? ¿Seis?

—Ocho.

—Entonces, no te quejes.

—No me quejo, es que… Da igual. Mamá dice que puedo quedarme en Rosedale, pero no contigo.

—Las cortinas —le recordó Miranda.

—Sí, claro —respondió Olivia, que volvió a ponerse en faena—. Si tapizamos los muebles de verde, las cortinas pueden ser de un color que contraste. Quizás un secundario del color que usemos para tapizar.

Miranda asintió y sonrió cuando tocaba, pero su mente estaba muy lejos. En Londres, para ser exactos. Su marido se colaba en sus pensamientos cada segundo del día. Estaba discutiendo algo con el ama de llaves y, de repente, veía su sonrisa frente a ella. No podía terminar el libro que estaba leyendo porque el sonido de su risa flotaba hasta sus oídos. Y, por la noche, cuando casi estaba dormida, la delicada caricia de sus besos le rozaba los labios hasta que ella ansiaba su cálido cuerpo junto a ella.

—¿Miranda? ¡Miranda!

Miranda oyó que Olivia repetía su nombre con impaciencia.

—¿Qué? Uy, lo siento, Livvy. Tenía la cabeza en otro sitio.

—Ya lo sé. Estos días, está poco por Rosedale.

Miranda fingió un suspiro.

—Supongo que es el bebé. Estoy más sensiblera. —Dentro de dos meses, se dijo con dureza, no podría culpar al bebé de sus lapsos de razón, y entonces, ¿qué haría? Sonrió débilmente a Olivia—. ¿Qué querías decirme?

—Sólo quería decir que, si no te gusta el verde, podríamos redecorar el salón con tonos rosa palo. Podría ser el salón rosa. Y sería muy adecuado para Rosedale.

—¿No crees que sería demasiado femenino? —preguntó Miranda—. Turner también utiliza bastante este salón.

—Vaya. Eso sí que es un problema.

Miranda no se dio cuenta de que tenía los puños apretados hasta que se clavó las uñas en las palmas de las manos. Era curioso cómo la mera mención del nombre de su marido la enfurecía.

—Aunque, por otro lado —añadió, entrecerrando los ojos de forma peligrosa—, los tonos rosa palo siempre me han gustado mucho. Hagámoslo.

—¿Estás segura? —Ahora la que tenía dudas era Olivia—. Turner…

—A la porra Turner —la interrumpió Miranda, con la suficiente vehemencia para que su amiga arqueara las cejas—. Si hubiera querido participar en la decoración, no debería haberse ido a Londres.

—No deberías ponerte gruñona —dijo Olivia, en tono conciliador—. Seguro que te echa mucho de menos.

—Bobadas. Seguramente ni siquiera se acuerda de mí.

Lo perseguía.

Después de cuatro interminables días en el carruaje, Turner pensaba que podría apartar a Miranda de sus pensamientos cuando llegara a Londres y todas sus distracciones.

Pero se equivocaba.

Tenía su última conversación grabada en la mente, y se la repetía una y otra vez, pero siempre que intentaba cambiar sus frases, fingir que había dicho otra cosa o que había pensado decir otra cosa, todo desaparecía. El recuerdo se difuminaba y sólo quedaban los ojos de Miranda, enormes, marrones y llenos de dolor.

La culpa era una emoción desconocida para él. Quemaba, y picaba, y lo agarraba por la garganta. La ira era mucho, mucho más sencilla. La ira era limpia. Precisa. Y nunca iba dirigida a él.

Siempre iba dirigida a Leticia. Y hacia sus numerosos amantes. Pero nunca hacia él.

Esto, en cambio… Esto era otra cosa. Y no podía seguir viviendo así. Podrían volver a ser felices, ¿verdad? Estaba seguro de que había sido feliz. Y ella también. Puede que Miranda se quejara de sus fallos, pero sabía que había sido feliz.

Y se prometió que volvería a serlo. Cuando aceptara que la quería de la única forma que sabía, podrían regresar a la cómoda existencia que habían creado desde su matrimonio. Tendría al bebé y serían una familia. Le haría el amor con las manos y con los labios; con todo menos con palabras.

Ya se la había ganado una vez. Podía volver a hacerlo.

Dos semanas después, Miranda estaba sentada en su nuevo salón rosa intentando leer un libro, pero se pasaba más tiempo mirando por la ventana. Turner había enviado una nota avisando de que llegaría en los próximos días, y ella no podía evitar que el corazón se le acelerara cada vez que oía algo parecido a un carruaje acercándose por el camino.

El sol se había escondido por el horizonte antes de que ella se diera cuenta de que todavía no había pasado ni una sola página. Un lacayo preocupado le había llevado la cena que había olvidado pedir y apenas se terminó el cuenco de sopa antes de quedarse dormida en el sofá.

Unas horas después, el carruaje que llevaba horas esperando se detuvo frente a la casa y Turner, agotado del viaje aunque con ganas de ver a su mujer, bajó. Rebuscó en una de las bolsas del equipaje, sacó un paquete muy bien envuelto y dejó el resto del equipaje para que lo entraran los lacayos. Levantó la mirada y vio que en su habitación no había luz. Ojalá no estuviera dormida; no quería despertarla, pero necesitaba hablar con ella esa misma noche y arreglar las cosas.

Subió la escalinata principal mientras intentaba limpiarse el barro de las botas. El mayordomo, que lo había estado esperando casi tanto como Miranda, abrió la puerta antes de que llamara.

—Buenas noches, Brearley —dijo Turner, con amabilidad.

—Permítame que sea el primero en darle la bienvenida a casa, milord.

—Gracias. ¿Mi mujer todavía está despierta?

—Creo que está en el salón rosa, milord. Leyendo, imagino.

Turner se quitó el abrigo.

—Le encanta leer.

—Tenemos suerte de tener una señora tan cultivada —añadió Brearley.

Turner parpadeó.

—Brearley, aquí no tenemos un salón rosa.

—Ahora sí, milord. En el antiguo salón del ala oeste.

—¿Ah, sí? Así que lo ha redecorado. Me alegro por ella. Quiero que se sienta como en casa.

—Todos lo deseamos, milord.

Turner sonrió. Miranda se había labrado una gran lealtad entre el servicio de la casa. Las doncellas la adoraban.

—Voy a darle una sorpresa. —Cruzó el vestíbulo y giró a la derecha hasta lo que solía ser el salón del ala oeste. La puerta estaba ligeramente abierta, y Turner vio que había una vela encendida. Será burra. Debería saber que necesitaba más de una vela para leer.

Abrió la puerta un poco más y se asomó. Miranda estaba tendida en el sofá durmiendo, con la boca ligeramente abierta. Tenía un libro encima de la barriga y, en la mesa que había junto al sofá, había una bandeja con la cena a medias. Estaba tan preciosa e inocente que se le rompía el corazón. La había echado mucho de menos; había pensado en ella y en la amarga despedida casi cada minuto del día. Sin embargo, creía que no se había dado cuenta de lo profunda y elemental que había sido la añoranza hasta ese momento, al volver a verla con los ojos cerrados y el pecho subiendo y bajando tranquilamente mientras dormía.

Se había dicho que no la despertaría, pero eso, se autoconvenció, fue cuando creía que se la encontraría en la habitación. Tendría que despertarse para subir las escaleras, así que podía ser él quien lo hiciera.

Se acercó al sofá, apartó la bandeja de la cena, se sentó en la mesa y dejó el paquete en su regazo.

—Despierta, cariñ… —Dejó la frase inacabada cuando, con algo de retraso, recordó que ella le había ordenado que no utilizara palabras cariñosas. Le acarició el hombro—. Despierta, Miranda.

Ella parpadeó.

—¿Turner? —Estaba muy dormida.

—Hola, minina. —Daba igual que no quisiera que la llamara así. Si él quería utilizar una palabra cariñosa, lo haría y punto.

—Casi… —Bostezó—. Casi creía que ya no vendrías.

—Te dije que llegaría hoy.

—Pero los caminos…

—No estaban tan mal. —Le sonrió. La mente dormida de Miranda todavía no se había acordado de que estaba enfadada con él y él no veía ningún motivo para recordárselo. Le acarició la mejilla—. Te he echado de menos.

Ella volvió a bostezar.

—¿Sí?

—Mucho. —Hizo una pausa—. ¿Tú me has echado de menos?

—Eh… Sí. —Se dio cuenta de que mentir no le serviría de nada. Turner ya sabía que lo quería—. ¿Te lo has pasado bien en Londres? —preguntó, muy educada.

—Hubiera preferido que estuvieras allí conmigo —respondió él, y también sonó muy comedido, como si hubiera pensado sus frases antes para no ofender.

Y luego, con la misma educación:

—¿Te lo has pasado bien mientras he estado fuera?

—Olivia vino unos días.

—¿Ah, sí?

Miranda asintió. Y luego añadió:

—Sin embargo, aparte de eso, he tenido mucho tiempo para pensar.

Se produjo un largo silencio y luego:

—Entiendo.

Lo observó mientras dejaba el paquete en la mesa, se levantaba y se acercaba hasta donde estaba la vela.

—Está muy oscuro —dijo él, pero había algo forzado en el tono, y Miranda deseó poder verle la cara mientras cogía la vela para encender varias más.

—Me he dormido cuando todavía no había anochecido —le explicó ella, porque… bueno, porque parecía haber un acuerdo tácito entre los dos para mantener la cordialidad, el civismo y todo lo que implicara esquivar la realidad.

—¿Ah, sí? —respondió él—. En esta época anochece muy temprano. Debías de estar cansada.

—Agota llevar a una persona en la barriga.

Él sonrió. Por fin.

—Ya no será por mucho más tiempo.

—No, pero quiero que este último mes sea lo más tranquilo posible.

Las palabras quedaron flotando en el aire. Las había dicho a propósito y él supo interpretarlas.

—¿Qué significa eso? —le preguntó, cada palabra en un tono tan suave y preciso que Miranda no pudo ignorar su seriedad.

—Significa… —Tragó saliva nerviosa, deseando estar de pie con los brazos en jarra, o cruzados o cualquier otra cosa en lugar de aquella postura tan vulnerable: tendida en el sofá—. Significa que no puedo seguir como estábamos antes.

—Pensaba que éramos felices —dijo él, con cautela.

—Lo éramos. Lo era. Bueno… pero no lo era.

—Lo eras o no lo eras, minina. Una cosa o la otra.

—Las dos —respondió ella, al tiempo que odiaba el tono definitivo de su voz—. ¿No lo entiendes? —Y, entonces, lo miró—. No, ya veo que no.

—No sé qué quieres que haga —dijo él, pero los dos sabían que mentía.

—Necesito saber en qué situación estoy contigo, Turner.

—¿En qué situación estás conmigo? —repitió él, incrédulo—. ¿En qué situación estás conmigo? Maldita sea, eres mi mujer. ¿Qué más necesitas saber?

—¡Necesito saber que me quieres! —exclamó ella, levantándose como pudo. Él no dijo nada. Se quedó allí de pie, con un músculo temblándole en la mejilla, así que ella añadió—: O que no me quieres.

—¿Qué diablos significa eso?

—Significa que quiero saber qué sientes, Turner. Quiero saber qué sientes por mí. Si no… Si no… —Cerró los ojos y apretó los puños, intentando averiguar lo que quería decir—. No importa si te da igual —dijo, al final—, pero tengo que saberlo.

—¿De qué diantres estás hablando? —Se pasó la mano por el pelo—. Te digo que te adoro cada minuto del día.

—No me dices que me adoras. Me dices que adoras estar casado conmigo.

—¿Y cuál es la diferencia? —gritó él.

—Quizá sólo adoras estar casado.

—¿Después de Leticia? —le espetó él.

—Lo siento —rectificó ella, porque lo sentía. Pero sólo eso. No el resto—. Hay una diferencia —añadió, en voz baja—. Una gran diferencia. Quiero saber si me quieres, no sólo cómo que te hago sentir.

Turner apoyó las manos en el alféizar de la ventana y apretó con fuerza mientras miraba por la ventana. Ella sólo le veía la espalda, pero lo oyó perfectamente cuando dijo:

—No sé de qué estás hablando.

—No quieres saberlo —dijo ella—. Tienes miedo de pensarlo. Estás…

Turner se dio la vuelta y la silenció con una mirada severa como jamás había visto. Ni siquiera aquella primera noche cuando la besó por primera vez, cuando estaba sentado solo en el despacho, emborrachándose después de enterrar a Leticia.

Avanzó hacia ella, con movimientos lentos y furiosos.

—No soy un marido dominante, pero mi benevolencia no incluye que me llames cobarde. Elige tus palabras con más cuidado, esposa.

—Y tú elige tus actitudes con más cuidado —respondió ella, resentida por su tono sarcástico—. No soy una estúpida… —el cuerpo entero le temblaba mientras buscaba las palabras—, muñeca a la que puedas tratar como si no tuviera cerebro.

—Oh, por el amor de Dios, Miranda. ¿Cuándo te he tratado así? ¿Cuándo? Dímelo porque siento mucha curiosidad.

Miranda titubeó porque no podía responder a su desafío. Al final, dijo:

—No me gusta que me hablen en tono altanero, Turner.

—Entonces, no me provoques. —Su tono se acercó peligrosamente al altanero.

—¿Que no te provoque? —respondió ella con incredulidad, avanzando hacia él—. ¡No me provoques tú!

—No he hecho nada, Miranda. Primero somos increíblemente felices y, al cabo de un segundo, te abalanzas sobre mí hecha una furia, me acusas de Dios sabe qué terrible crimen y…

Se calló cuando notó que los dedos de Miranda se aferraban a sus antebrazos.

—¿Creías que éramos increíblemente felices? —susurró.

Por un momento, cuando la miró, era casi como si estuviera sorprendido.

—Por supuesto —dijo—. Te lo decía todo el tiempo. —Pero entonces se sacudió, puso los ojos en blanco y la apartó—. Ah, pero me olvidaba. Todo lo que he hecho y dicho… nada importa. No quieres saber que soy feliz contigo. Sólo quieres saber qué siento.

Y entonces, porque no podía callárselo, Miranda susurró:

—¿Y qué sientes?

Fue como si lo pinchara con un alfiler. Hasta ahora era todo movimiento y energía, con las palabras saliendo burlonas de su boca y ahora… Ahora se quedó inmóvil, sin hacer ruido, mirándola como si acabara de liberar a Medusa en su salón.

—Miranda, yo…, yo…

—¿Tú qué, Turner? ¿Tú qué?

—Yo… Jesús, Miranda, esto no es justo.

—No puedes decirlo. —Se le llenaron los ojos de horror.

Hasta ese momento, había mantenido la esperanza de que un día lo soltaría, de que quizá le estaba dando demasiadas vueltas a todo y que, llegado el momento adecuado, cuando estuvieran en un punto de pasión álgida, las palabras saldrían de su boca y se daría cuenta de que la quería.

—Dios mío —suspiró Miranda. La pequeña parte de su corazón que siempre había creído que acabaría queriéndola explotó y murió en el espacio de un segundo, resquebrajando también su alma—. Dios mío —repitió—. No puedes decirlo.

Turner vio el vacío en sus ojos y supo que la había perdido.

—No quiero hacerte daño —dijo, sin convicción.

—Es demasiado tarde —contestó ella, en un tono ahogado mientras se dirigía lentamente hacia la puerta.

—¡Espera!

Se paró y se dio la vuelta.

Turner se agachó y recogió el paquete que había traído.

—Toma —dijo, casi inexpresivo—. Te he comprado esto.

Miranda aceptó el paquete y le miró la espalda mientras él salía del salón. Con las manos temblorosas, lo desenvolvió. *Le Morte d'Arthur*. El mismo ejemplar que tanto le había gustado en la librería de caballeros.

—Oh, Turner —susurró—. ¿Por qué tienes que hacer algo tan dulce? ¿Por qué no puedes dejar que te odie?

Muchas horas después, mientras secaba el libro con un pañuelo, se dijo que ojalá las lágrimas saladas no estropearan la tapa de piel de forma permanente.

7 de junio de 1820

Lady Rudland y Olivia han llegado hoy para esperar el nacimiento de «el heredero», como lo llaman en la familia Bevelstoke. El doctor no cree que dé a luz hasta dentro de un mes, pero lady Rudland dice que no quería correr riesgos.

Estoy segura de que se han fijado en que Turner y yo ya no compartimos habitación. No es habitual que los matrimonios lo hagan, pero la última vez que estuvieron aquí dormíamos en la misma habitación y segu-

ro que se preguntan qué ha provocado la separación. Ya hace dos semanas que saqué mis cosas y me fui a otra habitación.

Mi cama está vacía y fría. Lo odio.

Ni siquiera me hace ilusión el nacimiento del bebé.

Capítulo 19

Las semanas que siguieron fueron horribles. Turner hacía que le llevaran la comida al despacho porque sentarse frente a Miranda durante más de una hora cada noche era más de lo que podía soportar. Esta vez la había perdido y era una agonía mirarla a los ojos y verlos vacíos y desprovistos de emoción.

Si Miranda era incapaz de sentir nada más, él sentía demasiado.

Estaba furioso con ella por ponerlo en la situación de obligarlo a admitir unos sentimientos que no estaba seguro de sentir.

Le daba rabia que hubiera decidido sacrificar su matrimonio después de decidir que no había pasado una especie de prueba que le había propuesto.

Se sentía culpable por haberla hecho tan infeliz. Estaba confundido porque no sabía cómo tratarla y le daba miedo no poder volver a ganársela.

Estaba enfadado consigo mismo por ser incapaz de decirle que la quería y le parecía inadecuado que ni siquiera supiera decidir si estaba enamorado.

Pero, sobre todo, se sentía solo. Añoraba a su mujer. La echaba de menos, a ella, sus comentarios divertidos y las expresiones peculiares. De vez en cuando, se cruzaban por el pasillo y él se obligaba a mirarla a la cara, intentando ver un destello de la mujer con quien se había casado. Pero ya no estaba. Miranda era otra mujer. Parecía que ya no le importaba nada.

Su madre, que se había instalado en Rosedale hasta el nacimiento del bebé, lo había buscado una día para decirle que Miranda apenas comía. Él había maldecido entre dientes. Miranda tenía que darse cuenta de que aquello no era bueno. Sin embargo, no se atrevió a buscarla y hacerla entrar en razón. Se limitó a dar órdenes a varias doncellas para que la vigilaran.

Lo informaban a diario, normalmente, a primera hora de la noche, cuando estaba sentado en el despacho, disfrutando del alcohol y los inevitables efectos posteriores. Esa noche no era distinta; iba por el tercer brandy cuando oyó que alguien llamaba a la puerta.

—Adelante.

Para su gran sorpresa, vio que quien entró era su madre.

Asintió con educación.

—Imagino que has venido a sermonearme.

Lady Rudland se cruzó de brazos.

—¿Y por qué crees que debería sermonearte?

Él sonrió sin ganas.

—¿Por qué no me lo dices tú? Estoy seguro de que tienes una larga lista.

—¿Has visto a tu mujer esta semana? —le preguntó.

—No, creo que no la he… Espera un momento. —Se bebió un trago de brandy—. Hace unos días que nos cruzamos por el pasillo. El martes, creo que fue.

—Está embarazada de más de ocho meses, Nigel.

—Te prometo que lo sé.

—Eres un canalla por dejarla sola en estos momentos.

Turner se bebió otro sorbo.

—Para que quede claro, fue ella quien me dejó, no al revés. Y no me llames Nigel.

—Te llamaré como me plazca, maldita sea.

Turner arqueó las cejas ante el primer improperio que él había oído de los labios de su madre.

—Felicidades, ya te has rebajado a mi nivel.

—¡Dame eso! —Se abalanzó sobre él y le quitó el vaso de las manos. El líquido ámbar cayó sobre la mesa—. Me has decepcionado, Nigel. Eres tan desgraciado como cuando estabas casado con Leticia. Eres odioso, rudo... —Se interrumpió cuando él la agarró con fuerza por la muñeca.

—No cometas el error de comparar a Miranda con Leticia —dijo, amenazante.

—¡No lo he hecho! —Ella abrió los ojos, sorprendida—. Nunca se me ocurriría hacerlo.

—Perfecto. —La soltó de repente y se dirigió hacia la ventana. El paisaje estaba tan triste y desolado como su humor.

Su madre se quedó callada un buen rato, pero al final le preguntó:

—¿Cómo pretendes salvar tu matrimonio, Turner?

Él suspiró, cansado.

—¿Por qué estás tan segura de que soy yo quien tiene que salvarlo?

—Por el amor de Dios, sólo hay que mirarla. Es obvio que está enamorada de ti.

Los dedos de Turner se aferraron al alféizar de la ventana hasta que se le quedaron los nudillos blancos.

—Pues yo no he notado ninguna señal de enamoramiento, últimamente.

—¿Cómo ibas a notarla? Hace semanas que no la ves. Espero, por tu bien, que no hayas matado lo que esa chica sentía por ti.

Turner no dijo nada. Sólo quería que la conversación terminara.

—No es la misma de hace unos meses —continuó su madre—. Era tan feliz. Habría hecho cualquier cosa por ti.

—Las cosas cambian, madre —dijo él, muy tenso.

—Y pueden volver a cambiar —dijo lady Rudland, con la voz suave aunque insistente—. Ven a cenar con nosotras esta noche. Se me hace muy raro comer sin ti.

—Conmigo será mucho más raro, te lo prometo.

—Deja que sea yo quien lo decida.

Turner se quedó de pie y respiró hondo mientras se estremecía. ¿Su madre tenía razón? ¿Podían Miranda y él resolver sus diferencias?

—Leticia todavía está en esta casa —dijo su madre, con delicadeza—. Déjala ir. Deja que Miranda te cure. Si le das la oportunidad, lo hará.

Notó la mano de su madre en el hombro pero no se volvió, era demasiado orgulloso para dejarle ver la cara de su dolor.

La primera punzada de dolor en la barriga llegó una hora antes de bajar a cenar. Sorprendida, se colocó la mano encima del estómago. El doctor le había dicho que, seguramente, daría a luz dentro de dos semanas.

—Bueno, pues parece que vas a salir antes —dijo, con mucho amor—. Pero aguanta hasta después de la cena, ¿te parece? Tengo hambre. Hace semanas que no tengo apetito y necesito comer.

El bebé le dio una patada a modo de respuesta.

—O sea, que así es como van a ser las cosas, ¿no? —susurró Miranda, dibujando una sonrisa por primera vez en semanas—. Vamos a hacer un trato. Me dejas cenar tranquila y prometo no llamarte Ifigenia.

Otra patada.

—Si eres una niña, claro. Si eres niño, prometo no llamarte... ¡Nigel! —Se rió, y el sonido le resultó desconocido y... agradable—. Prometo no llamarte Nigel.

El bebé se quedó tranquilo.

—Perfecto. Ahora, si te parece, nos vestiremos.

Miranda llamó a la doncella y, una hora después, bajó las escaleras hacia el comedor, agarrándose con fuerza a la baranda. No estaba segura de por qué no quería decirle a nadie que el bebé ya estaba en camino; quizá sólo era su habitual tendencia a evitar protagonismos. Además, excepto por un fuerte dolor cada diez minutos, más o menos, se encontraba bien. No quería que la metieran en la cama y no la dejaran moverse. Sólo esperaba que el bebé se esperara hasta después de la cena. El parto tenía una parte embarazosa y no quería descubrir el porqué encima de la mesa del comedor.

—Ah, ya estás aquí —dijo Olivia—. Íbamos a tomar algo en el salón rosa. ¿Nos acompañas?

Miranda asintió y siguió a su amiga.

—Estás un poco rara, Miranda —añadió Olivia—. ¿Te encuentras bien?

—Sólo enorme, gracias.

—Bueno, dentro de poco ya estarás como siempre.

Antes de lo que todos se imaginaban, se dijo ella con ironía.

Lady Rudland le ofreció un vaso de limonada.

—Gracias —dijo Miranda—. Estoy sedienta. —Olvidándose de cualquier norma de etiqueta, se lo bebió de un trago. Lady Rudland no dijo nada mientras le llenaba el vaso otra vez. Miranda se lo bebió casi igual de deprisa—. ¿Estará lista la cena? —preguntó—. Tengo mucha hambre. —Aunque aquello sólo era la mitad de la historia. Si tardaban mucho más, tendría a su hijo en la mesa del comedor.

—Seguro que sí —respondió lady Rudland, ligeramente sorprendida por la urgencia de Miranda—. Adelante. Al fin y al cabo, es tu casa, Miranda.

—Sí que lo es —ladeó la cabeza, se agarró la barriga con las dos manos, como si así pudiera frenar lo inevitable, y salió al pasillo.

Chocó con Turner.

—Buenas noches, Miranda.

Tenía una voz grave y profunda, y Miranda notó mariposas en el estómago.

—Espero que estés bien —añadió él.

Ella asintió mientras intentaba no mirarlo. Llevaba un mes entrenándose para no derretirse en una piscina de deseo y anhelo cada vez que lo veía. Había aprendido a ponerse una máscara de pasividad fingida. Todos sabían que Turner la había destrozado, pero no quería que lo vieran cada vez que entraba en una sala.

—Disculpa —murmuró ella, mientras pasaba por su lado en dirección al comedor.

Turner la tomó del brazo.

—Permíteme que te acompañe, minina.

El labio inferior de Miranda empezó a temblar. ¿Qué intentaba hacer? Si no estuviera tan confusa, o tan embarazada, seguramente habría intentado soltarse, pero, en su situación, calló y dejó que la acompañara hasta la mesa.

Turner no dijo nada durante los primeros platos, y a Miranda le pareció perfecto, porque estaba encantada de evitar la conversación en favor de la comida. Lady Rudland y Olivia intentaron intercambiar alguna palabra con ella, pero siempre conseguía tener la boca llena. Se evitó tener que responder masticando, tragando y luego, murmuraba:

—Es que estoy hambrienta.

Eso funcionó durante los tres primeros platos, hasta que el bebé dejó de colaborar. Creía que había conseguido no reaccionar a los dolores, pero debió de gimotear, porque Turner se volvió directamente hacia ella y le preguntó:

—¿Sucede algo?

Ella sonrió lánguidamente, masticó, tragó y murmuró:

—No. Es que estoy hambrienta.

—Ya lo vemos —dijo Olivia, muy seca, con lo que se ganó una mirada de reprobación de su madre.

Miranda se comió otro bocado del pollo con almendras y volvió a gemir. Esta vez, Turner estaba seguro de que lo había visto.

—Has hecho un ruido —dijo, con firmeza—. Te he oído. ¿Qué te pasa?

Ella masticó y tragó.

—Nada. Pero tengo hambre.

—Quizás estás comiendo demasiado deprisa —sugirió Olivia.

Miranda se aferró a la excusa como a un clavo ardiendo.

—Sí, sí, debe ser eso. Iré más despacio. —Por suerte, la conversación cambió de signo cuando lady Rudland le echó en cara a Turner una de las leyes que, recientemente, había apoyado en el parlamento. Miranda estaba encantada de que su marido se concentrara en otra cosa; la había estado observando muy de cerca y cada vez era más difícil mantener el gesto sereno cuando notaba una contracción.

Otra punzada de dolor en la barriga y, esta vez, perdió la paciencia.

—Para ya —susurró, dirigiéndose a su barriga—. O te prometo que te pondré Ifigenia.

—¿Has dicho algo, Miranda? —preguntó Olivia.

—No, no. No creo.

Pasaron varios minutos y notó otra contracción.

—Que pares, Nigel —susurró—. Hemos hecho un trato.

—Ahora seguro que has dicho algo —dijo Olivia, muy directa.

—¿Acabas de llamarme Nigel? —preguntó Turner.

Miranda se dijo que era curioso cómo llamarlo Nigel parecía molestarle más que el hecho de que ella ya no durmiera en la misma cama que él.

—Claro que no. Te lo estás imaginando. Pero sí que estoy cansada. Si no os importa, creo que iré a acostarme. —Empezó a levantarse, pero entonces notó cómo un líquido caliente le resbalaba por las piernas y volvió a sentarse—. Bueno, quizá me esperaré al postre.

Lady Rudland se levantó de la mesa, porque dijo que estaba siguiendo un régimen de adelgazamiento y no podía soportar ver cómo todos se comían el pudín. Aquella baja provocó que a Miranda le resultara más difícil evitar la conversación, pero hizo lo que pudo, fingiendo estar muy concentrada en la comida y rezando para que nadie le hiciera una pregunta. Al final, la cena se terminó. Turner se levantó, se acercó hasta ella y le ofreció el brazo para levantarse.

—No, creo que me quedaré aquí sentada un momento. Estoy un poco cansada. —Notó una punzada de dolor que le subía por el cuello. Cielo santo, nadie había escrito jamás un libro de etiqueta para cuando un bebé quería nacer en mitad de una cena formal. Miranda estaba muy nerviosa y tenía tanto miedo que no podía ni levantarse de la silla.

—¿Quieres otra ración? —El tono de Turner fue muy seco.

—Sí, por favor —respondió ella, con la voz ahogada.

—Miranda, ¿seguro que te encuentras bien? —preguntó Olivia mientras Turner llamaba a un lacayo—. Estás muy rara.

—Ve a buscar a tu madre —dijo, como pudo—. Ahora.

—¿Es…?

Miranda asintió.

—Madre mía —dijo Olivia, tragando saliva—. Ha llegado la hora.

—¿Qué hora? —preguntó Turner, irritado. Y luego vio la expresión aterrada de Miranda—. Por los clavos de Cristo. Esa hora. —Cruzó el comedor y levantó a su mujer en brazos, ignorando el hecho de que la falda empapada le estaba manchando la delicada chaqueta.

Miranda se aferró a su poderoso cuerpo, olvidándose de todos sus propósitos de indiferencia. Escondió la cara en el hueco del cuello y dejó que su fuerza se apoderara de ella. Iba a necesitarla en las próximas horas.

—Serás estúpida —murmuró él—. ¿Cuánto rato llevas ahí sentada con dolores?

Miranda no respondió porque sabía que con la verdad sólo conseguiría que la riñera.

Turner la subió por las escaleras hasta una habitación de invitados que se había preparado especialmente para el parto. En cuanto la dejó en la cama, lady Rudland llegó corriendo.

—Muchas gracias, Turner —dijo, apresurada—. Ve a buscar al doctor.

—Ya se ha encargado Brearley —respondió Turner, que estaba mirando a Miranda con preocupación.

—Bueno, entonces, mantente ocupado con algo. Tómate un trago de algo.

—No tengo sed.

Lady Rudland suspiró.

—¿Tengo que deletreártelo, hijo? Fuera.

—¿Por qué? —preguntó el, incrédulo.

—Los hombres no tienen sitio en un parto.

—Pues sí que tuve sitio en la concepción —farfulló él.

Miranda se sonrojó.

—Turner, por favor —le suplicó.

Él la miró.

—¿Quieres que me vaya?

—Sí. No. No lo sé.

Él puso los brazos en jarras y se encaró a su madre.

—Creo que debería quedarme. También es mi hijo.

—Está bien. Vete a ese rincón y no molestes —lady Rudland agitó los brazos para alejarlo de la cama.

Otra contracción sacudió a Miranda.

—Aaahhh —gritó.

—¿Qué ha sido eso? —Turner corrió a su lado en una milésima de segundo—. ¿Es normal? ¿No debería estar...?

—¡Turner, cállate! —dijo lady Rudland—. Vas a ponerla nerviosa. —Se volvió hacia Miranda y le presionó la frente con un trapo húmedo—. No le hagas caso. Es perfectamente normal.

—Lo sé. Es que… —Hizo una pausa para recuperar el aliento—. ¿Podríais sacarme el vestido?

—Madre mía, pues claro. Lo siento mucho. Me había olvidado por completo. Debes estar muy incómoda. Turner, ven aquí y échame una mano.

—¡No! —exclamó Miranda, de repente.

Él se detuvo en seco y se le congeló la sangre.

—Bueno, quiero decir que lo hagas tú o que lo haga él —explicó Miranda a su suegra—, pero no los dos.

—No sabes lo que dices —dijo lady Rudland, tranquilizándola—. No piensas con claridad.

—¡No! Si quieres, puede hacerlo Turner porque ya… me ha visto antes. O puedes hacerlo tú porque eres una mujer. Pero no quiero que me veas mientras él me ve. ¿No lo entiendes? —Se aferró con todas sus fuerzas al brazo de la mujer mayor.

En la esquina, Turner contuvo una sonrisa.

—Te dejo que hagas los honores, madre —dijo, intentando mantener la voz inflexiva para evitar echarse a reír. Asintió y salió de la habitación. Se obligó a llegar a mitad del pasillo antes de reírse. Menudos escrúpulos más extraños tenía su mujer.

En la habitación, Miranda estaba apretando los dientes durante otra contracción mientras lady Rudland le quitaba el vestido.

—¿Se ha ido? —preguntó. Lo creía capaz de asomarse por la puerta.

Su suegra asintió.

—Ya no nos molestará.

—No molesta —dijo Miranda, antes de poder pensárselo mejor.

—Por supuesto que sí. Los hombres no pintan nada en un alumbramiento. Es sucio, es doloroso y ninguno sabe cómo ser de utilidad. Es mejor dejar que esperen fuera y reflexionen sobre todas las maneras en que pueden recompensarte por tu trabajo duro.

—Me ha comprado un libro —susurró Miranda.

—¿Ah, sí? Yo estaba pensando en diamantes.

—Eso también me gustaría —respondió Miranda, debilitada.

—Dejaré caer alguna indirecta. —Lady Rudland terminó de desvestirla y de ponerle el camisón, y ahuecó las almohadas que tenía detrás de la cabeza—. Ya está. ¿Estás cómoda?

Otra contracción.

—No mucho —dijo, entre dientes.

—¿Ha sido otra contracción? —le preguntó lady Rudland—. Dios mío. Vienen muy seguidas. Quizá sea un parto extraordinariamente rápido. Espero que el doctor Winters llegue a tiempo.

Miranda apretó los dientes durante la ola de dolor y asintió.

Lady Rudland la tomó de la mano y se la apretó, con un gesto de compasión en la cara.

—Si te consuela, con gemelos es mucho peor.

—No —gimió Miranda.

—¿No te consuela?

—No.

Lady Rudland suspiró.

—Ya me lo imaginaba. Pero no te preocupes —añadió, alegrando la cara—. Habrá terminado muy pronto.

Veintidós horas después, Miranda quería una nueva definición de la palabra «pronto». Su cuerpo entero estaba partido de dolor, respiraba de forma entrecortada y le parecía que no le entraba aire suficiente en el cuerpo. Y las contracciones seguían llegando, cada una peor que la anterior.

—Ya viene otra —gimoteó Miranda.

Lady Rudland le empapó la frente con un trapo húmedo.

—Relájate, cariño.

—No puedo… Estoy demasiado… ¡Maldita sea! —gritó, utilizando el epíteto favorito de su marido.

En el pasillo, Turner se tensó cuando oyó el grito. Después de quitarle el vestido empapado, su madre se lo había llevado a un aparte y lo había convencido de que todos estarían más tranquilos si esperaba en el pasillo. Olivia había acercado dos sillas de un salón próximo y estaba con él, haciéndole compañía e intentando no hacer muecas de dolor cuando Miranda gritaba.

—Ésta ha sido de las fuertes —dijo, nerviosa, intentando entablar conversación.

Turner la miró. Comentario incorrecto.

—Estoy segura de que pronto habrá terminado —añadió Olivia, hablando más con la esperanza que con la certeza—. No creo que pueda empeorar mucho más.

Miranda volvió a gritar, agonizando.

—Al menos, eso creo —añadió, con un hilo de voz.

Turner dejó caer la cabeza entre las manos.

—No volveré a tocarla nunca —gruñó.

—¡No volverá a tocarme nunca! —oyeron gritar a Miranda.

—Bueno, parece que los dos estáis de acuerdo en eso —comentó Olivia. Le acarició la barbilla con los nudillos—. Anímate, hermano. Estás a punto de convertirte en padre.

—Espero que pronto —farfulló—. No creo que pueda soportarlo mucho más tiempo.

—Si tú tienes ganas de que acabe, imagínate cómo debe estar Miranda.

Él la miró con severidad. Comentario incorrecto, otra vez. Olivia cerró la boca.

En la habitación, Miranda estaba agarrando el brazo de su suegra con mucha fuerza.

—Hazlo parar —gimoteó—. Por favor, hazlo parar.

—Todo habrá terminado muy pronto, te lo aseguro.

Miranda tiró del brazo hasta que la tuvo a escasos centímetros de su cara.

—¡Dijiste lo mismo ayer!

—Disculpe, lady Rudland —era el doctor Winters, que había llegado una hora después de que empezaran los dolores—. ¿Puedo hablar con usted un momento?

—Sí, por supuesto —dijo lady Rudland, zafándose con cuidado de la mano de Miranda—. Vuelvo enseguida. Te lo prometo.

Miranda asintió y se agarró a las sábanas, porque necesitaba retorcer algo cuando las contracciones la sacudían de dolor. Giraba la cabeza de un lado a otro mientras intentaba respirar una bocanada de aire. ¿Dónde estaba Turner? ¿No se daba cuenta de que lo necesitaba a su lado? Necesitaba su calidez, su sonrisa, pero, sobre todo, necesitaba su fuerza, porque no creía que a ella le quedaran suficientes para superar aquel calvario.

Pero era muy tozuda, y orgullosa, y no quiso preguntar a lady Rudland dónde estaba. En lugar de eso, apretó los dientes e intentó no llorar de dolor.

—¿Miranda? —lady Rudland la estaba mirando con gesto preocupado—. Miranda, cariño, el doctor dice que tienes que empujar más fuerte. El bebé necesita un poco de ayuda para salir.

—Estoy demasiado cansada —gimoteó ella—. Ya no puedo más. «Necesito a Turner.» —Pero no sabía cómo decir las palabras.

—Sí que puedes. Si empujas más fuerte ahora, todo terminará más deprisa.

—No puedo… No puedo… No… ¡Ooohhh!

—Eso es, lady Turner —dijo enseguida el doctor Winters—. Empuje ahora.

—Oh. Duele. Duele.

—Empuje. Ya le veo la cabeza.

—¿Sí? —Miranda intentó levantar la cabeza.

—Shhh, no estires el cuello —dijo lady Rudland—. No verás nada, confía en mí.

—Siga empujando —dijo el doctor.

—Lo intento. Lo intento. —Miranda apretó los dientes e hizo un último esfuerzo—. ¿Es…? ¿Puede…? —Tomó varias bocanadas de aire—. ¿Qué es?

—Todavía no lo sé —respondió el doctor—. Espere. Aguante un segundo… Ya está. —Cuando salió la cabeza, el resto del cuerpo resbaló con facilidad—. Es una niña.

—¿Una niña? —preguntó Miranda. Suspiró agotada—. Claro. Turner siempre se sale con la suya.

Lady Rudland abrió la puerta y se asomó mientras el doctor se encargaba del bebé.

—¿Turner?

Él levantó la cabeza, con la cara ojerosa.

—Ya está, Turner. Es una niña. Tienes una hija.

—¿Una niña? —repitió Turner. La larga espera en el pasillo lo había agotado y después de casi un día entero de oír los gritos de dolor de su mujer, no podía creerse que hubiera terminado y que fuera padre.

—Es preciosa —dijo su madre—. Perfecta.

—Una niña —repitió, meneando la cabeza con incredulidad. Se volvió hacia su hermana, que había permanecido a su lado toda la noche—. Una niña. Olivia, ¡tengo una hija! —Y entonces, para sorpresa de ambos, la abrazó.

—Lo sé, lo sé —incluso a Olivia le costó reprimir las lágrimas.

Turner la apretó por última vez y se volvió hacia su madre.

—¿De qué color tiene los ojos? ¿Son marrones?

Lady Rudland sonrió.

—No lo sé, cariño. No me he fijado. Sin embargo, el color de los ojos de los bebés suele cambiar cuando son pequeños. No lo sabremos con seguridad hasta dentro de un tiempo.

—Serán marrones —respondió él, con firmeza.

Olivia abrió los ojos como platos cuando lo supo.

—La quieres.

—¿Eh? ¿Qué has dicho, enana?

—La quieres. Quieres a Miranda.

Era curioso, pero el nudo que le aparecía en la garganta ante esa palabra había desaparecido.

—La... —Se detuvo, con la boca abierta por la repentina sorpresa.

—La quieres —repitió Olivia.

—Creo que sí —dijo él, pensativo—. La quiero. Quiero a Miranda.

—Ya iba siendo hora de que te dieras cuenta —dijo su madre, con descaro.

Turner se dejó caer en la silla, sorprendido de lo fácil que parecía todo ahora. ¿Por qué había tardado tanto tiempo en darse cuenta? Debería haberlo visto claro como el agua. Quería a Miranda. Le gustaba todo de ella, desde las delicadas cejas arqueadas hasta sus comentarios sarcásticos y cómo ladeaba la cabeza cuando tenía curiosidad por algo. Le gustaba su ingenio, su calidez y su lealtad. Incluso le gustaba que sus ojos estuvieran ligeramente juntos. Y ahora le había dado una hija. Había estado en aquella cama, sufriendo, durante horas, y todo para darle una hija. Se le llenaron los ojos de lágrimas.

—Quiero verla. —Lo dijo tan deprisa que casi se ahoga con las palabras.

—El doctor tendrá a la niña lista enseguida —dijo su madre.

—No. Quiero ver a Miranda.

—Ah, bueno, no creo que haya ningún problema. Espera un momento. ¿Doctor Winters?

Oyeron un improperio susurrado y, enseguida el doctor dejó a la niña en los brazos de su abuela.

Turner abrió la puerta.

—¿Qué pasa?

—Está perdiendo demasiada sangre —dijo el doctor, muy serio.

Turner miró a su mujer y casi se cae al suelo. Había sangre por todas partes; parecía que brotaba de ella, y estaba muy pálida.

—Oh, Dios —dijo, con la voz ahogada—. Oh, Miranda.

«Te he tenido hoy. Todavía no sé cómo te llamas. Ni si-
quiera me han dejado tenerte en brazos. Había pensado
llamarte como mi madre. Era una mujer encantadora y
siempre me abrazaba muy fuerte antes de acostarme. Se
llamaba Caroline. Espero que a Turner le guste. No llega-
mos a hablar de nombres.

¿Estoy dormida? Oigo a todos a mi alrededor, pero pa-
rece que no puedo decirles nada. Intento recordar estas pa-
labras para escribirlas después.

Creo que estoy dormida.»

Capítulo 20

El doctor consiguió frenar la hemorragia, pero, mientras se lavaba las manos, agitaba la cabeza.

—Ha perdido mucha sangre —dijo, muy serio—. Estará muy débil.

—Pero ¿sobrevivirá? —preguntó Turner, ansioso.

El doctor Winters se encogió de hombros.

—Sólo queda esperar.

Como no le gustó la respuesta, Turner empujó al doctor y se sentó junto a la cama de su mujer. Le tomó la flácida mano y la agarró con fuerza.

—Sobrevivirá —dijo, decidido—. Tiene que sobrevivir.

Lady Rudland se aclaró la garganta.

—Doctor Winters, ¿tiene alguna idea de qué ha provocado la hemorragia?

—Ha podido ser un desgarro en el útero. Seguramente, en el momento en que la placenta se ha soltado.

—¿Y es algo habitual?

El doctor asintió.

—Me temo que tengo que irme. Hay otra mujer en esta zona que está a punto de parir y, si quiero atenderla en condiciones, tengo que descansar un poco.

—Pero Miranda… —Dejó la frase en el aire cuando miró a su nuera con miedo y desesperación.

—Ya no puedo hacer nada más por ella. Sólo podemos esperar y rezar para que su cuerpo cierre el desgarro y que no vuelva a sangrar.

—¿Y si vuelve a sangrar? —preguntó Turner, directamente.

—Si sangra, intenten detenerlo con paños limpios, como he hecho yo. Y me mandan llamar.

—Y si lo mandamos llamar, ¿hay alguna remota posibilidad de que llegue a tiempo? —preguntó Turner, resentido, cuando el dolor y el miedo pudieron más que la educación.

El doctor prefirió no responder. Se despidió con un gesto de cabeza.

—Lady Rudland. Lord Turner.

Cuando la puerta se cerró, lady Rudland cruzó la habitación para colocarse junto a su hijo.

—Turner —dijo, con suavidad—. Deberías descansar un poco. Has estado despierto toda la noche.

—Tú también.

—Sí, pero yo… —No terminó la frase. Si su marido se estuviera muriendo, querría estar con él. Le dio un beso en la cabeza—. Te dejaré a solas con ella.

Turner se volvió y la miró con un brillo peligroso en los ojos.

—¡Maldita sea, madre! No estoy aquí para despedirme. No tienes que hablar como si se estuviera muriendo.

—Por supuesto que no. —Pero sus ojos, llenos de pena y dolor, decían otra cosa. Salió de la habitación en silencio.

Turner miró la cara pálida de Miranda y notó cómo un músculo de la garganta temblaba con espasmos.

—Debería haberte dicho que te quería —dijo, con la voz ronca—. Debería habértelo dicho. Es lo único que querías oír, ¿verdad? Pero he sido demasiado estúpido para darme cuenta. Creo que siempre te he querido, cariño. Siempre. Desde aquel día en el carruaje cuando por fin me dijiste que me querías. Me…

Se interrumpió, porque le pareció ver algún movimiento en su cara, pero sólo era su sombra que iba hacia adelante y hacia atrás.

—Me quedé muy sorprendido —dijo, cuando recuperó la voz—. Sorprendido de que alguien me quisiera y no quisiera controlarme. Sorprendido de que me quisieras y no quisieras cambiarme. Y yo… Yo creía que ya no podía querer. ¡Pero me equivoqué! —Cerró los puños y tuvo que contenerse para no agarrarla por los hombros y sacudirla—. Me equivoqué y no fue culpa tuya, maldita sea. No fue culpa tuya, minina. Fue culpa mía. O quizá de Leticia, pero en ningún caso tuya.

Le tomó la mano y se la acercó a los labios.

—Nunca fue culpa tuya, minina —dijo, con cariño—. Así que vuelve conmigo. Por favor. Te prometo que me estás asustando. No quieres asustarme, ¿verdad? Te juro que no es agradable.

No obtuvo respuesta. Deseó que tosiera, o que se moviera, o cualquier cosa. Pero estaba allí tendida tan quieta, tan inmóvil que, en un momento dado, el terror se apoderó de Turner y le giró la mano para buscarle el pulso en la muñeca. Suspiró aliviado. Estaba allí. Débil, pero estaba.

Bostezó. Estaba agotado y se le cerraban los párpados, pero no podía dormirse. Necesitaba estar con ella. Necesitaba verla, oírla respirar, simplemente ver cómo la luz de las velas bailaba en su cara.

—Está demasiado oscuro —murmuró, mientras se levantaba—. Esto parece una maldita morgue. —Revolvió la habitación y abrió armarios y cajones hasta que encontró unas cuantas velas más. Enseguida las encendió y las colocó en los candelabros, pero seguía estando demasiado oscuro. Se fue hacia la puerta, la abrió y gritó—: ¡Brearley! ¡Madre! ¡Olivia!

Inmediatamente, aparecieron ocho personas, todas temiéndose lo peor.

—Necesito más velas —dijo Turner, mientras su voz delataba su miedo y agotamiento. Varias doncellas desaparecieron corriendo a buscar velas.

—Pero si ya está muy iluminado —dijo Olivia, que asomó la cabeza a la habitación. Cuando vio a Miranda, su mejor amiga desde la infancia, tendida inmóvil se le encogió el corazón—. ¿Se pondrá bien?

—Se pondrá perfecta —le espetó Turner—. Siempre que iluminemos más la habitación.

Olivia se aclaró la garganta.

—Me gustaría entrar y decirle algo.

—¡No se va a morir! —explotó Turner—. ¿Me entiendes? No se va a morir. No tienes por qué hablar de esa forma. No tienes que despedirte de ella.

—Pero, si lo hiciera —insistió Olivia, derramando varias lágrimas—, me sentiría…

Turner perdió el control y pegó a su hermana contra la pared.

—No se va a morir —dijo, en voz baja y letal—. Y te agradecería que dejaras de comportarte como si fuera a hacerlo.

Olivia asintió muy deprisa.

De repente, Turner la soltó y se miró las manos como si fueran objetos ajenos.

—Dios mío —dijo, agotado—. ¿Qué me está pasando?

—Tranquilo, Turner —dijo Olivia, con delicadeza, mientras le acariciaba el hombro—. Tienes todo el derecho del mundo a estar alterado.

—No es verdad. No cuando Miranda necesita que sea fuerte por ella. —Volvió a la habitación y se sentó junto a su mujer—. Yo no importo ahora. —Balbuceó, tragando saliva de forma compulsiva—. Ahora sólo importa Miranda.

Una doncella con los ojos llorosos entró en la habitación con varias velas.

—Enciéndelas todas —ordenó Turner—. Quiero que en la habitación parezca de día. ¿Me entiendes? Que parezca de día. —Se volvió hacia Miranda y le acarició la ceja—. Siempre le gustaron los días claros. —Se dio cuenta, horrorizado, de lo que había dicho y miró a su hermana con el terror reflejado en la cara—. Quiero decir… que le gustan los días claros.

Olivia, incapaz de seguir viendo a su hermano en aquel estado tan afectado, asintió y se marchó.

Unas horas después, lady Rudland entró en la habitación con un pequeño bulto en los brazos envuelto en una toalla rosa.

—Te he traído a tu hija —dijo, con cariño.

Turner levantó la mirada, sorprendido al darse cuenta de que se había olvidado por completo de la existencia de aquella personita. La miró con incredulidad.

—Es muy pequeña.

Su madre sonrió.

—Los bebés suelen salir así.

—Lo sé, pero… mírala. —Le acercó el dedo índice a su mano. Unos diminutos dedos se aferraron al dedo con una sorprendente firmeza. Turner miró a su madre, con el asombro reflejado en la cara ante aquella nueva vida—. ¿Puedo cogerla?

—Claro —lady Rudland dejó el bulto en sus brazos—. Es tuya.

—Es verdad. —Miró aquella cara sonrosada y le acarició la nariz—. ¿Cómo estás? Bienvenida al mundo, minina.

—¿Minina? —repitió lady Rudland con tono jocoso—. Un apodo curioso.

Turner meneó la cabeza.

—No, no es curioso. Es absolutamente perfecto. —Levantó la cabeza hacia su madre—. ¿Cuánto tiempo será así de pequeña?

—No lo sé. Pero varias semanas, seguro. —Se acercó a la ventana y abrió un poco las cortinas—. Está amaneciendo. Olivia me ha dicho que querías un poco de luz en la habitación.

Turner asintió, incapaz de apartar los ojos de su hija.

Ella terminó de abrir las cortinas y se volvió hacia él.

—Turner, tiene los ojos marrones.

—¿Ah, sí? —Miró a su hija. Tenía los ojos cerrados—. Sabía que los tendría marrones.

—Bueno, seguro que no querría decepcionar a su papá en su primer día de vida, ¿no crees?

—O a su mamá. —Turner miró a Miranda, que todavía estaba muy pálida, y abrazó con más fuerza a la nueva vida.

Lady Rudland se fijó en los ojos azules de su hijo, igual que los suyos, y dijo:

—Me atrevería a decir que Miranda esperaba que los tuviera azules.

Turner tragó saliva, incómodo. Miranda hacía tiempo que lo quería mucho y muy bien, y él la había rechazado. Y ahora podía perderla y ella nunca sabría que él se había dado cuenta de lo estúpido que había sido. Nunca sabría que la quería.

—Apostaría que sí —dijo, con la voz ahogada—. Pero tendrá que esperarse al próximo.

Lady Rudland se mordió el labio inferior.

—Claro, cariño —dijo, para consolarlo—. ¿Has pensado en algún nombre?

Él la miró, sorprendido, puesto que ni siquiera se le había ocurrido pensar en un nombre.

—Yo… No. Me he olvidado —admitió.

—Olivia y yo hemos pensado algunos muy bonitos. ¿Qué te parece Julianna? O Claire. Sugerí Fiona, pero a Olivia no le gusta.

—Miranda nunca permitiría que su hija se llamara Fiona —dijo él, enseguida—. Siempre odió a Fiona Bennet.

—¿Esa chica que vive cerca de Haverbreaks? No lo sabía.

—Es inútil, madre. No pienso ponerle un nombre sin consultarlo con Miranda.

Lady Rudland tragó saliva.

—Por supuesto, querido. Es que… Te dejaré solo. Te daré un tiempo para que estés con tu familia.

Turner miró a su mujer y luego a su hija.

—Ésta es tu mamá —susurró—. Está muy cansada. Le ha costado mucho sacarte. Aunque no entiendo por qué. No eres demasiado grande. —Para demostrar su argumento, le acarició uno de los pequeños dedos—. Me parece que todavía no te ha visto. Sé que le gustaría. Te cogería en brazos, te abrazaría y te besaría. ¿Y sabes por qué? —Se secó una lágrima—. Porque te quiere mucho. Creo que incluso te quiere más que a mí. Y me parece que debe de quererme un poco porque no siempre me he comportado como debería.

Miró a Miranda para comprobar que no se había despertado antes de añadir:

—Los hombres podemos ser muy estúpidos. Somos tontos, burros y casi nunca abrimos los ojos lo suficiente para darnos cuenta de lo que tenemos ante las narices. Pero te veo —dijo, sonriendo a su hija—, y veo a tu madre, y espero que su corazón sea lo suficientemente grande como para perdonarme una última vez. Aunque creo que es enorme. Tu mamá tiene un corazón enorme.

El bebé gorjeó, lo que provocó que Turner sonriera encantado.

—Ya veo que estás de acuerdo conmigo. Eres muy lista para tener sólo un día de vida. Aunque no sé de qué me sorprendo. Tu mamá también es muy lista.

El bebé hizo gorgoritos.

—Me halagas, minina. Pero, de momento, dejaré que creas que yo también soy listo. —Miró a Miranda y susurró—: Sólo nosotros dos sabremos lo estúpido que he sido.

El bebé hizo otro ruido típico de los bebés, aunque Turner empezaba a creer que su hija era el bebé más inteligente de las islas británicas.

—¿Quieres conocer a tu madre, minina? Venga, que os presentaré. —Sus movimientos eran extraños, porque nunca antes había sujetado a un bebé, pero, al final, consiguió colocar a la niña en el hueco del brazo de Miranda—. Ya está. Ahí se está calentito, ¿verdad? Me gustaría estar en tu lugar. Tu mamá tiene una piel muy suave. —Alargó la mano y le acarició la mejilla a su hija—. Aunque no tanto como la tuya. Pequeña, eres increíblemente perfecta.

El bebé empezó a moverse y, unos segundos después, se puso a llorar.

—Madre mía —balbuceó Turner, absolutamente desubicado. La cogió y se la apoyó en el hombro, con cuidado de sujetarle la cabeza, como había visto que hacía su madre—. Ya está. Ya está. Shhh. Tranquila. Eso es.

Aquellas palabras no funcionaron, porque la niña seguía chillando.

Alguien llamó a la puerta y lady Rudland se asomó.

—¿Quieres que la coja yo, Turner?

Él meneó la cabeza, porque no quería separarse de su hija.

—Creo que tiene hambre, Turner. La nodriza está en la habitación de al lado.

—Ah, claro. —Parecía ligeramente avergonzado mientras le daba la niña a su madre—. Toma.

Volvía a estar solo con Miranda. No había movido ni un músculo durante la vigilia, excepto por el delicado subir y bajar del pecho.

—Ya es de día, Miranda —dijo, tomándola de la mano e intentando que recuperara la conciencia—. Es hora de levantarse. Si no quieres hacerlo por ti, hazlo por mí. Estoy agotado, pero sabes que no puedo acostarme hasta que despiertes.

Pero ella no se movió. No se revolvió, ni roncó y él estaba aterrado.

—Miranda —dijo, y reconoció el pánico en su voz—, ya basta. ¿Me oyes? Ya basta. Tienes que...

Se derrumbó, porque no podía soportarlo más. Le apretó la mano y apartó la mirada. Las lágrimas le nublaron la visión. ¿Cómo iba a vivir sin ella? ¿Cómo iba a criar a su hija solo? ¿Cómo iba a saber cómo llamarla? Y, lo peor, ¿cómo iba a poder vivir en paz consigo mismo si Miranda se moría sin haberle escuchado decir que la quería?

Con una determinación renovada, se secó las lágrimas y se volvió hacia ella.

—Te quiero, Miranda —dijo, en voz alta, con la esperanza de penetrar en sus sueños, aunque no despertara nunca. Imprimió cierta urgencia a su voz—. Te quiero. A ti. No lo que haces por mí o cómo me haces sentir. Sólo a ti.

Los labios de Miranda emitieron un sonido tan leve que, al principio, Turner creía que se lo había imaginado.

—¿Has dicho algo? —Le observó la cara minuciosamente, buscando alguna señal de movimiento. Ella volvió a mover los labios y el corazón de Turner dio un vuelco—. ¿Qué has dicho, Miranda? Por favor, repítelo otra vez. La primera vez no te he oído. —Pegó la oreja a su boca.

Ella habló con voz débil, aunque las palabras se oyeron altas y claras.

—Me alegro.

Turner se echó a reír. No pudo evitarlo. Muy propio de su mujer tener una respuesta ingeniosa cuando se suponía que estaba en el lecho de muerte.

—Te pondrás bien, ¿verdad?

Ella movió la barbilla unas milésimas, pero fue un gesto afirmativo sin ninguna duda.

Loco de felicidad y alivio, Turner corrió hacia la puerta y gritó las buenas noticias para que todos lo supieran. Como era de esperar, su madre, Olivia y casi todo el servicio de la casa aparecieron corriendo por el pasillo.

—Está bien —dijo, ignorando el hecho de que tuviera la cara llena de lágrimas—. Está bien.

—Turner. —La palabra llegó como un gruñido desde la cama.

—¿Qué pasa, mi amor? —corrió a su lado.

—Caroline —dijo, agotando todas sus fuerzas para dibujar una sonrisa—. Ponle Caroline.

Él le levantó la mano y se la besó mientras hacía una reverencia.

—Caroline. Me has dado una hija perfecta.

—Siempre consigues lo que quieres —susurró ella.

La miró con amor cuando, de repente, se dio cuenta del milagro que la había devuelto a la vida.

—Sí —dijo, con la voz ronca—. Parece que sí.

Unos días después, Miranda se encontraba mucho mejor. A petición suya, la habían trasladado a la habitación que Turner y ella habían compartido los primeros meses de matrimonio. Aquel entorno la tranquilizaba y quería demostrarle a su marido que quería un matrimonio de verdad. Estaban destinados a estar juntos. Era así de sencillo.

Todavía no la dejaban levantarse de la cama, pero había recuperado las fuerzas y tenía las mejillas de un tono rosado muy saludable. Aunque puede que sólo fuera el amor. Nunca en su vida había sentido tanto. Turner parecía no poder decir dos frases seguidas sin confesarle que la quería y Caroline despertaba tanto amor en los dos que era indescriptible.

Olivia y lady Rudland también la mimaban mucho, pero Turner intentaba que su interferencia fuera mínima, porque quería a su mujer sólo para él. Un día, cuando ella se despertó de la siesta, estaba sentado a su lado, en la cama.

—Buenas tardes —murmuró.

—¿Tardes? ¿En serio? —bostezó.

—Al menos son más de las doce.

—Madre mía, nunca había estado tan perezosa.

—Te lo mereces —le aseguró él, con los ojos azules brillantes de amor—. Cada minuto.

—¿Cómo está la niña?

Turner sonrió. Miranda siempre le hacía esa pregunta en el primer minuto de cualquier conversación que tenían.

—Muy bien. Aunque debo admitir que tiene un buen par de pulmones.

—Es muy dulce, ¿verdad?

Él asintió.

—Igual que su madre.

—Oh, yo no soy dulce.

Él le dio un beso en la punta de la nariz.

—Debajo de ese carácter tuyo, eres muy dulce. Créeme. Te he saboreado.

Ella se sonrojó.

—Eres incorregible.

—No, soy feliz —la corrigió—. Verdaderamente feliz.

—¿Turner?

Él la miró fijamente, porque había identificado la duda en su voz.

—¿Qué, mi amor?

—¿Qué pasó?

—No sé si entiendo lo que me estás preguntando.

Ella abrió la boca y luego la cerró. Estaba claro que intentaba encontrar las palabras correctas.

—¿Por qué... de repente supiste...?

—¿Que te quería?

Ella asintió.

—No lo sé. Creo que siempre ha estado dentro de mí. Pero estaba demasiado ciego para darme cuenta.

Miranda tragó saliva, muy nerviosa.

—¿Fue cuando estuve a punto de morir? —No sabía por qué, pero la idea de que no pudiera darse cuenta de que la quería hasta que estuvo a punto de perderla no le hacía demasiada gracia.

Él meneó la cabeza.

—Fue cuando me diste a Caroline. La escuché llorar y el sonido fue tan... tan... No puedo describirlo, pero la quise al instante. Oh, Miranda, la paternidad es algo increíble. Cuando la tengo en mis brazos... Ojalá supieras lo que es.

—Bueno, imagino que como la maternidad —dijo ella, chistosa.

Él le acarició los labios con el dedo.

—Esa boquita. Déjame terminar la historia. Tengo amigos que han sido padres y todos me han hablado de lo maravilloso que es recibir una vida nueva que es carne de tu carne. Pero... —Se aclaró la garganta—. Me di cuenta de que no la quería porque fuera un pedazo de mí, sino que la quería porque era un pedazo de ti.

A Miranda se le humedecieron los ojos.

—Oh, Turner.

—No, déjame terminar. No sé qué he hecho o dicho para merecerte, Miranda, pero ahora que te tengo, no voy a soltarte. Te quiero mucho. —Tragó saliva, porque tenía un nudo en la garganta—. Mucho.

—Oh, Turner. Yo también te quiero. Lo sabes, ¿verdad?

Él asintió.

—Y te lo agradezco. Es el mejor regalo que he recibido en la vida.

—Vamos a ser muy felices, ¿verdad? —Lo miró con una temblorosa sonrisa.

—Más de lo que se puede expresar con palabras, mi amor.

—¿Y tendremos más hijos?

La expresión de Turner cambió.

—Siempre que no vuelvas a darme un susto como éste. Además, la mejor manera de evitar tener más hijos es la abstinencia y dudo que pueda conseguirlo.

Ella se sonrojó, pero dijo:

—Me alegro.

Turner se inclinó hacia delante y le dio un beso lo más apasionado que se atrevió.

—Debería dejarte descansar —dijo, separándose de ella a regañadientes.

—No, no. No te vayas, por favor. No estoy cansada.

—¿Seguro?

Qué bendición tener a alguien que se preocupaba tanto por ella.

—Sí, seguro. Pero quiero que me traigas una cosa. ¿Te importa?

—Por supuesto que no. ¿El qué?

Ella señaló con el dedo índice.

—En la salita, en mi mesa, hay una caja con una tapa de seda. Dentro, hay una llave.

Turner arqueó las cejas intrigado, pero siguió sus indicaciones.

—¿La caja verde? —gritó, desde la salita.

—Sí.

—Aquí está —dijo, mientras entraba en la habitación llave en mano.

—Ahora, si vuelves a la mesa, encontrarás una caja de madera muy grande en el último cajón.

Turner volvió a la salita.

—Ya está. Jesús, cómo pesa. ¿Qué guardas aquí? ¿Piedras?

—Libros.

—¿Libros? ¿Qué clase de libros son tan especiales que tienen que estar encerrados bajo llave?

—Mis diarios.

Turner regresó a la habitación con la caja de madera en las manos.

—¿Escribes un diario? No lo sabía.

—Fue una sugerencia tuya.

Él se volvió.

—No es verdad.

—Sí. Me lo dijiste el primer día que nos conocimos. Te hablé de Fiona Bennet y de lo mala que era y me dijiste que escribiera un diario.

—¿En serio?

—Ajá. Y recuerdo exactamente lo que dijiste. Te pregunté por qué debería hacerlo y me respondiste: «Porque algún día crecerás y tu belleza igualará la inteligencia que ya posees. Y entonces podrás leer el diario y ver lo estúpidas que son las niñas como Fiona Bennet. Y te reirás cuando recuerdes que tu madre decía que las piernas te nacían de los hombros. Y quizá me reserves una pequeña sonrisa cuando recuerdes la agradable conversación que hemos tenido hoy».

Él la miró boquiabierto mientras empezaba a recordar pedazos de aquella conversación.

—Y tú dijiste que me reservarías una gran sonrisa.

Ella asintió.

—Memoricé lo que dijiste palabra por palabra. Fue lo más bonito que me habían dicho en la vida.

—Dios mío, Miranda —suspiró él, asombrado—. Realmente me quieres, ¿verdad?

Ella asintió.

—Desde ese día. Trae, dame la caja.

Turner dejó la caja en la cama y le dio la llave. Ella la abrió y sacó varios libros. Algunos tenían las tapas de piel y otros estaban forrados con papel de flores muy femenino, pero cogió el más sencillo, una libreta parecida a las que Turner usaba cuando era estudiante.

—Éste fue el primero —dijo, mientras lo abría por la primera página con mucha delicadeza—. Te he querido desde entonces. ¿Lo ves?

«2 de marzo de 1810

Hoy me he enamorado.»

A Turner le resbaló una lágrima por la mejilla.

—Yo también, mi amor. Yo también.

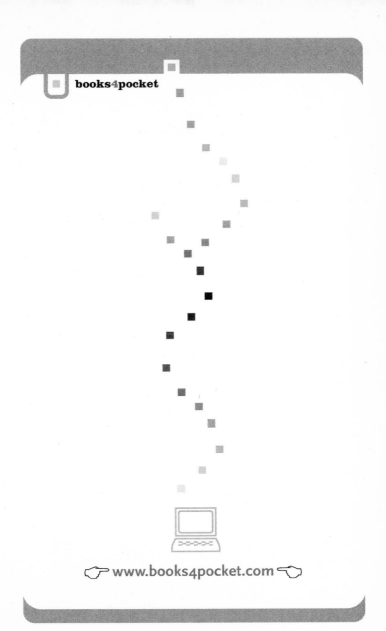

books4pocket

www.books4pocket.com